SE VOCÊ PUDESSE VER O SOL

ANN LIANG

SE VOCÊ PUDESSE VER O SOL

Tradução
Carolina Cândido

Copyright © 2022 by Ann Liang
Copyright da tradução © 2024 by Editora Globo S.A.

Direitos de tradução negociados por Taryn Fagerness Agency e Sandra Bruna Agencia Literaria, SL.

Os direitos morais do autor foram assegurados. Todos os direitos reservados. Nenhuma parte desta edição pode ser utilizada ou reproduzida — em qualquer meio ou forma, seja mecânico ou eletrônico, fotocópia, gravação etc. — nem apropriada ou estocada em sistema de banco de dados sem a expressa autorização da editora.

Título original: *If You Could See the Sun*

Editora responsável **Paula Drummond**
Editora de produção **Agatha Machado**
Assistentes editoriais **Giselle Brito e Mariana Gonçalves**
Preparação de texto **Yonghui Qio**
Revisão **Luiza Miceli**
Diagramação e adaptação de capa **Carolinne de Oliveira**
Projeto gráfico original **Laboratório Secreto**
Ilustração de capa **Carolina Rodriguez Fuenmayor**
Design de capa original **Gigi Lau**

Texto fixado conforme as regras do Acordo Ortográfico da Língua Portuguesa (Decreto Legislativo nº 54, de 1995)

CIP-BRASIL. CATALOGAÇÃO NA PUBLICAÇÃO
SINDICATO NACIONAL DOS EDITORES DE LIVROS, RJ

L661v

    Liang, Ann
        Se você pudesse ver o sol / Ann Liang ; tradução Carolina Cândido. - 1. ed. - Rio de Janeiro : Alt, 2024.

    Tradução de: If you could see the sun
    ISBN 978-65-85348-40-9

    1. Ficção chinesa. I. Cândido, Carolina. II. Título.

24-88073   CDD: 895.13
                                          CDU: 82-3(510)

Gabriela Faray Ferreira Lopes - Bibliotecária - CRB-7/6643

1ª edição, 2024

Direitos de edição em língua portuguesa para o Brasil adquiridos por Editora Globo S.A.
R. Marquês de Pombal, 25
20.230-240 – Rio de Janeiro – RJ – Brasil
www.globolivros.com.br

*Para meus pais maravilhosos,
que não têm permissão para ler este livro.
E para minha irmãzinha, Alyssa,
que gostaria que todos soubessem o quanto ela é incrível.*

1

Meus pais só me convidam para comer fora por três motivos. Um: alguém morreu (o que, levando em conta os noventa e poucos membros da família só no grupo do WeChat, acontece com mais frequência do que se poderia imaginar). Dois: é aniversário de alguém. Ou três: para anunciar que alguma coisa mudará em nossas vidas.

Às vezes pode ser uma combinação de todas as opções, tipo quando minha tia-bisavó faleceu no meu aniversário de doze anos e meus pais decidiram me informar, enquanto comíamos macarrão com pasta de soja preta, que iriam me matricular no Internato Internacional de Airington.

Mas estamos em agosto, o calor sufocante palpável mesmo com o ar-condicionado ligado no canto do restaurante, e nenhum dos nossos parentes mais próximos faz aniversário este mês. Então, é claro, só me restam duas outras possibilidades.

A ansiedade faz meu estômago se contorcer. Preciso reunir todas as minhas forças para não sair correndo pelas portas de vidro. Pode me chamar de covarde se quiser, mas não estou em condições de receber más notícias.

Ainda mais hoje.

— Alice, por que você parece nervosa? — pergunta Mama enquanto uma garçonete séria, vestindo um qipao, nos guia até os fundos do restaurante.

Se você pudesse ver o sol 7

Passamos por uma mesa cheia de idosos dividindo um enorme bolo fofo, todo cor-de-rosa e em formato de pêssego, e pelo que parece ser uma confraternização de empresa, os homens todos suados em suas camisas sociais apertadas e as mulheres passando pó compacto nas bochechas. Alguns deles se viram e me encaram ao verem meu uniforme. Não sei dizer se é porque reconhecem o brasão do tigre estampado no bolso do blazer ou se porque parece pomposo demais quando comparado aos agasalhos das escolas locais.

— Não estou nervosa — respondo, sentando-me entre ela e Baba. — Minha cara é sempre assim.

E não estou mentindo. Uma vez, minha tia comentou, de brincadeira, que se eu algum dia estivesse em uma cena de crime, seria a primeira a ser presa por causa das minhas expressões e linguagem corporal. *Nunca vi alguém tão inquieta quanto você,* dissera ela. *Deve ter sido um rato em uma vida passada.*

Não gostei muito da comparação na época, mas, neste momento, não consigo deixar de me sentir como um rato prestes a cair em uma ratoeira.

Mama me entrega o cardápio laminado. A luz vinda da janela mais próxima bate em suas mãos ossudas, destacando a cicatriz branca e nítida em sua mão. Feito uma centelha, sinto uma pontada de culpa familiar surgir dentro de mim.

— Haizi — chama Mama —, o que você quer comer?

— Ah. Hum, qualquer coisa tá bom — respondo, desviando o olhar depressa.

Baba separa os palitinhos de madeira descartáveis com um estalido alto.

— Essas crianças de hoje em dia não sabem a sorte que têm — reclama ele, esfregando os palitinhos para remover farpas antes de me ajudar a fazer o mesmo. — Nascem em berço de ouro. Sabe o que eu comia quando tinha sua idade? Batata-doce. Todo santo dia, batata-doce.

Ele começa a descrever em detalhes o dia a dia nos vilarejos rurais de Henan, e Mama chama a garçonete, pedindo o que me parece ser comida o bastante para alimentar todos no restaurante.

— *Ma* — reclamo, arrastando a palavra em mandarim —, a gente não precisa...

— Precisa, sim — retruca ela, firme. — Você sempre para de se alimentar bem quando as aulas começam. É muito ruim para o corpo.

Reprimo, a contragosto, a vontade de revirar os olhos. Menos de dez minutos atrás, ela estava falando sobre como minhas bochechas cresceram durante as férias de verão; só na cabeça dela é possível estar, ao mesmo tempo, acima e abaixo do peso ideal.

Quando Mama enfim termina de fazer o pedido, ela e Baba trocam olhares, então se viram para mim com expressões tão sérias que falo a primeira coisa que me vem à mente:

— O... o vovô está bem?

Mama franze as sobrancelhas finas, o que ressalta sua expressão austera.

— Claro. Por que a pergunta?

— N-nada. Deixa pra lá. — Eu me permito soltar um discreto suspiro de alívio, mas meus músculos permanecem tensos, como se estivessem se preparando para um ataque. — Olha, seja qual for a má notícia, será que dá... dá pra falar de uma vez? A premiação é daqui a uma hora e, se for pra eu surtar, preciso de ao menos vinte minutos para me recuperar antes de subir no palco.

Baba pisca.

— Premiação? Que premiação?

A irritação toma o lugar da preocupação por alguns instantes.

— A premiação dos melhores alunos de cada ano.

Ele continua me encarando, inexpressivo.

— Fala sério, Ba. Eu devo ter falado disso umas cinquenta vezes esse verão.

Se você pudesse ver o sol 9

É exagero, mas não muito. Por mais triste que pareça, passei os últimos meses esperando por esse momento de glória fugaz sob os holofotes do auditório.

Mesmo que precise dividi-lo com Henry Li.

Como sempre, o nome enche minha boca com um sabor forte e amargo feito veneno. Meu Deus, eu o odeio. Odeio ele e sua pele impecável de porcelana, o uniforme imaculado e sua compostura, tão intangível e incansável quanto sua lista cada vez maior de façanhas. Odeio a maneira como as pessoas olham para ele e o *veem*, mesmo que ele esteja em silêncio, de cabeça baixa e estudando.

Eu o odeio desde que ele entrou na escola, há quatro anos, o novo aluno que quase parecia brilhar. No fim do primeiro dia dele, Henry tirou dois pontos e meio a mais que eu na prova individual de história, e todos passaram a saber o nome dele.

Só de pensar nisso, sinto os dedos coçarem.

Baba franze a testa e depois olha para Mama para confirmar.

— A gente tem que ir nessa... nessa coisa de premiação?

— É só para alunos — ressalto, apesar de não ter sido sempre assim. A escola decidiu tornar esse evento privado depois que Krystal Lam, a mãe superfamosa de uma colega de classe, apareceu na cerimônia de repente, fazendo com que os paparazzi a acompanhassem sem querer. Durante vários dias, o Weibo ficou repleto de fotos do auditório. — Enfim, mas isso não importa. O que *importa* é que eles vão entregar os prêmios e...

— Sim, sim, você só sabe falar desses prêmios — resmunga Mama, sem paciência. — Quais são as suas prioridades, hein? Essa sua escola não ensina bons valores? Primeiro vem a família, depois a saúde, então guardar dinheiro para a aposentadoria e... você está me ouvindo?

A comida chega, me poupando de ter que mentir.

Nos restaurantes mais chiques de pato à Pequim, como o Quanjude, aos quais meus colegas de classe vão com frequência sem que ninguém precise morrer antes, o chef sempre traz um carrinho com o pato assado em uma bandeja, para cortá-lo ao lado da mesa. É quase como uma apresentação extravagante; a pele crocante e brilhante se desfazendo a cada movimento da lâmina para revelar a carne branca e macia e o óleo escaldante por baixo. Mas aqui, neste restaurante, a garçonete só trouxe o pato inteiro já cortado em pedaços grandes, com cabeça e tudo.

Mama deve ter percebido minha cara, porque ela suspira e vira a cabeça do pato para longe de mim, murmurando algo sobre minha sensibilidade ocidental.

Mais pratos chegam, um de cada vez: pepinos frescos regados com vinagre e misturados com alho picado; finas panquecas de cebolinha assadas até obter a crocância perfeita; tofu macio nadando em um molho marrom quase dourado; e bolinhos de arroz polvilhados com uma fina camada de açúcar. Já vejo Mama avaliando a comida com seus olhos castanhos astutos, provavelmente calculando quantas refeições extras ela e Baba podem fazer com as sobras.

Eu me forço a esperar até que os dois tenham comido um pouco antes de me arriscar a dizer:

— Hum, tenho quase certeza de que vocês estavam prestes a me falar alguma coisa importante...

Em resposta, Baba toma um longo gole de seu chá de jasmim ainda fumegante e mexe o líquido em sua boca como se tivesse todo o tempo do mundo. Mama às vezes brinca que eu me pareço com meu pai de todas as formas possíveis — o queixo quadrado, as sobrancelhas retas, a pele mais escura e a teimosia do perfeccionismo. Mas é óbvio que não herdei a paciência dele.

— *Baba* — falo, irritada, mas tentando manter o tom respeitoso.

Ele ergue a mão e bebe o restante do chá antes de enfim abrir a boca.

— Ah. Sim. Bem, sua mãe e eu andamos pensando... o que você acharia de estudar em uma escola diferente?

— Calma. *O quê?* — Minha voz sai muito alta e estridente, interrompendo o burburinho no restaurante e falhando no final

Se você pudesse ver o sol 11

como a de um menino pré-adolescente. Os funcionários na confraternização da mesa ao lado param no meio do brinde e me lançam olhares desaprovadores. — O quê? — repito, desta vez sussurrando, as bochechas quentes.

— Talvez possa ir para a escola local com seus primos — sugere Mama, sorrindo e colocando um pedaço de pato cozido com perfeição no meu prato. Isso faz um alarme soar na minha cabeça. É o tipo de sorriso que os dentistas abrem quando estão prestes a arrancar seus dentes. — Ou talvez possa voltar para os Estados Unidos. Sabe a minha amiga, tia Shen? Aquela com o filho simpático... o médico?

Concordo devagar, como se dois terços dos filhos das amigas dela não fossem médicos ou aspirantes a médicos.

— Ela disse que tem uma escola pública muito boa no Maine, perto de onde mora. Se você trabalhar no restaurante dela, talvez possa ficar...

— Não estou entendendo — interrompo, sem conseguir me conter. Sinto um enjoo como o daquela vez em que corri demais nas olimpíadas escolares só para ganhar do Henry e quase vomitei no pátio. — Eu só... Qual o problema com o Airington?

Baba parece um pouco surpreso com a minha resposta.

— Achei que você odiasse estudar no Airington — diz ele, mudando para o mandarim.

— Eu nunca disse que *odiava*...

— Uma vez você imprimiu o brasão da escola e passou uma tarde inteira o espetando com a caneta.

— Sim, no começo eu não era muito fã — respondo, apoiando os palitinhos na toalha de plástico. Meus dedos tremem de leve. — Mas já faz cinco anos. Agora as pessoas sabem quem eu sou. Tenho uma reputação das boas. E os professores gostam de mim, tipo, gostam *de verdade* de mim, e a maioria dos meus colegas acha que sou inteligente e... e eles ligam para o que tenho a dizer.

Mas a cada palavra que sai da minha boca, as expressões dos meus pais ficam mais deprimentes, meu enjoo se transformando em um pavor de gelar os ossos. Ainda assim, continuo falando, desesperada.

— E eu tenho bolsa, lembram? A única em toda a escola. Não seria um desperdício se eu saísse...

— Você tem uma bolsa de 50% — corrige Mama.

— Bem, isso é o máximo que eles estão dispostos a oferecer.

— E é então que me dou conta. É tão óbvio que fico chocada com minha própria ignorância; por que outro motivo meus pais iriam sugerir, do nada, me tirar da escola pela qual passaram anos trabalhando sem parar para que eu pudesse frequentar?

— É... é por causa das mensalidades? — pergunto, mantendo a voz baixa para que ninguém ao nosso redor ouça.

A princípio, Mama não diz nada, só brinca com o botão solto de sua blusa simples, com estampa floral. Outra compra baratinha feita no supermercado, seu novo lugar favorito para adquirir roupas depois que o Mercado Yaxiu foi transformado em um shopping sem graça para marcas caras e genéricas.

— Não se preocupe com isso — responde ela por fim.

O que quer dizer *sim*.

Afundo na cadeira, tentando organizar os pensamentos. Não é como se eu não soubesse que estamos passando por dificuldades, que já faz algum tempo que estamos assim, desde que a antiga gráfica de Baba fechou e os turnos noturnos de Mama no Hospital Xiehe foram cortados. Mas eles sempre foram bons em esconder o tamanho do problema, afastando qualquer uma das minhas preocupações com um "foque nos seus estudos" ou "criança boba, acha que deixaríamos você passar fome?".

Agora olho para os dois do outro lado da mesa, olho de verdade, e o que vejo são os muitos cabelos brancos perto das têmporas de Baba, as rugas cansadas começando a aparecer sob os olhos de Mama, os longos dias de trabalho cobrando seu preço enquanto eu permanecia protegida na minha redoma de vidro no Airington. A vergonha faz meu estômago revirar. A vida deles

Se você pudesse ver o sol 13

seria mais fácil se não tivessem que pagar esses 165 mil remimbis a mais todos os anos, não seria?

— Quais, hã, eram as opções mesmo? — eu me ouço dizer.

— Escola local de Pequim ou escola pública no Maine?

O alívio no rosto de Mama é evidente. Ela mergulha outro pedaço de pato na travessa com o molho preto espesso, embrulha com cuidado em uma panqueca, fina como papel, com duas fatias de pepino — sem cebolas, do jeito que gosto — e coloca no meu prato.

— Sim, sim. Qualquer uma das duas cai bem.

Mordo o lábio inferior. Na verdade, *nenhuma* das duas opções cai bem. Estudar em uma escola local na China significa fazer o gaokao, um dos exames de admissão de faculdade que já seria dos mais difíceis sem minhas habilidades de chinês nível ensino fundamental para atrapalhar. E quanto ao Maine, tudo que sei é que é o estado menos diverso dos Estados Unidos, que o que entendo do vestibular deles se limita aos dramas de ensino médio a que assisti na Netflix e que as chances de uma escola pública de lá me permitir obter meu diploma escolar internacional são bem baixas.

— Não precisamos decidir agora — acrescenta Mama depressa. — Seu Baba e eu já pagamos o primeiro semestre do Airington. Você pode perguntar para professores e amigos, pensar mais um pouco, e depois falamos disso de novo. Tudo bem?

— Sim — digo, ainda que não me sinta nada bem. — Parece ótimo.

Meu pai bate os nós dos dedos na mesa e nós duas nos assustamos.

— Aiya, conversa demais na hora de comer. — Ele aponta para os pratos entre nós. — A comida já está esfriando.

Enquanto pego meus talheres de novo, os idosos sentados na mesa ao nosso lado começam a cantar a versão chinesa de "Parabéns pra você", alto e desafinado.

— Zhuni shengri kuaile... Zhuni shengri kuaile...

A senhorinha sentada no meio balança a cabeça e bate palmas ao ritmo da música, abrindo um sorriso largo e desdentado. Ao menos alguém vai sair deste restaurante mais animada do que entrou.

Gotas de suor escorrem pela minha testa quase no instante em que saio. A galera da Califórnia sempre reclamava do calor, mas os verões em Pequim são sufocantes e impiedosos, com a sombra salpicada das árvores wutong plantadas ao longo das ruas muitas vezes servindo como única fonte de alívio. Agora está tão quente que mal consigo respirar. Ou talvez seja só o pânico fazendo efeito.

— Haizi, vamos — me chama minha mãe. Pequenos sacos plásticos para viagem balançam em seu cotovelo, lotados com tudo, *tudo mesmo,* que sobrou do almoço de hoje. Ela até embalou os ossos de pato.

Aceno para ela. Expiro. Consigo concordar e sorrir enquanto Mama se aproxima para me dar os conselhos de sempre antes de se despedir: não durma depois das onze ou você vai morrer, não beba água gelada ou você vai morrer, cuidado com os pedófilos no caminho até a escola, coma gengibre, muito gengibre, lembre-se de verificar o índice de qualidade do ar todos os dias.

Então ela e Baba vão para a estação de metrô mais próxima, sua figura pequena e o corpo alto e anguloso do meu pai rapidamente engolidos pela multidão, e eu fico sozinha.

Uma pressão terrível começa a se formar no fundo da minha garganta.

Não. Eu não posso chorar. Não aqui, não agora. Não quando ainda tenho uma cerimônia de premiação para participar, talvez a última a que irei.

Eu me forço a me mover, a me concentrar no que está ao redor, qualquer coisa para tirar meus pensamentos do abismo de preocupação que só cresce dentro da minha cabeça.

Se você pudesse ver o sol 15

Uma série de arranha-céus ergue-se ao longe, todos de vidro e aço e de um luxo ousado, as pontas cônicas alcançando o céu azul. Se eu apertar os olhos, posso até distinguir a famosa silhueta da sede da CCTV. Todo mundo a chama de Cuecão por causa do formato, por mais que Mina Huang — cujo pai, ao que parece, projetou o lugar — tenha tentado (e não conseguido) fazer com que as pessoas parassem com isso.

Meu celular vibra no bolso da saia e sei, sem olhar, que não é uma mensagem de texto (nunca é), mas um alarme: faltam apenas vinte minutos para o início da assembleia. Obrigo-me a andar mais rápido, passando pelas vielas sinuosas entupidas de riquixás, vendedores e pequenas bicicletas amarelas, os aglomerados de lojas de conveniência, lojas de macarrão e caracteres chineses piscando em letreiros de néon, todos passando feito um borrão.

O trânsito e a multidão aumentam à medida que me aproximo do Terceiro Anel Rodoviário. Há todos os tipos de pessoas por toda parte: tios carecas se refrescando com leques de palha, cigarros pendurados na boca, camisas levantadas até a metade para expor suas barrigas queimadas de sol, a imagem perfeita do tipo *não-tô-nem-aí*; velhas tias desfilando pelas calçadas com determinação, arrastando carrinhos de compras florais enquanto se dirigem aos mercados abertos; um grupo de estudantes de uma escola local compartilhando copos grandes de *bubble tea* e batatas-doces assadas do lado de fora de uma barraca de lanches pequena, pilhas de cadernos com a lição de casa espalhados em um banquinho entre eles, páginas quadriculadas flutuando ao vento.

Ao passar, ouço um dos alunos perguntar em um sussurro dramático, as palavras carregadas de um forte sotaque de Pequim:

— Cara, você viu isso?

— Viu o quê? — pergunta uma garota.

Continuo andando, olhando para a frente, fazendo o melhor para agir como se não pudesse ouvir o que estão dizendo. Mas é bem capaz que eles achem que não entendo chinês; os locais já me disseram repetidas vezes que tenho um ar estrangeiro, ou *qizhi*, seja lá o que isso queira dizer.

— Ela estuda *naquela escola*. É lá que aquela cantora de Hong Kong, qual é mesmo o nome dela? Krystal Lam? Enfim, a filha dela estuda lá, e o do CEO da SYS também. Calma, deixa eu jogar no Baidu pra ver.

— *Wokao!* — exclama a garota alguns segundos depois.

Consigo quase *senti-la* olhando para minha nuca, boquiaberta. Meu rosto esquenta. — *Trezentos e trinta mil remimbis* por ano? O que ensinam nessa escola, como seduzir a realeza? — Ela faz uma pausa. — Mas não é uma escola internacional? Achei que só gente branca estudava nessas escolas.

— Vai saber? — zomba o primeiro aluno. — A maioria dos estudantes internacionais só tem um passaporte estrangeiro. É fácil se você for rico o suficiente para nascer no exterior.

Isso não é verdade: nasci aqui mesmo em Pequim e só me mudei para a Califórnia com meus pais aos sete anos. E quanto a ser rico... Não. Tanto faz. Não é como se eu fosse voltar lá para corrigir o que eles disseram. Além do mais, já contei a história da minha vida para estranhos tantas vezes que entendi que é mais fácil deixar que achem o que quiserem.

Sem esperar que o semáforo fique vermelho (não é como se alguém os respeitasse), atravesso a rua, feliz por me distanciar daquela conversa. Então faço uma lista rápida de tarefas na minha cabeça.

É o que sempre funciona quando estou sobrecarregada ou frustrada. Metas a curto prazo. Pequenos obstáculos. Coisas que posso controlar, como:

Um: aguentar toda a premiação sem empurrar Henry Li para fora do palco.

Dois: entregar a redação de chinês antes do prazo (última chance de agradar Wei Laoshi).

Três: ler o programa do curso de história antes do almoço.

Se você pudesse ver o sol 17

Quatro: pesquisar o Maine e as escolas públicas mais próximas de Pequim e descobrir qual lugar oferece a maior probabilidade de sucesso no futuro — se isso for possível — sem ter um surto e/ou bater em alguma coisa.

Viu? Todas são tarefas possíveis.

— Tem certeza de que você estuda aqui?

O segurança franze as sobrancelhas espessas e me encara do outro lado dos portões de ferro forjado da escola. Engulo em seco, disfarçando a irritação. Passamos por isso todas as vezes, não importa que eu esteja usando o uniforme escolar ou que tenha feito check-in esta manhã para levar minhas coisas de volta ao dormitório. Talvez não me incomodasse tanto se eu não tivesse visto, com meus próprios olhos, o guarda acenando para Henry Li com um largo sorriso, sem fazer perguntas. Pessoas como Henry nem devem carregar um documento de identificação; seu rosto e nome por si só já servem para identificá-lo.

— Sim, tenho certeza — digo, enxugando com a manga do blazer o suor que cobre minha testa. — Se você puder, por favor, me deixar entrar, *shushu*...

— Nome? — interrompe-me o guarda, pegando uma espécie de tablet de aparência cara para registrar meus dados. Desde que a nossa escola decidiu eliminar de vez o papel, alguns anos atrás, não pararam de acrescentar todo tipo de tecnologia desnecessária aqui. Até os cardápios do refeitório são digitais agora.

— O nome chinês é Sun Yan. O inglês é Alice Sun.

— De que ano?

— Segundo ano.

— Carteirinha? — Ele deve notar minha expressão, porque sua carranca fica ainda mais séria. — Xiao pengyou, se você não estiver com sua carteirinha de estudante...

— N-não, não, não é isso... Tudo bem, olha, já vou pegar — resmungo, procurando o documento e erguendo-o para que o guarda possa ver. Tiramos as fotos das carteirinhas de estudante durante a época de provas do ano passado e, por causa disso, parece que eu saí de um bueiro na minha: meu rabo de cavalo preto, que costuma ser tão elegante, está todo bagunçado e oleoso porque passei uma semana sem lavar o cabelo para ter mais tempo de revisar a matéria. Meu rosto está coberto de manchas de estresse e estou com olheiras gigantes embaixo dos olhos.

Eu poderia jurar que o segurança ergueu as sobrancelhas ao ver a foto, mas pelo menos os portões se abrem instantes depois, parando ao lado dos dois leões de pedra que protegem a escola, sempre voltados para a rua. Reúno o que sobrou da minha dignidade, agradeço e corro para dentro.

Quem quer que tenha projetado o campus do Airington tinha a clara intenção de criar uma mistura artística de elementos arquitetônicos locais e estrangeiros, antigos e modernos. É por isso que a entrada principal é pavimentada com ladrilhos planos e largos, como os da Cidade Proibida, e mais abaixo ficam jardins chineses artificiais com lagos de carpas, pagodes de vários andares e telhados inclinados em vermelho, mas os prédios da escola mesmo contam com janelas que vão do chão ao teto e pontes de vidro que se estendem acima das faixas de grama verde.

Para ser sincera, parece mais que alguém começou a filmar um daqueles dramas de fantasia chineses de época aqui e se esqueceu de limpar o set.

E de nada ajuda que ele seja tão grande. Levo quase dez minutos para atravessar correndo o pátio, contornar o prédio de ciências e entrar no auditório, e a essa altura o espaço vasto e bem-iluminado já está lotado de estudantes.

Vozes entusiasmadas ecoam nas paredes feito ondas no litoral. O volume está ainda mais alto do que o normal, conforme as pessoas contam o que fizeram durante o verão. Nem preciso ouvir para saber os detalhes; estava tudo no Instagram, desde as fotos de Rainie Lam de biquíni em alguma casa de veraneio em

Se você pudesse ver o sol 19

que as Kardashian já se hospedaram até as muitas selfies cheias de filtro de Chanel Cao no novo iate dos pais dela.

Quando o barulho começa a aumentar, procuro um lugar para me sentar no auditório — ou, para ser mais precisa, pessoas ao lado de quem eu possa me sentar. Me dou bem com todos, mas as divisões sociais ainda existem, moldadas por tudo, desde a sua primeira língua (inglês e mandarim são as mais comuns, seguidos pelo coreano, japonês e cantonês) até quantas vezes você fez algo impressionante o bastante para ser publicado no boletim informativo mensal da escola. Acho que é o mais próximo de uma meritocracia que se poderia esperar em um lugar como este, exceto que Henry Li apareceu umas quinze vezes no boletim em seus quatro anos aqui.

Não que eu esteja contando ou coisa do tipo.

— Alice!

Olho para a frente e vejo minha colega de quarto, Chanel, acenando para mim da fileira do meio. Ela é bonita naquele estilo modelo do Taobao: queixo pontudo, pele clara, quase transparente, franja bagunçada de propósito, cintura do tamanho da minha coxa e pálpebras duplas que com certeza não estavam ali dois verões atrás. A mãe dela, Coco Cao, *é* modelo de verdade — fez um ensaio fotográfico para a *Vogue China* no ano passado, e era possível encontrar o rosto dela em quase todas as bancas de revistas da cidade — e o pai é dono de uma rede de casas noturnas sofisticadas que existe por toda Pequim e Xangai.

Mas isso é quase tudo que sei sobre ela. Quando nos mudamos para nossos dormitórios no início do sétimo ano, parte de mim esperava que nos tornássemos melhores amigas. E, por um tempo, parecia que isso ia acontecer; descíamos juntas para o refeitório todas as manhãs para tomar o café da manhã e uma esperava a outra nos armários depois da aula. Mas então ela começou a me convidar para fazer compras com seus amigos fuerdai, os novos ricos, em lugares como Sanlitun Village e Guomao, onde as bolsas de grife devem custar mais do que o apartamento dos meus pais. Depois que recusei pela terceira vez com alguma desculpa vaga, gaguejando enquanto falava, ela parou de me chamar.

Ainda assim, não é como se a gente não se desse bem nem nada disso, e tem um lugar vazio bem ao lado dela. Faço um gesto em direção ao assento, esperando não parecer tão estranha quanto me sinto.

— Posso me sentar aí?

Ela pisca para mim, com óbvia surpresa. Tinha acenado por pura educação, não como um convite. Mas então, para meu alívio, ela sorri, os dentes de porcelana perfeitos quase brilhando sob as luzes do auditório, que estão começando a diminuir.

— Sim, claro.

Assim que me sento, nosso coordenador sênior e professor de história, sr. Murphy, sobe ao palco, com o microfone na mão. Ele é um dos muitos expatriados americanos em nossa escola: diploma de inglês em uma universidade decente, mas que não pertence à elite, esposa chinesa, dois filhos, bem provável que tenha vindo para a China por causa de uma crise de meia-idade, mas ficou por causa do salário.

Ele bate duas vezes no microfone, o que causa um som estridente e horrível que faz todo mundo estremecer.

— Olá, olá — diz ele no silêncio que se segue. — Bem-vindos à primeira assembleia do ano letivo. Uma assembleia muito especial também, se vocês se lembram...

Eu me endireito na cadeira, ainda que saiba que a premiação vai ser só no final.

Primeiro, temos que passar por toda uma rodada de autopromoção.

O sr. Murphy faz um sinal com a mão e o projetor é ligado, preenchendo a tela atrás dele com nomes e números familiares e logotipos de escolas facilmente reconhecíveis. Taxas de aprovação.

De acordo com o PowerPoint, mais de 50% dos formandos do ano passado foram aceitos nas universidades de maior prestígio dos Estados Unidos e do Reino Unido.

Se você pudesse ver o sol 21

Alguns estudantes na plateia murmuram de surpresa; devem ser os que acabaram de chegar. Todos os outros já estão acostumados com isso, ainda impressionados, mas não maravilhados. Além disso, a turma de formandos do ano anterior teve um índice ainda maior.

O sr. Murphy fala de *sucesso em todas as áreas* e *compromisso com a excelência* pelo que parecem ser séculos. A seguir, ele anuncia as apresentações do dia e todos ficam alertas quando o nome de Rainie Lam aparece. Alguém até comemora.

Rainie desfila até o palco sob aplausos ensurdecedores, e não consigo evitar a dorzinha no peito, parte admiração e parte inveja. Parece o jardim de infância mais uma vez, quando uma criança aparece na escola com o brinquedo novinho em folha que você estava namorando há semanas.

Enquanto Rainie se senta ao piano, os holofotes todos se derramam sobre ela feito uma auréola dourada brilhante, fazendo com que lembre a mãe, Krystal Lam. Parece uma verdadeira estrela de Hong Kong que viajou por todo o mundo. Ela também deve saber disso, porque balança os cabelos cor de mogno reluzente como se estivesse em um comercial da Pantene e pisca para a multidão. Tecnicamente, não podemos nem pintar os cabelos, mas Rainie tem agido de forma estratégica. No ano passado, ela foi clareando os cabelos um tom a cada duas semanas, para que os professores não percebessem a mudança. É quase impressionante a dedicação dela. Por outro lado, acho que é fácil ser estratégico quando se tem tempo e dinheiro.

Assim que todos os aplausos enfim acabam, Rainie abre a boca e começa a cantar, e é óbvio que é um dos mais novos singles de JJ Lin. Uma indireta bem direta para o fato de ele ter feito uma pontinha no show da mãe dela em novembro do ano passado.

Depois dela, Peter Oh aparece e apresenta um de seus raps originais. Se fosse qualquer outra pessoa, é bem capaz que todos estivessem se encolhendo e rindo em seus assentos, mas Peter é bom. *Muito* bom. Dizem que ele já tem um acordo fechado com alguma empresa asiática de hip-hop, apesar de também ser bem provável que ele vá herdar a posição do pai na Longfeng Oil.

Mais pessoas sobem ao palco: um prodígio do violino um ano mais novo que eu, um cantor de ópera asiático-australiano com formação profissional que já se apresentou na Ópera de Sidney antes e um tocador de guzheng com vestes tradicionais chinesas. Então, até que enfim, depois de muito tempo, chega minha vez. Levam o piano para algum canto escuro atrás das cortinas e os slides da apresentação mudam. As palavras *Prêmio de Melhor Desempenho Acadêmico* surgem em negrito na tela. Meu coração até se anima um pouco.

Não tem muito suspense nessas cerimônias de premiação. Somos notificados por e-mail com meses de antecedência se estivermos concorrendo a um prêmio e, com exceção do oitavo ano, quando não fui tão bem nas provas de chinês porque sofri um caso grave de intoxicação alimentar, Henry e eu empatamos por Melhor Desempenho todos os anos desde que ele chegou aqui. Seria de se esperar que eu já estivesse acostumada com isso, talvez começando a me importar um pouco menos, mas é exatamente o contrário. Agora que tenho um histórico de sucesso estabelecido, uma reputação a defender, os riscos são ainda maiores e a emoção de vencer é mais intensa do que nunca.

É mais ou menos o que dizem sobre beijar a pessoa que você ama (não que eu entenda disso): sempre parece a primeira vez.

— Alice Sun — anuncia o sr. Murphy no microfone.

Todos os olhares se voltam para mim enquanto me levanto devagar da cadeira. Não recebo vivas calorosos, não como aconteceu com Rainie, mas pelo menos eles estão olhando. Pelo menos eles conseguem me ver.

Aliso o uniforme e vou em direção ao palco, tomando cuidado para não tropeçar no caminho. Então o sr. Murphy está na minha frente, apertando minha mão, me guiando para o centro das atenções, e as pessoas começam a aplaudir.

Se você pudesse ver o sol 23

Sabe, acho que eu murcharia e morreria na mesma hora se algum dia pensasse que as pessoas estavam me julgando ou falando merda pelas minhas costas, mas isso, esse tipo de atenção positiva, com meu nome completo em exibição enquanto aplausos ecoam pelo ambiente como a batida de um tambor — eu não me importaria de viver assim para sempre.

Mas o momento dura menos do que alguns segundos, porque logo o sr. Murphy chama o nome de Henry Li e, de repente, a atenção de todos muda. Diverge. É visível que os aplausos aumentam, tão altos que chega a doer.

Sigo os olhares e sinto um aperto no estômago quando o vejo de pé na primeira fila.

É uma das maiores injustiças da vida, de verdade — para além do desemprego entre os jovens, dos impostos e tudo o mais, é claro — que Henry Li tenha a aparência que tem. Ao contrário do restante de nós, ele parece ter pulado aquele estranho estágio da puberdade, abandonando a imagem fofa de garoto-propaganda do Kumon quase da noite para o dia, perto do final do ano passado. Agora, com perfil bem-definido, constituição esbelta e cabelos grossos e pretos que de alguma forma sempre caem com perfeição em suas sobrancelhas escuras, ele bem que poderia se passar por um aspirante a *idol* ou por um herdeiro da segunda maior startup de tecnologia da China.

Seus movimentos são suaves e determinados quando ele sobe no palco com um único passo, aquele olhar de leve interesse que tanto odeio disposto com cuidado em seu lindo e terrível rosto.

Como se pudesse ouvir meus pensamentos, os olhos dele se fixam nos meus. Minha barriga se contorce e queima, a sensação cada vez mais aguda.

O sr. Murphy surge na minha frente.

— Parabéns, Henry — diz ele, depois dá uma gargalhada —, já deve estar cansado de todos esses prêmios, não?

Henry abre um sorriso discreto e educado em resposta. Eu me forço a sorrir também, mesmo cerrando os dentes com tanta força que faz meu maxilar doer. Mesmo quando Henry toma seu lugar ao meu lado, deixando apenas cinco centímetros enlouquecedores de espaço entre nós. Mesmo quando meus músculos ficam tensos, como sempre ficam em sua presença. Mesmo quando ele se inclina, passando dos limites tácitos, e sussurra para que só eu possa ouvir:

— Parabéns, Alice. Estava com medo de que você não conseguisse este ano.

A maioria dos alunos internacionais acaba com uma versão diluída do sotaque americano, mas o sotaque de Henry tem um tom britânico distinto. No começo, pensei que ele estava apenas seguindo um tutorial passo a passo para se tornar a pessoa mais pretensiosa do mundo, mas depois de stalkear — não, *pesquisar* — um pouco, descobri que ele de fato passou alguns anos do ensino fundamental na Inglaterra. E não em qualquer escola, mas na mesma do filho do primeiro-ministro. Tem até uma foto dos dois juntos perto dos estábulos da escola, com sorrisos largos e bochechas coradas, enquanto alguém limpa estrume de cavalo ao fundo.

O sotaque de Henry me distrai tanto que levo um minuto inteiro para registrar o insulto.

Eu sei que ele está falando das últimas provas finais de química. Ele tirou nota máxima, como sempre, e eu perdi um ponto só porque apressei uma equação de oxirredução particularmente difícil. Se não fosse pelas duas questões de crédito extra que acertei no final, toda a minha classificação teria ido pelo ralo.

Por um momento, não consigo decidir o que odeio mais: equações de oxirredução ou ele.

Então, vejo o sorriso presunçoso agora se insinuando no canto de sua boca e me lembro, com uma nova onda de ressentimento, da primeira vez em que subimos juntos no palco assim. Eu havia me esforçado ao máximo para ser cortês, tinha até mesmo *elogiado ele* por ter ido melhor do que eu na prova de história. Mas Henry só abriu o mesmo sorriso presunçoso e irritante, deu de ombros e disse que *a prova foi fácil*.

Se você pudesse ver o sol 25

Cerro os dentes com mais força.

É só isso que posso fazer para me lembrar do objetivo que estabeleci mais cedo: evitar empurrar Henry para fora do palco. Por mais que isso pudesse ser muito, *muito* gratificante. Por mais que ele seja uma pedra no meu sapato há quase meia década, que mereça ser empurrado e que ainda esteja me olhando com aquele sorriso ridículo.

Não. *Não empurre.*

De qualquer forma, somos forçados a permanecer no mesmo lugar enquanto um fotógrafo se apressa para tirar nossa foto para o anuário.

É então que me dou conta, a ficha caindo como um banho gelado: quando o anuário sair, eu não estarei mais estudando aqui. Não, não só isso: não vou me formar neste auditório, não terei meu nome na lista de aprovados das faculdades de elite dos Estados Unidos, não sairei pelos portões da escola com um futuro brilhante à minha espera.

Sinto o sorriso em meu rosto congelar, ameaçando se desfazer. Pisco repetidas vezes. Na minha visão periférica, vejo o lema da escola, *Airington é casa*, impresso em letras gigantes em uma faixa pendurada. Mas Airington não é casa, ou não é *só* uma casa para alguém como eu; Airington é uma escada. A única escada que poderia tirar meus pais daquele apartamento sujo nos arredores de Pequim, que poderia diminuir a distância entre mim e um salário de sete dígitos, que poderia me permitir ser igual a alguém como Henry Li em um grande palco polido como este.

Como vou chegar até o topo sem essa escola?

A pergunta corrói meus nervos feito um rato faminto quando volto, atordoada, para o meu lugar, mal registrando o discreto aceno especial de aprovação do sr. Chen, o sorriso de Chanel ou os parabéns sussurrados de meus outros colegas de classe.

O restante da cerimônia se arrasta, e fico sentada por tanto tempo, meu corpo congelado no lugar enquanto minha mente trabalha a todo vapor, que começo a sentir frio apesar do calor sufocante do verão.

Na verdade, estou tremendo quando o sr. Murphy nos dispensa. Quando me junto à maré de estudantes que estão saindo pelas portas, uma pequena parte do meu cérebro pensa que talvez esse frio não seja normal.

Antes que eu possa verificar se estou com febre ou algo assim, alguém atrás de mim limpa a garganta. O som é estranhamente formal, como o de uma pessoa se preparando para fazer um discurso.

Eu me viro. É Henry.

Claro que é.

Ele fica me encarando por um longo momento, depois inclina a cabeça, parecendo estar ponderando. É impossível adivinhar o que está pensando. Então, ele dá um passo à frente e diz, com aquele sotaque britânico irritante:

— Você não parece nada bem.

A raiva aumenta dentro de mim.

Já chega.

— Agora vamos insultar minha aparência também? — esbravejo. Minha voz soa estridente até mesmo para meus próprios ouvidos, e vários estudantes que passam por nós se viram para nos lançar olhares curiosos.

— O quê? — Henry arregala ligeiramente os olhos, um leve sinal de confusão perturbando a simetria de suas feições. — Não, eu só quis dizer... — Então ele parece perceber algo em meu rosto, algo cruel e cheio de mágoa, porque sua expressão também muda, fica mais fechada. Ele enfia as mãos nos bolsos e desvia o olhar. — Sabe de uma coisa? Deixa pra lá.

Sinto um frio na barriga com a súbita indiferença em seu tom, e eu o odeio por isso, e me odeio ainda mais pela minha reação. Tenho pelo menos vinte mil coisas mais interessantes com que me preocupar do que o que Henry Li pensa de mim.

Coisas como o frio ainda se espalhando por minha pele.

Se você pudesse ver o sol 27

Eu me viro e corro porta afora, para o pátio coberto pelo gramado. Fico esperando me sentir melhor sob a luz do sol, mas o tremor só fica mais violento, e o frio chega até os dedos dos pés. *Com certeza isso não é nada normal.*

Então, sem aviso, algo bate com força nas minhas costas. Nem tenho tempo para gritar; eu caio de joelhos com tudo. A dor percorre meu corpo, a grama dura e falsa cravando-se nas minhas palmas.

Estremecendo, ergo o olhar a tempo de ver que o culpado não é um *algo*, mas um *alguém*. Alguém forte feito um touro e com o dobro da minha altura.

Andrew She.

Espero que ele me ajude — ou que, ao menos, se desculpe —, mas ele só franze a testa enquanto recupera o equilíbrio, seu olhar passando direto por mim, e se vira para ir embora.

A confusão e a indignação travam uma batalha na minha cabeça. Afinal, estamos falando de *Andrew She*; o garoto que suaviza cada frase com coisas como "desculpe", "eu acho" e "talvez", que não consegue falar na aula sem ficar com o rosto vermelho, que é sempre a primeira pessoa a cumprimentar os professores com um bom-dia, que virou motivo de piada sem parar todos esses anos só por ser educado demais.

Mas quando me viro para as portas de vidro fumê para verificar se me machuquei, todos os pensamentos sobre Andrew She e etiqueta básica desaparecem da minha mente. Meu coração bate com mais força, num ritmo alto e irregular de isso-não-pode-estar-acontecendo-isso-não-pode-estar-acontecendo.

Porque as portas refletem tudo feito um espelho: as crianças espalhadas pelas quadras de basquete, os bambuzais cor de esmeralda plantados ao redor do prédio de ciências, o bando de pardais subindo aos céus ao longe...

Tudo menos eu.

2

A primeira coisa que passa pela minha cabeça não é bem um pensamento, mas uma palavra que começa com *c* e termina com *alho*. A segunda coisa é: *como vou entregar minha redação de chinês desse jeito?* Estou começando a entender ao que Mama se referia quando disse que preciso reavaliar seriamente minhas prioridades.

Enquanto olho para o espaço vazio no vidro — o espaço onde eu deveria estar —, mil perguntas e possibilidades surgem em um frenesi na minha mente, como as asas descontroladas e agitadas de pássaros assustados, com toda força e sem direção. *Deve ser um sonho*, digo a mim mesma. Mas mesmo enquanto repito as palavras de novo e de novo, não acredito nelas. Meus sonhos nunca são tão vívidos; ainda consigo sentir o cheiro dos temperos cozidos e do curry de coco vindos do refeitório da escola, o tecido leve e macio da minha saia contra a coxa, as pontas do meu rabo de cavalo fazendo cócegas no pescoço coberto de suor.

Eu me levanto, trêmula. Meus joelhos doem demais e tenho a vaga sensação de que pequenas gotas de sangue estão escorrendo das palmas das minhas mãos, mas essa é a última coisa com que estou preocupada no momento. Tento respirar, me acalmar.

Não funciona. Há um leve zumbido em meus ouvidos e minha respiração está rápida e curta.

E em meio à nuvem de pânico, a irritação se deixa entrever. Eu não tenho tempo para hiperventilar, *sério mesmo.*

Se você pudesse ver o sol 29

Preciso de respostas.

Não, melhor ainda: preciso de outra lista. Um fluxo de ação bem-definido, como:

Um: descobrir por que diabos não consigo ver meu próprio reflexo, como uma espécie de vampiro em um filme do início dos anos 2000.

Dois: reorganizar os planos da lição de casa da tarde, a depender dos resultados.

Três...

Enquanto reviro o cérebro em busca do terceiro ponto, me dou conta de que isso pode ser uma alucinação, talvez algum problema psicológico que esteja dando as caras logo cedo — isso também explicaria o frio esquisito que senti antes —, e que seria melhor ir à enfermaria da escola.

Mas no caminho para lá, a sensação de que *tem algo errado* fica ainda mais forte. Mais alunos esbarram em mim, os olhares passando pelo meu rosto como se eu não estivesse ali. Depois que o quinto garoto pisa no meu pé e sua única reação é olhar para o chão com cara de interrogação, um pensamento bizarro e terrível surge em minha cabeça.

Só para testar, corro até o aluno mais próximo de mim e balanço a mão na frente do rosto dele.

Nada.

Ele nem piscou.

Meu coração bate tão forte que tenho a impressão de que vai sair do peito.

Balanço a mão de novo, torcendo para estar errada de alguma forma, mas ele continua olhando para a frente.

O que significa que ou toda a escola se uniu e adulterou todas as superfícies do campus para pregar a peça mais elaborada de todos os tempos, ou...

Ou eu estou invisível.

Esse inconveniente é um pouco maior do que eu imaginava.

Com a mente girando, saio da frente do aluno antes que ele possa me derrubar e procuro abrigo em um carvalho próximo. Não adianta ir até a enfermaria agora se eles nem vão conseguir me *ver*. Mas talvez, decerto, alguém consiga me ajudar. Alguém que acredite em mim, encontre uma solução e, caso não encontre, possa ao menos me confortar. Me dizer que vai ficar tudo bem. Repasso em minha mente todas as pessoas que conheço, e o resultado é uma verdade dura e dolorosa: me dou bem com todos, mas não sou amiga de ninguém.

Isso soa como o tipo de conclusão que renderia uma boa hora de autorreflexão profunda. Sob quaisquer outras circunstâncias, é bem capaz que eu fizesse isso. Mas o medo e a adrenalina pulsam em minhas veias e não me deixam relaxar, e logo já estou fazendo mais cálculos, tentando de todos os jeitos traçar estratégias para tomar o próximo passo.

Então não tenho nenhum amigo próximo em quem possa confiar durante uma crise com grande potencial sobrenatural. Beleza. Tanto faz. Consigo pensar de forma objetiva e tratar isso como uma pergunta em uma prova que garantirá alguns pontos extras, em que tudo o que importa é chegar à resposta certa.

Agora, pensando *de forma objetiva, tem* uma pessoa aqui na escola que pode ser útil. Uma certa pessoa que lê revistas acadêmicas obscuras por diversão, que já estagiou na NASA e nem se abalou quando um dignitário norte-coreano apareceu em nossa escola. Uma certa pessoa que consegue ser calma e competente o bastante para resolver essa merda.

E se ele *não* souber o que está acontecendo comigo... bom, ao menos vou ter a satisfação de saber que há um enigma que Henry Li não consegue resolver.

Antes que meu orgulho possa colocar a lógica no chinelo e me convencer de que isso é uma péssima ideia, marcho em direção ao único prédio a que nunca pensei que iria, muito menos procuraria de propósito.

Se você pudesse ver o sol 31

Minutos depois, estou olhando para as palavras pintadas sobre um conjunto de portas duplas vermelhas em uma caligrafia ampla:

Salão Mêncio

Respiro fundo. Olho para os lados para ter certeza de que ninguém está vendo. Então, empurro as portas e entro.

Todos os quatro prédios dos dormitórios do campus levam nomes de antigos filósofos chineses: Confúcio, Mêncio, Laozi e Mozi. *Soa* muito elegante e tudo o mais, até você parar para pensar na quantidade de adolescentes excitados dando uns amassos no Salão Confúcio.

Mêncio é, de longe, o edifício mais sofisticado de todos. Os corredores são amplos e imaculados, como se as ayis da escola o varressem de hora em hora, e as paredes são de um rico tom de azul-oceano, decoradas com pinturas de pássaros e cadeias de montanhas. Se não fosse pelos nomes impressos em todas as portas, o lugar bem que poderia se passar por um hotel cinco estrelas.

Não demoro muito para encontrar o quarto de Henry. Afinal, esse prédio foi doação dos pais dele, e a escola decidiu que seria mais do que justo conceder a ele o único quarto individual no fim do corredor.

Para minha surpresa, a porta está entreaberta; eu sempre achei que ele era do tipo super reservado em relação ao próprio espaço. Dou um passo hesitante à frente e paro sob o batente, tomada por uma vontade repentina e inexplicável de arrumar meus cabelos.

Então, me lembro de por que estou aqui, e uma risada histérica irrompe de dentro de mim.

Antes que possa perder a coragem ou compreender o verdadeiro absurdo do que estou prestes a fazer, eu entro.

E congelo.

Não sei ao certo o que esperava encontrar. Talvez Henry recostado contra pilhas gigantes de dinheiro, ou polindo um de seus muitos troféus brilhantes, ou esfoliando a pele ridícula de tão clara com diamantes triturados e o sangue de trabalhadores migrantes. Esse tipo de coisa.

Em vez disso, ele está sentado à mesa, as sobrancelhas escuras ligeiramente franzidas em concentração enquanto digita no computador. O botão superior de sua camisa branca está desabotoado, e as mangas arregaçadas revelam os músculos magros de seus braços. A luz suave do sol da tarde entra pela janela aberta ao lado dele, banhando suas feições perfeitas em dourado. Como se toda a cena não fosse dramática o suficiente, uma leve brisa entra e passa os dedos pelos cabelos dele como se Henry estivesse na porcaria de um clipe de K-pop.

Enquanto assisto, com uma mistura de fascínio e desgosto, Henry pega o pote de balinhas de leite da White Rabbit ao lado do computador. Ele retira a embalagem branca e azul com os dedos magros e coloca a bala na boca, fechando os olhos por um instante.

Então, uma vozinha no fundo da minha cabeça me lembra de que não vim até aqui para ver Henry Li comer um doce.

Sem saber como proceder, limpo a garganta e digo:

— Henry.

Ele não responde. Nem levanta a cabeça.

Sou tomada pelo pânico e começo a me perguntar se as pessoas também não conseguem me *ouvir* — como se ficar invisível já não fosse difícil o bastante — quando percebo que ele está de AirPods. Dou uma olhada na playlist do Spotify que Henry está ouvindo, certa de que deve ser algum ruído branco ou música clássica, só para me deparar com o último álbum da Taylor Swift tocando.

Estou prestes a fazer um comentário, mas então meus olhos vão parar na foto plastificada colada na mesa, e o fato de Henry Li ouvir Tay Tay em segredo perde a importância.

Se você pudesse ver o sol 33

É uma foto nossa.

Eu me lembro dessa foto circulando em alguns anúncios da escola; foi tirada na cerimônia de premiação há três anos, quando eu ainda tinha aquela franja lateral ridícula que cobria metade do meu rosto. Nela, Henry está com sua expressão característica: aquele olhar de interesse educado que acho tão irritante, como se ele tivesse coisas melhores a fazer do que ficar parado recebendo mais aplausos e prêmios de prestígio (o que me deixa mais irritada é o fato de que é bem provável que ele tenha coisas melhores a fazer). Ao lado dele, estou encarando a câmera, de ombros tensos e braços rígidos ao lado do corpo. Meu sorriso parece tão forçado que é de se admirar que o fotógrafo não tenha pedido para tirar outra foto.

Não faço ideia de por que Henry mantém aquilo ali, a não ser como uma prova visível da minha óbvia incapacidade de sair melhor do que ele nas fotos.

De repente, Henry fica tenso e tira os AirPods. Ele gira a cadeira, os olhos vasculhando o cômodo. Demoro um segundo para perceber que me inclinei demais para a frente, roçando em seu ombro sem querer.

Bem, acho que essa é uma maneira de chamar a atenção dele.

— Tá — digo, e ele se assusta, virando a cabeça ao som da minha voz. — Tá, por favor, não surte nem nada, mas... é a Alice. Você só, hum. Não consegue me ver agora. Juro que vou explicar, mas estou bem aqui.

Aperto o tecido da manga esquerda dele entre dois dedos e puxo uma vez, de leve, só para mostrar o que quero dizer.

Henry congela no lugar.

— Alice? — repete ele, e eu odeio que meu nome soe tão chique em sua boca. Tão elegante. — Isso é algum tipo de brincadeira?

Em resposta, puxo a manga dele com mais força e observo as emoções passando feito sombras por seu rosto: choque, incerteza, medo, ceticismo e até mesmo uma pitada de irritação. Um músculo se contrai em sua mandíbula. Então, por mais incrível que pareça, a máscara de calma habitual volta ao lugar.

— Que... estranho — diz, após um longo silêncio.

Reviro os olhos diante desse belo eufemismo e depois me lembro de que, é claro, ele não consegue me ver. Ótimo. Agora não consigo nem irritá-lo direito.

— É mais que estranho — comento em voz alta. — Deveria ser... quer dizer, isso deveria ser *impossível*.

Henry respira fundo e balança a cabeça. Seus olhos me procuram de novo, só para ir parar em algum lugar aleatório acima da minha clavícula.

— Mas não faz nem meia hora que vi você...

O calor aumenta quando me lembro da nossa conversa. Eu o ignoro.

— Bem, muita coisa pode mudar em meia hora.

— Certo — responde Henry, prolongando a palavra. Então ele balança a cabeça de novo. — Então, como foi que... — Ele faz um movimento em minha direção. — ... que isso aconteceu?

Para ser sincera, achei que daria bem mais trabalho para ele aceitar — achei que ao menos exigiria saber por que fui *ali,* dentre tantas outras opções. Mas Henry fecha o computador e o empurra para trás, de modo que, seja de propósito ou por acidente, acabe cobrindo nossa foto antiga, e então espera até eu me pronunciar.

E é o que faço.

Repasso tudo, desde o frio repentino até Andrew She me derrubando, tomando cuidado para não deixar de fora nenhum detalhe que possa servir como uma pista do que diabos está acontecendo. Bem, tudo menos a pequena reunião com meus pais antes da assembleia; ninguém na escola sabe ao certo a situação da minha família, e quero que continue assim.

Se você pudesse ver o sol 35

Quando termino de falar, Henry se inclina para a frente de repente, as mãos cruzadas sobre o colo, os olhos escuros pensativos.

— Sabe de uma coisa?

— O quê? — pergunto, tentando não parecer muito esperançosa.

Estou à espera de uma resposta profunda, científica, talvez uma referência a algum fenômeno social recente sobre o qual ainda não li, mas o que sai da boca dele é:

— Isso é muito parecido com *O senhor dos anéis*.

— O quê?

— A parte da invisibilidade.

— Sim, eu entendi essa parte — resmungo. — Mas como… Por que… Hã. Calma aí. Desde quando você gosta de alta fantasia?

Henry se endireita na cadeira.

— Dentro de alguns anos — declara ele, o que parece uma maneira muito prolixa de responder a uma pergunta direta —, serei o CEO da maior startup de tecnologia de toda a China.

— Segunda maior — corrijo-o, agindo no automático. — Não minta. Estava no *Wall Street Journal* nem uma semana atrás.

Ele me olha de um jeito estranho, e demoro um pouco demais para me dar conta de que não deveria saber tanto assim sobre a empresa do pai dele.

— Sim, por enquanto — concorda Henry após uma breve pausa. Então, um dos cantos de sua boca se ergue, a expressão tão presunçosa que tenho que resistir à vontade de dar um soco na cara dele. — Mas não depois que eu assumir. *Enfim* — acrescenta, como se não tivesse acabado de dar a declaração mais arrogante da história da humanidade —, levando em conta o papel que me espera, é importante que eu seja bem-informado em assuntos variados, incluindo as franquias de mídia de sucesso comercial. Também facilita a conexão com os clientes.

— Certo — murmuro —, esqueça que perguntei.

— Mas voltando ao seu novo poder…

— Não é um *poder* — interrompo-o —, é uma... uma aflição... uma dificuldade, um incômodo muito grande.

— Tudo é uma forma de poder — responde Henry.

— É, bem, poder implica controle em algum nível — retruco, mesmo que uma pequena parte do meu cérebro, a parte não nublada pelo pânico e pelos quatro anos de rancor que sinto dele, concorde com a afirmação. Em teoria. — E não tenho controle nenhum dessa minha atual situação.

— É mesmo? — Henry apoia a bochecha em uma das mãos. Depois inclina a cabeça para o lado, no momento em que outra brisa preguiçosa sopra e bagunça seus cabelos. — Você já tentou?

— Claro que...

— Já tentou com mais força?

Tem algo de tão prepotente na pergunta ou no jeito como ele fala que o último fio de compostura dentro de mim, que já costuma estar no limite na presença de Henry, se rompe.

Agarro as costas da cadeira dele e o puxo para mais perto em um movimento abrupto, uma raiva muito familiar borbulhando sob minha pele. Para minha imensa satisfação, ele arregala um pouco os olhos.

— Henry Li, se você está sugerindo que isso é falta de força de vontade, *eu juro por Deus...*

— Eu só estava perguntando...

— Como se *você* fosse lidar melhor com essa merda.

— Não é isso que estou dizendo, fique calma.

— *Não me diga para me acalmar...*

Duas batidas fortes na porta entreaberta fazem o restante da frase congelar na minha boca. Henry fica ainda mais quieto, o corpo completamente imóvel ao meu lado, como se tivesse sido esculpido em gelo.

Alguém ri do outro lado da porta e, um segundo depois, uma voz masculina com leve sotaque entra pela fresta.

— Cara, você está com uma garota aí?

Se você pudesse ver o sol 37

Demoro alguns segundos para identificar a voz de Jake Nguyen: atleta ilustre, quase certo de que um futuro estudante de Harvard e, se os boatos forem verdadeiros, primo de um famoso ator pornô. Eu me lembro de ter visto o nome dele em alguma porta no caminho para cá.

— Claro que não — diz Henry com suavidade, apesar da demora para responder. — Estou no telefone.

— Com sua namorada? — insiste Jake, e quase consigo imaginar o sorriso malicioso em seu rosto de queixo largo ao falar isso.

— Não. — Henry faz uma pausa. — É só minha avó.

Viro a cabeça e lanço um olhar fulminante para ele. Então, quando me dou conta de que isso não adianta de nada em meu estado atual, sibilo alto o bastante para que só ele ouça.

— Sério? Sua *avó*?

O babaca nem tem a decência de parecer arrependido.

E como se tudo já não estivesse ruim o bastante, Jake fala:

— Mano. Sem querer ofender nem nada, mas por que sua avó parece a Alice Sun falando? Tipo, toda estridente e agressiva e essas merdas?

— Você acha? — responde Henry, tomando o cuidado de manter o tom neutro. — Nunca reparei.

Jake dá sua risada habitual de hiena, bate na porta mais uma vez e diz:

— Beleza então, mano. Vou deixar você em paz. Ah, e se algum dia você *receber* uma ou duas garotas em seu quarto...

— Garanto que as probabilidades são baixas — Henry o interrompe.

Mas Jake sequer hesita.

— Fique à vontade pra me convidar pra entrar, tá?

Henry franze a testa e, por alguns instantes, parece que está se questionando se deveria responder ou não. Então, com um suspiro, ele pergunta:

— E a sua namorada?

— O quê? — Jake parece de fato confuso.

— Sabe, a Rainie Lam?

— Ah, *ela*. — Jake solta outra risada alta. — Cara, você não tá sabendo? A gente terminou faz muito tempo. Tipo, faz quase um *mês* inteiro. Eu tô muito na pista agora.

— Certo — murmura Henry —, bom saber.

Por favor, caia fora, imploro mentalmente a Jake. Mas o universo de fato não quer colaborar hoje, porque ele continua falando:

— Calma aí. Você não tá perguntando porque *tá a fim* da Rainie, né? Quer dizer, não me importo com isso. Porra, eu posso até desenrolar vocês dois.

— Não — Henry o interrompe, com uma força surpreendente. Seu olhar se dirige para algum lugar perto do meu queixo, como se estivesse procurando por mim. Como se, de repente, eu fosse uma parte importante dessa conversa. — Nem um pouco interessado.

— Beleza, beleza — responde Jake depressa. — Só quis deixar no ar. Mas se algum dia você estiver...

— Não estou.

— Mas *se* estiver, a gente pode fazer, tipo, uma troca. Entende o que quero dizer?

Henry solta um som evasivo do fundo da garganta e, até que enfim, Jake parece aproveitar a deixa para ir embora. Ouço os passos pesados dele ecoando pelo corredor, uma prova humilhante de que eu estava falando tão alto antes que não o ouvi, e conto até dez na minha cabeça para me acalmar.

Ou tento contar. Mal chego ao número sete antes de Henry se virar para mim.

— Hã... — murmura, de um jeito que não se parece nem um pouco com ele mesmo. Seus olhos se erguem para encontrar os meus, e com o sol batendo neles no ângulo certo, quase consigo distinguir a curva de cada um de seus cílios. É ridículo.

— Eu... eu consigo ver você de novo.

Eu consigo ver você de novo.

Se você pudesse ver o sol 39

Acho que nunca ouvi palavras tão bonitas em toda a minha vida. Mas meu alívio é logo interrompido quando me dou conta de que estou perto demais dele. Recuo, quase batendo a perna no canto da cama.

Henry faz um movimento como se quisesse me ajudar, mas parece reconsiderar.

— Você está bem?

Eu me endireito. Cruzo os braços com força, tentando afastar a sensação de que acabei de acordar de algum sonho perturbador.

— Tô. Tô ótima.

Há um silêncio constrangedor. Agora que a questão da minha invisibilidade foi resolvida, nenhum de nós sabe o que fazer a seguir.

Depois de mais alguns segundos, Henry passa a mão pelos cabelos e diz:

— Bem, isso foi interessante.

Eu me concentro no pálido trecho do céu que se estende além da janela, em qualquer coisa, menos nele, e concordo.

— Uhum.

— Tenho certeza de que não vai acontecer de novo — acrescenta Henry, agora adotando aquela voz que sempre usa ao responder uma pergunta em aula, seu sotaque ficando mais forte e cada palavra sendo pronunciada de modo a fazê-lo parecer mais inteligente, mais convincente. Duvido que ele saiba que faz isso. — Uma peculiaridade. O equivalente a uma tempestade inusitada, que só acontece sob um conjunto muito específico de circunstâncias. Tenho certeza — repete ele, com toda a confiança de quem quase nunca é contrariado, de quem tem um lugar neste mundo e sabe disso — de que tudo vai voltar ao normal depois disso.

Pela primeira vez em sua vida, Henry Li está errado — e não posso nem me gabar disso.

Porque apesar de todas as minhas preces, as coisas com certeza não voltaram ao normal. Estou na aula de chinês quando acontece de novo, dois dias depois da cerimônia de premiação. Na frente da sala, Wei Laoshi está bebendo chá quente de sua garrafa térmica gigante enquanto todos ao meu redor reclamam da tarefa de redação que acabamos de receber: quinhentas palavras sobre um animal de sua escolha.

Pelo que ouvi dizer, as turmas avançadas de Chinês como Primeira Língua — sobretudo as crianças vindas do continente, que frequentaram escolas locais antes de virem para cá — têm que dissecar o equivalente chinês de Shakespeare e escrever contos sobre tópicos estranhamente específicos, como "Um par de sapatos memoráveis". Mas tem muitos malaios e cingapurianos ocidentalizados na minha turma, além de sino-americanos e pessoas como eu, que falam e entendem mandarim muito bem, mas não conhecem muitas expressões idiomáticas além de *renshan renhai*: um monte de pessoas, um mar de gente.

Então, o que nos resta são redações falando sobre animais. Às vezes das estações do ano também, se o professor estiver se sentindo particularmente sentimental.

Olho para meu caderno quadriculado e depois para as paredes da sala de aula, esperando que elas possam oferecer algum tipo de inspiração. Vejo os dizeres que escrevemos para o Ano-Novo Chinês, as palavras *paz* e *fortuna* oscilando sobre as bandeiras vermelhas, os intrincados recortes de papel e leques colados nas janelas redondas e uma série de polaroides da viagem Vivenciando a China do ano passado, apresentando o que parecem ser muitas fotos de Rainie e poucas do Exército de Terracota — assim como nenhum animal.

A frustração cresce dentro de mim. Não que a tarefa em si seja difícil; aposto que a maioria das pessoas vai escolher o panda ou um dos doze animais do zodíaco. Mas isso significa que preciso fazer algo diferente.

Se você pudesse ver o sol 41

Algo melhor.

Esfrego as têmporas, tentando ignorar o som do chá que Wei Laoshi está bebendo e dos rabiscos furiosos de Henry a três lugares de distância. Era de se esperar — Henry é sempre o primeiro a começar e o primeiro a terminar todas as tarefas —, mas ainda assim me dá vontade de abrir um buraco na mesa.

Depois de mais cinco minutos torturantes quebrando a cabeça em busca de algo que valesse a nota máxima, enfim começo a rascunhar a primeira linha: *O pardal e a águia sabem caçar, voar e cantar, mas enquanto um voa livre, o outro...*

Então eu me detenho. Olho para minha caligrafia chinesa instável. Leio a frase repetidas vezes até que decido que deve ser a pior combinação de palavras que alguém já inventou desde o início dos tempos.

Um silvo baixo escapa dos meus dentes cerrados.

Meu Deus, se fosse em inglês, eu já estaria na segunda página, com todas as palavras certas saindo de mim. Já teria *terminado*.

Estou prestes a descartar tudo e fazer um novo rascunho quando aquele frio terrível e inabalável que senti pela primeira vez no auditório começa a surgir sob minha pele.

Minha caneta congela na página.

De novo não, imploro em silêncio. *Por favor, de novo não.*

Mas o frio se aprofunda, se intensifica, consome todos os poros do meu corpo como se minhas roupas tivessem sido encharcadas com água gelada, e em meio a tudo isso, meu cérebro registra o fato preocupante de que ou estou com febre alta, ou prestes a ficar invisível diante de uma turma de 22 pessoas.

Eu me levanto de uma forma tão abrupta que Wei Laoshi se sobressalta, quase derramando o chá. Vinte e dois pares de olhos se voltam para mim, enquanto o frio continua escorrendo, crescendo feito uma erupção cutânea terrível, e a qualquer segundo...

— Eu, hã, tenho que ir ao banheiro — falo de repente, e saio correndo da sala antes mesmo que Wei Laoshi consiga responder. A humilhação me preenche enquanto corro pelo corredor, meus velhos sapatos de couro batendo no chão brilhante. Agora todos na aula de chinês devem pensar que tenho diarreia crônica ou algo assim. Mas isso é melhor do que a verdade. Seja lá qual for a porcaria da verdade.

Quando chego aos banheiros mais próximos, no segundo andar, já estou invisível. Não há sombra presa aos meus pés, e o reflexo nos espelhos que vão até o chão não muda quando passo na frente deles, mostrando apenas a porta rosa desbotada que se abre sozinha. Se tivesse mais alguém aqui, era bem capaz de achar que este lugar é assombrado.

Eu me tranco na última cabine com os dedos trêmulos, me contorcendo quando o cheiro forte de desinfetante invade meu nariz. Então, me sento na tampa fechada da privada e tento pensar.

Tudo que me vem à cabeça é:

Uma vez é um acidente. Duas vezes é uma coincidência. Três vezes é um padrão.

Então...

Já aconteceu duas vezes; pode ser que ainda não queira dizer nada.

Ou talvez seja uma doença ainda mais comum do que imagino, e as pessoas que sofrem dela tendem a guardá-la para si, como a síndrome do intestino irritável ou herpes.

Com esse pensamento inspirador, tiro o celular do bolso interno do blazer. É um Xiaomi antigo, praticamente um smartphone para idosos, mas funciona e é barato, então não tenho por que reclamar.

Demora alguns minutos para a página inicial carregar na tela quebrada e mais alguns minutos para que a VPN funcione e eu consiga acessar o Google.

Por fim, digito na barra de pesquisa: *Você já ficou invisível antes?*

E espero, prendendo a respiração.

Se você pudesse ver o sol 43

Os resultados aparecem quase que no mesmo instante, a decepção se assentando no fundo do meu estômago. São só conselhos em estilo autoajuda e anedotas de quem se sente invisível no sentido metafórico, além de um monte de memes que não estou nem um pouco a fim de ver. Mas então um resultado de pesquisa relacionada chama minha atenção.

O que você faria se ficasse invisível por um dia?

Já tem mais de dois milhões de visualizações e milhares de respostas. Depois de filtrar alguns comentários um tanto assustadores, fico surpresa com a variedade de respostas e com a sensação de entusiasmo, até mesmo de desespero, que algumas delas passam. Tem de tudo, desde sugestões de espionagem e roubo até excluir e-mails enviados por acidente aos chefes e recuperar cartas de amor antigas de ex-namorados, o tipo de coisas que as pessoas teriam vergonha de fazer em circunstâncias normais.

E, conforme continuo lendo, as palavras de Henry voltam à minha mente: *tudo é uma forma de poder.*

Claro, é difícil se sentir poderosa quando se está escondida em cima de um vaso sanitário. Mas quem sabe, talvez...

Antes que eu consiga terminar o pensamento, vejo outro comentário escondido no fim do tópico, datado de anos atrás. Algum usuário anônimo escreveu: *Descartes estava errado quando disse que "Para viver bem, deve-se viver sem ser visto"; acredite em mim, ser invisível não é tão divertido quanto vocês pensam.*

Olho para a tela quebrada, sem piscar, até minha visão ficar embaçada. Até a frase começar a dançar na minha mente. *Acredite em mim... Ser invisível...*

Então, me encosto no vaso sanitário, o coração batendo forte.

Deve ser só uma piada. Só isso. Todos no fórum devem pensar a mesma coisa; o comentário teve apenas seis curtidas e quatro *dislikes*. Além disso, a primeira coisa que aprendemos em história foi como separar fontes confiáveis de fontes não confiáveis, e o comentário de uma conta anônima, agora desativada, em um site mais conhecido por suas postagens mentirosas é a mais pura definição de não confiável. Mas digamos que as palavras tenham sido ditas com seriedade...

O que isso significaria para mim?

Alguém abre a porta do banheiro, interrompendo meus pensamentos, a respiração entrecortada e aguda feito... soluços abafados. Congelo no lugar. Ouço som de passos e uma torneira abrindo. Então, uma voz fala acima do fluxo constante da água, baixa e sufocada pelas lágrimas:

— ... eu quero *matar ele,* porra. Isso é tão... é horrível. É horrível pra caralho, e quando vazar...

Fico boquiaberta.

Quase não reconheço a voz a princípio; Rainie sempre fala como se estivesse exaltando algum novo produto de cabelo em uma publi do Instagram — o que, levando em conta seus 500 mil seguidores, não deve estar muito longe da verdade. Mas ainda há aquele aspecto distinto e rouco em sua voz, o mesmo que fez sua mãe chegar à fama, então, quando fala de novo, tenho certeza de que é ela.

— Não, não... Olha, sei que está tentando me confortar e amo você por isso, mas... você não entende. — Ela respira fundo, trêmula. As torneiras rangem e a água sai com mais força. — Isso é uma merda das grandes. Se alguém vazar isso no Weibo ou algo assim... vai rolar uma caça às bruxas. Não importa se, em teoria, é ilegal, todo mundo vai me culpar mesmo assim, e você sabe que vão, é o que sempre fazem e... Meu Deus, eu sou uma idiota. Nem sei o que se passou pela minha cabeça e agora... agora que está tudo acabado. — Sua voz falha na última palavra, e ela está chorando de novo, os soluços aumentando em tom e intensidade até soarem menos como um ser humano e mais como o choro de algum animal ferido.

Sinto uma pontada de culpa no estômago. A última coisa que quero fazer é ficar sentada aqui ouvindo assuntos particu-

Se você pudesse ver o sol 45

lares da vida dos outros, mas não tenho como sair agora. Não sem causar um ataque cardíaco em Rainie.

Ainda estou tentando descobrir o que fazer quando percebo que o banheiro ficou em silêncio de novo, a não ser pela água respingando.

— Tem... tem alguém aí? — diz Rainie em voz alta.

Meu coração parece parar de bater. Como ela sabe...?

Então olho para baixo e vejo minha sombra se espalhando ao redor dos meus pés, preta e nitidamente delineada contra o chão rosa-claro. Devo ter voltado à forma normal faz pouco tempo, sem perceber.

Cerro os dentes. Essa coisa toda de invisibilidade parece tão previsível quanto a poluição de Pequim: em um segundo está bem ali, e no seguinte já desapareceu.

— Hã, olá? — Rainie tenta de novo, e fica claro que não posso mais continuar me escondendo.

Eu me preparo, destranco a porta do banheiro e saio.

No instante em que me vê, a expressão de Rainie muda com uma velocidade inquietante, o vinco entre as suas sobrancelhas longas e definidas suavizando, os cantos de sua boca carnuda se erguendo em um sorriso fácil. Se não fosse pelo inchaço ao redor dos olhos e pelas leves manchas vermelhas subindo até suas bochechas, eu poderia ter pensado que imaginei toda aquela cena.

— Ah, e aí, amiga!

Rainie e eu nunca conversamos de verdade desde que ela começou a estudar aqui no sétimo ano — a menos que você conte aquela vez em que a ajudei com o dever de história —, mas pela maneira como está me cumprimentando agora, seria de se pensar que somos melhores amigas.

Enquanto tento encontrar uma resposta apropriada, ela coloca o celular no bolso da saia e estica o pescoço em direção à cabine de onde acabei de sair. Depois franze a testa um pouco.

— Você estava... há muito tempo ali? Não vi você quando entrei.

— Sim, não — balbucio. — Quer dizer, sim. Um… por um bom tempo.

Ela me analisa por um instante. Então agarra meu pulso, os olhos arregalados de empatia.

— Amiga, você tá com cólica ou algo assim? — Antes que eu consiga protestar, ela continua: — Porque eu tenho *a* melhor bolsa térmica perfumada pra ajudar com isso… Tipo, eu sei que foi uma publi, mas eu nunca recomendaria nada que não tenha experimentado, sabe?

— Certo. Eu, ah, entendo.

Ela sorri para mim com tanto carinho que quase retribuo.

— Tá, então, se você quiser comprar, é só clicar no link da minha bio. Você me segue no Instagram, né?

— Certo — repito. Não menciono que ela nunca me seguiu de volta. Agora não é hora de ser mesquinha.

— Legal, legal, legal — diz Rainie, balançando a cabeça no ritmo de cada palavra. — Também tem um descontinho se você usar meu código, INTHERAINIE. É igual o meu arro…

— Desculpe — eu a interrompo, sem conseguir evitar minha necessidade irracional de me preocupar com pessoas que muito provavelmente não se importam muito comigo —, mas é que… mais cedo, não pude deixar de ouvir… Você está… está tudo bem?

Rainie fica imóvel por um momento, com uma expressão inescrutável. Então ela inclina sua adorável cabeça para trás e dá uma risada longa, alta, sem fôlego.

— Ah, meu Deus, *aquilo*. Amiga, eu estava só praticando as falas para o teste de um papel que quero fazer. Minha agente quer que eu, tipo, diversifique, tente atuar… Todos os *idols* estão fazendo isso hoje em dia, sabe. E era pra ser um segredo, mas — ela se inclina e abaixa a voz em um sussurro conspiratório — ouvi dizer que Xiao Zhan vai fazer o protagonista masculino.

— Ela dá um passo para trás, seu sorriso se alargando. — Quer dizer, isso seria demais, não é?

Se você pudesse ver o sol 47

— Ah. — É tudo que consigo pensar em dizer; confusão e constrangimento se agitam dentro de mim. Será que ela está falando a verdade? Mas os soluços de antes pareciam tão reais, e o que ela disse ao telefone...

Talvez Rainie perceba a incerteza pairando em minha expressão, porque ela aperta meu braço e diz, com outra risada:

— Confie em mim, minha vida não é tão dramática. Mas é muita gentileza sua se preocupar. Quer dizer, parando pra pensar agora, é tão estranho não sairmos mais, sabe? Aposto que a gente se divertiria muito.

E de repente entendo por que todos na nossa escola amam tanto Rainie Lam. Não é só por ela ser linda, já que quase todas as garotas do meu ano são bonitas de uma forma ou de outra (Mama sempre diz que não existem mulheres feias, apenas mulheres preguiçosas — mas, pelo que percebo, está mais para: não existem mulheres feias, só mulheres sem grana); é como ela faz você se sentir quando está perto dela, como se você fosse alguém importante. Como se você tivesse um vínculo especial com ela, mesmo que nunca tenham trocado mais do que algumas palavrinhas. É um talento raro, do tipo que não se pode adquirir através de pura determinação e trabalho duro.

A inveja envolve minha garganta com garras frias e aperta com força. E me pego desejando, não pela primeira vez, não estar sempre tão consciente das coisas que me faltam.

— Hã, Alice? — Rainie me olha. — Você está bem?

Se Rainie é uma atriz convincente, então eu sou péssima. Meus pensamentos devem estar estampados na minha cara.

— Claro — digo, forçando-me a sorrir. O esforço é quase doloroso. — Mas enfim, sim, tudo isso parece incrível. Desde que você esteja... É incrível. — Inclino o corpo em direção à porta, mais do que pronta para deixar essa conversa estranha e o cheiro de desinfetante para trás. — Acho que é melhor eu voltar para a aula. Boa sorte com suas audições e tudo o mais.

— Obrigada, amiga. — Rainie me dá outro de seus sorrisos perfeitos de modelo do Insta e depois acrescenta, quase como um adendo: — Ah, e não conte a ninguém dos testes, tá? Caso eu não consiga o papel... Não quero deixar as pessoas empolgadas à toa, entende o que quero dizer?

Sua voz é leve e alegre, mas há uma estranha tensão sob suas palavras, uma leve oscilação no final de cada frase, como âncoras de jornais tentando manter a calma enquanto um vulcão literalmente entra em erupção atrás deles.

Ou talvez seja só fruto da minha imaginação.

De qualquer forma, faço a mímica de fechar os lábios com um zíper antes de me virar para sair, me perguntando o que ela diria se soubesse de todos os outros segredos que mantenho escondidos dentro de mim.

O restante da semana escolar passa feito um borrão nauseante, causando ansiedade.

Sinto o mesmo frio familiar na quinta-feira, o que me obriga a sair correndo da aula de história antes que eu possa escrever uma palavra sequer da aula do sr. Murphy sobre a Rebelião Taiping, minha sombra desaparecendo no meio do corredor. Acontece de novo durante a hora do almoço na sexta-feira, acabando com toda e qualquer esperança de que tudo isso fosse algum tipo de evento espontâneo.

Então, quando percebo que estou escondida em uma cabine de banheiro pela terceira vez desde o início das aulas, a respiração sufocada e irregular audível acima dos sons da descarga do banheiro ao lado, sou forçada a admitir a verdade:

Isso é um problema.

Por razões óbvias, ficar invisível de forma involuntária e aleatória é um problema, mas é um problema ainda maior por causa de todas as aulas que estou perdendo; só de pensar nas marcas vermelhas no meu histórico de frequência, que já foi

Se você pudesse ver o sol 49

perfeito, meu estômago se revira como aqueles mahua trançados e fritos que vendem na cantina da escola. Se isso continuar por muito mais tempo, os professores vão começar a fazer perguntas, talvez até enviar e-mails para o diretor e... Ah, meu Deus, e se eles contarem para os meus pais?

É bem capaz que achem que estou tão preocupada com aquele papo de sair do Airington que fiquei doente. Então *eles* vão ficar doentes de preocupação e vão querer conversar de novo sobre o Maine, as escolas públicas chinesas e a falta de bolsa de estudos para custear meu futuro.

Enquanto uma nova onda de pânico toma conta de mim, meu celular vibra no bolso.

É uma mensagem da minha tia no WeChat.

Clico no aplicativo, esperando outro daqueles artigos sobre como tratar o excesso de calor interno com ervas, mas em vez disso é apenas uma frase, escrita em chinês simplificado:

Está tudo bem?

Franzo a testa, o coração acelerando. Não é a primeira vez que minha tia me manda uma mensagem perfeitamente cronometrada do nada; no mês passado, ela me desejou sorte em um teste que eu nem tinha mencionado que ia fazer. Sempre atribuí isso a um daqueles inexplicáveis sextos sentidos que só os adultos desenvolvem, assim como os professores sempre conseguem definir prazos para tarefas importantes no mesmo dia, sem discutir o assunto com antecedência.

Mas, de alguma forma, desta vez parece diferente.

Parece um sinal.

Enquanto um arrepio indesejável percorre minha coluna, respondo devagar, meus dedos se atrapalhando com o pinyin correto:

por que não estaria?

Ela responde em questão de segundos:

Não sei. Só tive um mau pressentimento... e a costura do meu lenço se desfez esta manhã, o que nunca é um bom presságio nos dramas palacianos. Você me contaria se tivesse algo de errado na escola, não contaria?

Meu coração bate mais rápido, quase fazendo meu crânio sacudir com o ritmo intenso. A minha parte racional quer ignorar as mensagens dela, dizer que está tudo bem e fazer piada por ela levar novelas chinesas muito a sério.

Mas, em vez disso, o que digito é:

posso visitar você neste fim de semana?

3

Sou recebida na porta da minha tia pelo Buda.

Não o Buda de verdade (se bem que essa não seria a coisa mais estranha a acontecer nesta semana), mas um pôster gigante dele, um pouco desbotado nos cantos e emoldurado com ouro. Em volta, há pequenos adesivos amarelados que minha tia tentou e não conseguiu raspar, alguns anunciando serviços de limpeza e o que parece ser um site pornô e outros exibindo apenas um sobrenome com um número de telefone impresso embaixo. Chega a ser engraçado como parecem deslocados ao lado do rosto sereno e sorridente do Buda.

Balanço a cabeça. Deveria ser responsabilidade do wuye local acabar com essas coisas, mas em um complexo pequeno e degradado como este, a maioria dos inquilinos é deixada à própria sorte.

—Yan Yan!

A voz de Xiaoyi surge para me cumprimentar antes dela e, apesar de tudo, me vejo sorrindo ao ouvir o apelido tão familiar da minha infância. Depois de tantas mudanças, tenho dificuldades de me sentir em casa esteja onde estiver, mas há algo em Xiaoyi e seu pequeno apartamento que sempre me firma, que me faz pensar em épocas mais simples, quando tudo parecia seguro e acolhedor.

Então a porta se abre, o cheiro forte de bolinhos de repolho e pano úmido inundando meu nariz, e Xiaoyi aparece diante de mim usando um avental florido de plástico, com manchas de farinha branca grudadas nos cabelos com permanente e bochechas encovadas. Apesar dos nove anos de diferença entre elas, sua semelhança com Mama é marcante.

Ela agarra minhas mãos com suas palmas calejadas, as contas de madeira frias de sua pulseira roçando minha pele, e começa a beliscar e dar tapinhas em minhas bochechas com uma força e tanto para seu corpo pequeno. Quando está convencida de que não perdi ou ganhei muito peso, ela dá um passo para trás, sorrindo, e pergunta:

— Você já comeu, Yan Yan?

— Aham — confirmo, mesmo sabendo que minha tia vai me fazer sentar e comer com ela de qualquer maneira, que deve ter passado metade do dia preparando minha comida favorita para mim, com produtos frescos dos mercados matinais. Xiaoyi não tem filhos, mas sempre me tratou como se eu fosse dela.

Bem como previ, ela começa a me conduzir para a sala de jantar apertada, parando apenas quando percebe que estou me abaixando para desamarrar os sapatos.

— Aiya, não precisa tirar os sapatos!

— Ah, não tem problema — digo, como se não tivéssemos tido essa mesma conversa todas as vezes em que a visitei. — Não quero sujar seu chão.

Ela fala por cima de mim, batendo as mãos no ar como asas.

— Não, não, sinta-se em casa. De verdade.

— É sério, Xiaoyi — repito, mais alto. — Eu insisto.

— Não! Muito trabalho pra você!

— Não é trabalho.

— Só me escute…

— *Não*.

Dez minutos depois, estou calçando um par de chinelos desbotados do Mickey enquanto minha tia corre para a cozinha. Ela grita alguma coisa para mim sobre chá, mas sua voz é abafada pelo ruído da coifa e pelo barulho alto e chiado dos temperos aquecidos em óleo.

Enquanto espero por ela, me sento em um banquinho de madeira perto da janela, a única superfície que não está repleta de potes e caixas velhas que Xiaoyi se recusa a jogar fora.

Talvez um dos motivos para o apartamento da minha tia ser tão reconfortante seja o fato de parecer que parou no tempo. A geladeira ainda está coberta de fotos de quando eu era bebê, a cabeça raspada de maneira desigual (Mama jura que esse é o segredo para ter cabelos pretos, lisos e brilhantes) e vestindo calças largas e rasgadas que não tapavam nada. Também há fotos minhas quando criança, daqueles últimos dias antes de nos mudarmos para os Estados Unidos: eu fazendo um V com os dedos em uma ponte em forma de lua crescente no Parque Beihai, salgueiros balançando ao fundo, a água esmeralda do rio fluindo lá embaixo; eu mastigando feliz a ponta de um bingtang hulu em um desfile do Ano-Novo Chinês, as frutas cobertas de açúcar espetadas no bambu e brilhando como joias.

Mas mesmo os objetos nada sentimentais na sala não saíram nem um centímetro do lugar durante todos esses anos, desde as latas de biscoitos amanteigados cheias de linhas e agulhas e o par de estranhas bolas em formato de noz destinadas a melhorar a circulação sanguínea até o pote de estrelas de origami e os frascos de óleo medicinal verde empoleirados no parapeito da janela.

O aroma saboroso de ervas e molho de soja que vem da cozinha me distrai. Segundos depois, Xiaoyi surge com dois pratos de bolinhos fumegantes e uma garrafa de vinagre preto.

— Yan Yan, rápido! Coma antes que esfrie, os bolinhos vão grudar! — avisa ela, voltando para a cozinha antes que eu possa me oferecer para ajudar.

Logo, a pequena mesa de jantar dobrável está com tantos pratos que poderia alimentar todos no prédio. Além dos bolinhos, Xiaoyi também fez pãezinhos brancos e fofos cozidos no vapor e recheados com tâmaras vermelhas, costelas de porco agridoce polvilhadas com cebolinha e um mingau de arroz grosso coberto com delicadas fatias de ovos centenários.

Fico com água na boca. A comida do refeitório do Airington é bem boa, com pratos do dia como xiaolongbao e palitos de massa frita fresquinhos, mas ainda não é nada comparado a isso.

Pego um dos pães e cravo os dentes nele. As tâmaras quentes derretem na minha língua feito mel, e eu me inclino para trás, deixando um suspiro feliz escapar dos meus lábios.

— Uau, Xiaoyi! — exclamo, arrancando outro pedaço do pão com os dedos. — Você poderia abrir seu próprio restaurante!

Ela sorri. Esse é o maior elogio à culinária de qualquer pessoa, a menos, é claro, que você esteja comendo em um restaurante; nesse caso, o maior elogio é comparar a comida com uma refeição caseira.

— Bom, Yan Yan — diz Xiaoyi, servindo-se dos bolinhos —, o que fez essa menina tão atarefada e estudiosa querer visitar a velha tia, hein?

Engulo o resto do pão, abro a boca e hesito. Vim para cá por causa do meu problema de invisibilidade, mas não me parece o tipo de conversa que alguém deveria ter enquanto come um prato de bolinhos de repolho.

— Ah, não é nada, só… — Paro, procurando outro assunto. — Você sabia que meus pais estão pensando em me mandar para os Estados Unidos?

Espero que Xiaoyi pareça surpresa, mas ela só assente, juntando as mãos sobre a mesa.

— Sim, sua mãe me contou faz um tempo.

Sinto um aperto na barriga. Há quanto tempo meus pais têm planejado isso pelas minhas costas, se preparando para o pior enquanto eu me preparava para voltar à escola? Estive com eles durante todo o verão, rindo e conversando durante os cafés da manhã e jantares. Se conseguiam esconder tanto de mim

Se você pudesse ver o sol 55

com tanta facilidade, o que mais — que outras dificuldades, fardos e preocupações — teriam guardado só para si?

— Por que você não parece feliz? — pergunta Xiaoyi, estendendo a mão para alisar meus cabelos. — Achei que você queria voltar para os Estados Unidos.

Voltar.

A palavra arranha minha garganta feito arame farpado. *Voltar*, como se os professores e alunos da minha escola na Califórnia não estivessem sempre me perguntando a mesma coisa: se e quando eu *voltaria* para a China. Como se ainda houvesse um lar nos Estados Unidos para onde eu pudesse voltar, como se os Estados Unidos *fosse* meu lar e Pequim não tivesse passado de uma parada temporária para uma forasteira como eu.

Mas a verdade é que me lembro muito menos da vida nos Estados Unidos do que meus parentes imaginam.

As lembranças que tenho vêm em rajadas e lampejos, como algo saído de um sonho: o sol sobre meu pescoço nu, um céu muito azul se estendendo lá no alto, nuvens leves e infinitas, palmeiras balançando em ambos os lados de uma estrada suburbana tranquila, colinas claras erguendo-se ao longe.

Há outras lembranças também: os corredores claros e abarrotados dos supermercados, as embalagens de hambúrguer de fast food amassadas e espalhadas pelo banco traseiro do nosso carro alugado, preenchendo o minúsculo espaço com o cheiro de sal e gordura, e a voz de Baba, com suas inflexões irregulares e pausas gaguejantes, lendo uma história de ninar em inglês enquanto eu caía no sono.

Por baixo de tudo isso, no entanto, havia... tensão. Uma tensão que crescia a cada olhar torto, insulto mal disfarçado e piada racista que os outros faziam, tão sutil que eu mal percebia crescer dentro de mim dia após dia, da mesma forma que os professores não conseguiram perceber a lenta mudança da cor de cabelo de Rainie Lam ao longo dos anos. Só quando entrei no Aeroporto Internacional de Pequim e me vi, de repente, cercada por pessoas que se pareciam comigo, vista e misturada a elas, é que o peso de toda aquela tensão sumiu dos meus ombros. O alívio foi desnorteante. Eu estava livre para voltar a ser apenas uma criança, para abandonar o papel de tradutora-monitora-protetora, para deixar de sentir a necessidade de ficar sempre por perto dos meus pais caso precisassem de alguma coisa, para protegê-los das muitas crueldades casuais dos Estados Unidos.

— … você ficar, mas, bem, eu não tinha o bastante para emprestar para sua mãe na época — diz Xiaoyi, mexendo os bolinhos para evitar que grudem.

O tilintar dos pratos me traz de volta à realidade, e meu cérebro leva alguns instantes para registrar o fim da frase de Xiaoyi. Meu coração parece parar de bater.

— Calma aí. Mama veio até você pedir dinheiro emprestado? Por quê?

Xiaoyi não responde de imediato, mas no fundo já sei a resposta: para a minha educação. Minhas mensalidades escolares. Meu futuro.

Por minha causa.

Mas Mama é ainda mais orgulhosa, ainda mais teimosa do que eu; certa vez, fez um turno de vinte horas no hospital com o tornozelo machucado só porque não queria pedir uma folga. Pensar que ela baixou a cabeça e veio pedir dinheiro para a irmã mais nova me causa um aperto no peito. Mama e Baba fariam qualquer coisa para tornar minha vida mais fácil e melhor, não importa a que custo.

Talvez seja a hora de eu fazer o mesmo por eles.

— Xiaoyi — digo, e a urgência em minha voz chama a atenção dela no mesmo instante.

— O que foi?

— Na verdade, tem um motivo pra eu ter vindo aqui. Preciso te contar uma coisa. — Empurro a tigela para o lado e respiro fundo para me acalmar. — Eu consigo ficar… — Paro,

Se você pudesse ver o sol 57

percebendo que esqueci a palavra chinesa para invisível. *Yin shen? Yin xing? Yin...* alguma coisa.

Xiaoyi espera, paciente. Ela já está acostumada com essas pausas repentinas quando conversamos e, por vezes, tenta completar com as palavras que não conheço. Mas minha tia não tem como prever o que quero falar.

— As pessoas não conseguem me ver — falo, me contentando com a tradução mais próxima e torcendo para que ela entenda.

Suas sobrancelhas se unem.

— O quê?

— Quer dizer... ninguém consegue... meu corpo fica... — A frustração fervilha dentro de mim enquanto as palavras se misturam na minha boca. Não há correlação entre fluência e inteligência, eu sei disso, mas é difícil não se sentir idiota quando você não consegue nem formar uma frase completa em sua língua materna. — Ninguém consegue me ver.

Xiaoyi parece entender o que quero dizer.

— *Ah.* Quer dizer que você fica invisível?

Concordo uma vez, a garganta apertada demais para falar. De repente, tenho medo de ter tomado a decisão errada ao contar aquilo. E se ela achar que estou tendo alucinações? E se ligar para Mama, para o hospital local ou para alguém de um dos seus muitos grupos de compras do WeChat?

Mas tudo o que ela diz é:

— Interessante.

— *Interessante?* — repito. — Só... só isso? Xiaoyi, acabei de dizer que...

Ela balança a mão no ar.

— Sim, sim, eu sei. Meus ouvidos funcionam muito bem.

Então ela fica em silêncio pelo que parece ser uma eternidade, os grandes olhos castanhos pensativos, a boca se mexendo em silêncio.

Não consigo parar de me remexer na cadeira enquanto espero pelo veredito dela. Parece que minha barriga virou pedra e, pensando bem, percebo que teria sido melhor contar tudo isso *antes* de começarmos a comer.

Por fim, minha tia olha para cima e aponta para algum lugar atrás de mim.

— Yan Yan, você pode me trazer aquela estátua do Buda ali?

— O quê? — Eu me viro e localizo a pequena estátua de bronze em cima de uma estante velha. Cópias antigas de clássicos como *Jornada para o este* e *O sonho da câmara vermelha* estão empilhados ao lado dele. — Ah. Sim, claro.

Quase tropeço na cadeira na pressa de pegar a estátua para ela, meus dedos tremendo ao se fecharem sobre a superfície fria. Nunca fui religiosa (quando eu tinha cinco anos, mamãe me disse que todos os humanos são apenas um amontoado de células esperando para se decompor), mas se sou capaz de perder minha forma visível de repente, vai saber o que um mini Buda de bronze não pode me ajudar a descobrir?

Eu o entrego para Xiaoyi com as duas mãos como se fosse um artefato sagrado, meu coração martelando, e observo com atenção enquanto ela desparafusa o pé do Buda e puxa...

Um palito de dente.

— Hum — digo, incerta. — Isso é pra...

Usando uma das mãos para cobrir a boca, Xiaoyi desliza o fino palito de madeira entre os dentes com um som alto de sucção. Ela bufa quando vê a expressão no meu rosto.

— O quê, achou que isso era para você?

— Não — minto, a onda de calor em minhas bochechas denunciando a verdade —, mas, quer dizer, eu meio que esperava que você pudesse...

— Orientar você? Explicar o que está acontecendo? — sugere Xiaoyi.

— Sim. — Me jogo de volta na cadeira e olho de maneira suplicante para ela do outro lado da mesa. — Isso. Qualquer coisa, na verdade.

Ela pensa por alguns instantes.

Se você pudesse ver o sol 59

— Humm... Então você tem que me contar como isso começou.

— Se eu soubesse como tudo começou, Xiaoyi, não estaria tendo esse problema agora — ressalto.

— Mas como você se sentiu naquele momento? — questiona minha tia. — O que você estava pensando?

Franzo a testa. A primeira lembrança que vem à tona é o rosto presunçoso e irritante de tão bonito de Henry quando ele se juntou a mim no palco. Ignoro isso depressa. Meu ódio por aquele garoto pode ser intenso e poderoso o suficiente para me manter acordada à noite, mas não é tão intenso a ponto de desencadear alguma reação sobrenatural bizarra.

E, além disso, não notei nada de estranho até ambos recebermos nossos prêmios e tirarmos fotos. Na verdade, foi depois que me dei conta de que...

— Eu iria embora — murmuro. Minhas mãos se detêm sobre a mesa. — Que se não estudasse no Airington, eu...

Não seria ninguém.

Não consigo terminar a frase, mas Xiaoyi balança a cabeça com sabedoria, como se pudesse ler minha mente.

— Um dos meus autores favoritos certa vez disse que, às vezes, o universo nos oferece coisas que pensamos que queremos, mas que acabam sendo uma maldição — comenta ela, o que talvez soasse bem mais profundo se não fosse pelo palito ainda saindo de sua boca. Ou o fato de eu saber que seu autor favorito é um web-romancista que só escreve livros de fantasia sobre caçadores bonitões de demônios. — E às vezes o universo nos concede coisas de que não sabemos que precisamos, mas que acabam sendo um presente. — Ela cospe o palito na palma da mão. — Outro autor também disse que o eu e a sociedade são como o mar e o céu: uma mudança em um reflete uma mudança no outro.

Ao ouvi-la falar, tenho a sensação que sempre tenho ao analisar Shakespeare para a aula de inglês do sr. Chen: aquelas palavras *deveriam* ter algum significado, mas não faço ideia do quê. Porém, como não estou na aula de inglês, não posso me virar com enrolação escrita em uma prosa bonita.

— Então você está me dizendo que isso é uma maldição? Ou um presente?

— Eu acho — diz Xiaoyi, voltando a aparafusar o pé do Buda — que vai depender do que você fizer até que isso passe.

— E se nunca passar? — Só depois de falar as palavras em voz alta é que percebo que este é o meu maior medo: a perda permanente de controle, o resto da minha vida fragmentado e arruinado, para sempre à mercê daqueles imprevisíveis lampejos de invisibilidade. — E se eu estiver presa na minha condição atual? O que eu faço?

Xiaoyi balança a cabeça.

— Tudo é temporário, Yan Yan. E essa é mais uma razão para aproveitar tudo o que está à sua frente enquanto ainda estiver lá.

4

— **Eu bolei um plano.**

Henry levanta a cabeça ao som da minha voz, tentando — e não conseguindo — me encontrar na penumbra de seu quarto. Uma leve sombra de confusão surge no espaço entre suas sobrancelhas conforme ele apoia na mesa o haltere que está segurando, ainda olhando em volta à minha procura. Enquanto isso, as nuvens do lado de fora da janela se movem, e um feixe de luar, límpido e prateado, se espalha ao redor dele. O suor escorre do cabelo, escurecendo a gola de sua regata justa.

Sinto uma pontada de irritação me queimar. Quem malha às quatro da manhã? E ainda consegue ficar bonito?

— Alice? — chama Henry, a voz baixa, um pouco irregular pelo esforço. — Você está...

— Aconteceu de novo — digo a título de explicação, enquanto dou a volta na cama e vou na direção dele. Dou um tapinha em seu braço para que saiba onde estou. Sinto a pele quente dele sob a minha, os músculos por baixo tensionando no mesmo instante em que o toco.

— Jesus Cristo — murmura Henry —, você poderia ter batido na porta antes de...

— Ela estava aberta — eu o interrompo. — Além do mais, isso é importante.

Pego meu bloquinho de anotações no bolso do blazer, abro na página certa e hesito. Só por um momento, o suficiente para sentir o peso do papel em minhas mãos, para perceber o significado daquilo que estou prestes a confiar a Henry. Os riscos por trás disso tudo. Mas então me lembro da cicatriz irregular que desce pela palma da mão de Mama, das centenas de milhares de remimbis de que preciso e não tenho, da ameaça de deixar Airington pairando sobre meu futuro feito um machado afiado, e descongelo. Pressiono as páginas abertas nas mãos de Henry.

O caderno deve ter ficado visível assim que saiu da minha mão, porque Henry arregala os olhos. Em seguida, ele se concentra no que está escrito em meus minúsculos garranchos, em todos os números destacados, nas tabelas codificadas por cores e nas listas detalhadas nas quais passei a maior parte do fim de semana trabalhando, e ergue as sobrancelhas.

— Isso parece uma proposta de negócio — diz Henry, devagar.

— E é.

— Para...?

— Meus serviços de invisibilidade. Sabe, eu andei pensando no assunto — explico, injetando o máximo de confiança que consigo em minha voz. Eu me imagino como uma mulher de negócios, parecida com aquelas que vemos na televisão, de saias lápis engomadas, rabos de cavalo esvoaçantes e saltos altos barulhentos, vendendo seu discurso para uma mesa de executivos entediados. — E parece um desperdício não monetizar o que, em outras circunstâncias, seria uma situação bem ruim, não concorda?

Ele cruza os braços.

— Achei que você não conseguia controlar isso.

— E não consigo — respondo, tentando disfarçar uma ponta de irritação que surge ao me lembrar da nossa última conversa. — Mas tenho monitorado os momentos em que fico invisível e consegui perceber uma espécie de padrão: sempre sinto a mesma sensação estranha de frio um pouco antes. É quase como se meu corpo tivesse um sistema de alerta embutido, que me dá cerca de dois a três minutos para correr para uma área deserta.

Se você pudesse ver o sol 63

Não é o ideal, claro, mas seria o suficiente pra trabalhar se... *quando* colocarmos este negócio para funcionar.

Henry olha para baixo e estuda minhas anotações de novo, a expressão ilegível.

— E esse negócio seria você fazer sejam quais forem as tarefas que as pessoas da nossa escola solicitarem quando estiver invisível? — diz ele em tom de pergunta, como se não soubesse dizer se estou brincando ou não.

— Não seria *qualquer* tarefa — retruco. — Não topo ajudar nenhum esquisitão a conseguir a calcinha da menina de que está a fim, tacar fogo na escola nem nada do tipo. Mas pare pra pensar em quanto dinheiro as pessoas estariam dispostas a pagar só pra... não sei, descobrir se os ex-namorados ainda olham fotos delas em segredo ou se o melhor amigo está fazendo fofoca pelas costas. Não ia demorar para começarmos a lucrar.

— E onde eu entro nessa história toda?

— Preciso de um aplicativo — admito, andando de um lado para o outro. Henry segue meus passos com o olhar. — Algo que permita que as pessoas enviem as solicitações com facilidade, sem serem pegas. Ou talvez um site, uma interface de algum tipo. Você quem sabe... Isso de tecnologia é com você. Mas assim que decidirmos qual vai ser nosso canal de comunicação, o trabalho sujo fica comigo.

Analiso com cuidado o rosto dele conforme falo, procurando por sinais de que tenha perdido o interesse nisso tudo. Dá para perceber quando se olha de perto: o momento em que os olhos dele parecem mais distantes, frios, por mais que continue sorrindo, concordando e dando todas as respostas certas de um jeito educado, mas cheio de tédio. Anos de observação cuidadosa me mostraram que tentar manter a atenção total de Henry Li é como tentar segurar água nas mãos.

É por isso que fico tão surpresa ao ver a luz em seus olhos agora. Quando sinto a intensidade de seu olhar, focado em mim,

mais que Henry não consiga me ver, só ouvir as palavras que
m da minha boca.

Quando termino de falar, ele concorda uma vez e diz, devagar:

— É, me parece um plano.

— Mas o quê? — pergunto, ao perceber o tom dele.

— Bom, e as implicações éticas?

— Que que tem? — questiono.

— Você acha que não tem nenhuma — conclui Henry, as
sobrancelhas erguidas, tanto sarcasmo escorrendo de sua voz
que poderia formar uma poça aos seus pés. — Na sua opinião,
tudo nesse plano beira a perfeição moral. Cada pedacinho dele.
Como se, caso Jesus estivesse aqui em carne em osso, ele fosse
participar.

Reviro os olhos.

— Não precisa enfiar Jesus nessa história. Você nem é re-
ligioso.

— Mas fazer dinheiro com as vulnerabilidades das pessoas,
seus segredos mais obscuros… nossos colegas de classe, ainda
por cima, sendo que você vai se sentar ao lado deles e conversar
com eles todos os dias.

E, por mais que não queira, apesar da lista que elaborei
com tanto cuidado para analisar os prós e contras que dá conta
exatamente de tudo isso, sinto uma pontada de culpa.

Mas, nesse instante, minha vontade é maior que o medo. O
plano é bem vantajoso para todo mundo, se eu tiver a coragem
de seguir em frente; com o lucro que vou obter, posso continuar
no Airington, pegar meu diploma escolar internacional em vez
de fazer o gaokao ou me mudar para o outro lado do mundo,
pagar os 250 mil remimbis necessários para as mensalidades escolares, talvez até mesmo as mensalidades universitárias, e dar
todo o dinheiro extra para meus pais, para Xiaoyi. Eu poderia
oferecer um verdadeiro banquete para Baba e Mama, em um
restaurante de pato laqueado de verdade, onde eles cortam a carne bem na nossa frente, comprar cremes de mãos e loções caras

Se você pudesse ver o sol 65

para Mama, para desfazer os danos causados por toda aç esfregação e imersão em desinfetantes no hospital, compra carro para que ela e Baba nunca mais tenham que se esprer no metrô no horário de pico.

Quase cogito contar tudo isso a Henry para me justificar, mas então me lembro de com quem estou falando. Duzentos e cinquenta mil remimbis é só um número para Henry Li, não a diferença entre duas vidas completamente diferentes. Ele nunca entenderia.

— *Você* não tem moral para falar de ética — esbravejo. — A sys tem dinheiro o bastante pra basicamente deter o aquecimento global, mas, em vez disso, tudo o que fazem é criar novos algoritmos para beneficiar seus patrocinadores e contribuir para a crescente desigualdade econômica.

— Nossos aplicativos trazem benefícios para a sociedade — retruca Henry na mesma hora, a voz suave, endireitando-se na cadeira de repente, e, por um instante, me pergunto quando fui parar em um anúncio da empresa. — E, *só pra você saber*, quarenta e três por cento dos nossos usuários ativos são, na verdade, de cidades de terceiro e quarto níveis, e mais de trinta por cento...

— ... declaram ser de famílias de baixa renda, eu sei — retruco, impaciente, e então percebo meu erro.

Meu Deus, preciso parar de falar.

Henry faz uma pausa. Depois olha na minha direção... por muito tempo. Se erguer mais um pouco as sobrancelhas, acho que vão desaparecer.

— Desculpa, você... você trabalha pra empresa do meu pai em segredo ou coisa do tipo?

Faço um barulho com a garganta para encerrar a conversa, mas mais parece que estou engasgando. Tento voltar para o assunto inicial.

— Olha, se você está tão preocupado com a questão ética, podemos doar dez por cento dos lucros pra instituições de caridade.

— Não é assim que...

Dou uma risada irônica.

— É exatamente assim que todas as grandes corporações agem, e eu nem estou fazendo isso pra sonegar impostos.

Henry abre a boca para discutir, depois volta a fechá-la. Talvez por saber que estou certa. O silêncio paira entre nós, interrompido apenas pelo ronco baixo que vem dos quartos vizinhos e pelo canto persistente das cigarras lá fora. Então, ele diz:

— Sendo sincero, me surpreende que uma ideia dessas tenha partido de você. — Os cantos da boca dele se curvam, fazendo com que pareça estar se divertindo. — Não foi você quem chorou na aula de matemática no oitavo ano porque tomou bronca da professora por não ter levado a calculadora gráfica para a aula? E no dia seguinte apareceu com uma carta de dez páginas, toda assinada, prometendo nunca mais cometer o mesmo erro?

— Como... como você se lembra disso? — indago, queimando de humilhação ao me lembrar desse dia. A verdade é que eu *tinha* levado a calculadora para aquela aula, mas era uma daquelas velhas, de segunda mão, que Mama encontrara numa lojinha modesta na nossa rua. Ela já estava quebrada quando a tirei da mochila na escola e, depois da bronca da professora, gastei todo o dinheiro do almoço do mês seguinte para comprar a mesma calculadora que meus colegas de classe.

Mas Henry com certeza não precisa saber a história completa.

— Eu me lembro de tudo — diz ele. Depois limpa a garganta, alguma emoção indecifrável perpassando seu rosto. — De tudo que aconteceu, quer dizer. É que minha memória é muito boa.

Não sei se dou risada ou reviro os olhos. Nunca vou deixar de me surpreender com a arrogância de Henry.

— E aí? Você topa? — pergunto, tentando disfarçar a impaciência. Cada segundo que perdemos aqui conversando é um segundo que poderia ser mais bem gasto para colocar essa coisa em funcionamento.

Henry se mexe para se sentar na beira da cama perfeitamente arrumada, cruzando uma perna longa sobre a outra.

Se você pudesse ver o sol 67

— O que eu ganho com isso?

Estou mais do que preparada para essa pergunta; fiz os cálculos ontem à noite.

— Quarenta por cento de todos os lucros — respondo.

É mais do que ele merece, mas preciso que a oferta seja atraente. No momento, ele é a melhor (e talvez a única) pessoa que pode me ajudar.

— Cinquenta.

— O quê?

— Aceito cinquenta por cento.

Cerro os dentes com tanta força que tenho a impressão de que vão cair.

— Quarenta e dois.

— Cinquenta e cinco.

— Calma, *como é*? Isso... Não é bem assim que as negociações funcionam — balbucio, a raiva subindo para minhas bochechas. — Você não pode só...

— Cinquenta e seis — diz ele, recostando-se agora, o olhar firme, os olhos do mesmo tom preto do céu noturno.

— Olha aqui, seu babaca, quarenta e dois é uma oferta mais do que generosa.

— Cinquenta e sete.

— Quarenta...

— Cinquenta e oito.

— *Tá bom* — vocifero —, cinquenta por cento.

Henry sorri, seus olhos vibrando de diversão, e o efeito é impressionante. Encantador. Meu estômago se revira tanto que parece até que estou descendo de uma montanha-russa.

Então, ele diz:

— Você é péssima fazendo negócios, Alice.

E cogito seriamente estrangulá-lo. Decerto o faria, não fosse pelo fato de que não me parece nada bom começar uma sociedade com um assassinato.

— Negócio fechado, então? — pressiono, com a esperança de terminar essa conversa com algo concreto em mãos, ou ao menos um plano.

Mas, experiente em negociações como é, ele responde apenas:

— Vou pensar.

Henry e eu não conversamos uma vez sequer durante os três dias que se seguem.

Não por falta de tentativa da minha parte; toda vez que me esforço para fazer contato visual do outro lado da sala de aula, Henry está distraído, com uma expressão muito distante no rosto, ou está ocupado trabalhando em alguma coisa em seu computador, os longos dedos voando pelas teclas. Então, assim que o sinal toca, ele desaparece, saindo porta afora sem olhar para trás. Se eu fosse um pouco mais perdida, acharia que era ele quem estava com o problema de invisibilidade.

Logo começo a me arrepender de tudo — de ir até o quarto dele, revelar os detalhes do meu plano, acreditar que poderíamos ter algum tipo de parceria — e, com o arrependimento, vem uma raiva crescente, como uma tempestade que começa a se formar. Este cenário saiu direto dos meus piores pesadelos: Henry Li sabe que tem uma coisa que quero, e tem todo o direito de se negar a fazer algo em relação a isso. Eu o imagino zombando de mim em sua mente — *não acredito no que Alice Sun me pediu para fazer* — e o ressentimento preenche minha boca feito saliva.

Mas então a quinta-feira chega e Henry entra todo apressado na nossa aula de ética social, dez minutos atrasado.

Isso nunca aconteceu antes.

Todos se viram para olhá-lo, os sussurros preenchendo a sala conforme analisamos sua aparência. Ele está... bom, eu não diria *desgrenhado,* já que, mesmo em seus piores momentos, Henry sempre está melhor do que qualquer outro cara mais arrumadinho. Mas a camisa do uniforme, que costuma estar

Se você pudesse ver o sol 69

imaculada, agora tem vincos nas laterais, os botões de cima desabotoados, expondo suas clavículas salientes. Os cabelos caem em ondas bagunçadas sobre as sobrancelhas, amassadas e despenteadas, e a pele perfeita de porcelana está um tom mais pálida do que o normal, a área sob seus olhos marcada por olheiras.

Se ele percebe os olhares, não demonstra. Só tira a elegante máscara antipoluição, dobrando-a e guardando-a no bolso do blazer, e vai até a mesa da professora.

— Peço desculpas pelo atraso, dra. Walsh — diz Henry à professora de ética social. Ela se chama Julie Marshall Walsh e insiste em ser chamada de *doutora,* mas todo mundo a chama de Julie pelas costas.

A professora franze os lábios, os cabelos curtos e loiros no melhor estilo Anna Wintour balançando à frente das orelhas quando ela faz que não com a cabeça.

— Devo dizer que esperava mais de você, Henry. Você perdeu dez minutos de uma aula *muito* importante.

Alguém tosse de repente, o som parecido demais com uma risada. A tão importante aula em questão é, na verdade, uma apresentação de slides sobre "crianças pobres na Ásia". Passamos a aula inteira olhando fotos em alta resolução de crianças com ossos tão finos quanto palitos de fósforo, cobertas de lama ou comendo escorpiões, enquanto Julie suspirava, engasgava — a certa altura, juro que vi seus olhos azuis se encherem de lágrimas — e sussurrava coisas dramáticas como: "Vocês conseguem *imaginar?*" e "Ah, isso faz vocês se darem conta do quanto são *sortudos,* não é?".

Henry ergue as sobrancelhas de leve, mas há muito respeito e sinceridade em sua voz quando diz:

— Não vai acontecer de novo, dra. Walsh.

— Espero que não. — Julie funga. — Pode se sentar agora.

Quando Henry se vira, seus olhos escuros examinam a sala e depois fixam-se nos meus. Minha boca fica seca e uma onda violenta de raiva e outra coisa que não consigo nomear passam por mim. *Agora* ele decidiu reconhecer minha presença? Olho para Henry com toda a raiva que consigo reunir e, para minha surpresa, ele sustenta o olhar, como se tentasse transmitir algo sem mover as mãos ou os lábios. Dá para perceber que esse garoto superestimou minha capacidade de ler mentes.

Balanço os ombros no gesto universal de não-faço-ideia-do-que-você-está-falando e ele franze a testa. Depois passa a mão pelos cabelos pretos bagunçados e abre a boca.

— Posso saber qual o problema aí? — questiona a professora. É um fato conhecido na escola que quanto mais alegre soa a voz de Julie Walsh, mais irritada ela está.

E ela parece muito alegre agora.

Henry também deve ter percebido, porque logo se senta em seu lugar de sempre, no extremo oposto da sala. Nem sei dizer quando isso começou a acontecer — nós dois sentados o mais longe possível um do outro em todas as aulas. Se foi algo intencional ou se, talvez, sejamos como ímãs, com algum tipo de campo invisível nos separando automaticamente aonde quer que vamos. Mas, pela primeira vez, odeio a distância entre nós. O que ele estava tentando me dizer? E por que se atrasou?

Mal consigo ficar parada durante o restante da aula. Mesmo quando as luzes da sala diminuem e o projetor acende de novo, com mais imagens de crianças passando fome e sérias surgindo em pequenos intervalos na tela, não consigo parar de olhar para onde Henry está sentado, tentando procurar em seu rosto pistas do que quis dizer. E, mais de uma vez, eu o pego olhando para mim também.

Assim que o sinal toca, Henry vem até minha mesa.

— Podemos conversar? — pergunta. As olheiras sob seus olhos são ainda mais proeminentes de perto, mas não há qualquer traço de exaustão na maneira como ele se comporta, com o queixo erguido e as costas retas feito uma flecha, ou na inflexão nítida de seu tom.

— Hã... Aqui?

A questão é que eu *quero* conversar, estou morrendo de vontade de conversar, mas não consigo ignorar os alunos ao redor se movendo mais devagar, olhando curiosos em nossa direção. Todo mundo sabe que somos inimigos declarados e, mesmo que não fôssemos, Henry nunca abordou ninguém na sala de aula antes. E não precisa; as pessoas estão sempre gravitando ao redor dele.

— Talvez em algum lugar mais... privado — concorda Henry, quando parece perceber o problema. Ele olha para Bobby Yu, que está à espreita em volta da minha mesa, e Bobby abaixa a cabeça e sai depressa com os livros debaixo do braço.

Então, sem dizer mais nada, Henry se vira e sai da sala. Não me resta outra escolha a não ser segui-lo.

Caminhar ao lado de Henry pelos corredores lotados do Airington é uma experiência muito estranha. Mais pessoas, incluindo os professores, param para cumprimentá-lo na curta caminhada da sala de ética social até os armários do que o número total de pessoas com quem conversei desde o início das aulas. Não estou exagerando. Quase consigo sentir as marés de poder diminuindo e fluindo ao nosso redor, como a atenção de todos se volta para Henry e permanece nele como se estivesse brilhando. Por alguns instantes, penso que essa deve ter sido a sensação de caminhar ao lado do imperador na Cidade Proibida.

Se ao menos o imperador fosse eu...

Por fim, chegamos a um local tranquilo e deserto, situado entre os armários dos alunos e os armários de limpeza das ayis. Temos um intervalo de vinte minutos antes da próxima aula, então a maioria dos alunos está correndo para o refeitório neste horário.

Henry fica de costas para a parede, examina a área duas vezes para ter certeza de que ninguém está passando e depois diz:

— O aplicativo está pronto.

Eu pisco.

— O quê?

Ele suspira, tira o iPhone do bolso, abre alguma coisa e depois segura o celular para que eu possa ver. Um pequeno logotipo azul em forma de fantasma de desenho animado dá uma piscadinha para mim no centro da tela, posicionado ao lado do Douyin e de algum tipo de aplicativo do mercado de ações.

— Seu aplicativo — repete Henry. — Pequimtasma. Já registrei o nome, então se você não gostar, infelizmente não há muito o que possamos fazer para mudar.

— Calma, calma. Então você topou? — pergunto, revirando a mente para tentar entender. — Você... nós vamos mesmo fazer isso?

Henry aponta para o celular, as sobrancelhas erguidas.

— O que você acha?

Cerro os dentes. Será que iria doer se ele desse uma resposta direta, sem soar tão condescendente, ao menos uma vez na vida? Tenho uma resposta na ponta da língua, mas me forço a não dizer nada. Se ele já até criou o aplicativo para mim, então somos, oficialmente, sócios, o que significa que seria muito pouco profissional mandá-lo enfiar o celular no...

— Eu teria vindo até você antes — explica Henry —, mas ainda precisava resolver algumas questões de logística e, como regra geral, não gosto de falar de nada antes de ter resultados concretos. Então, se você olhar aqui...

Percebo que ele está falando mais rápido do que o normal, os movimentos de suas mãos quase animados enquanto navega pela página inicial do aplicativo e aponta os principais recursos.

— O aplicativo promete, basicamente, anonimato de ambos os lados, tanto para quem solicita um serviço quanto para quem o executa, por mais que, neste caso, seja só você. Tudo o que os usuários precisam fazer é criar uma conta, preencher um rápido formulário de solicitação e enviar uma mensagem com as possíveis perguntas ou dúvidas que tenham. Então, você pode responder com o valor da solicitação. Eu recomendaria começar em cinco mil remimbis e aumentar o preço a depender da com-

Se você pudesse ver o sol 73

plexidade da tarefa. Se a pessoa concordar, você firma um contrato com cláusula resolutiva até que a tarefa seja concluída e eles tenham feito o pagamento.

— E como isso vai funcionar? — pergunto.

Um discreto sorriso de satisfação surge nos lábios dele.

— No começo, pensei em usar dinheiro, porque não é rastreável e simplificaria o processo, mas depois pensei em algo melhor. — Henry sai do aplicativo por um segundo e me mostra um e-mail de aparência oficial vindo de um banco, endereçado aos proprietários do Pequimtasma. — Pedi a um amigo do Banco da China para me ajudar a abrir uma conta privada só para isso, em um nome falso, é claro.

Ergo a cabeça.

— Mas isso não é...

Isso não é ilegal? É o que penso em dizer, mas então, com uma vontade histérica de rir, me lembro de que *tudo* que envolve esse aplicativo é um tanto ilegal.

Alice Sun: bolsista acadêmica do Airington. Aluna dest que. Representante do conselho estudantil. E, agora, crimino Quem diria?

— Não é o quê? — indaga Henry.

— Nada. Deixa pra lá. — Balanço a cabeça. Depois, volto olhar para o aplicativo, com seu logotipo azul brilhante e inte face elegante e profissional, e não consigo deixar de pergunta — Como você ficou tão bom nisso?

— Tive que criar um aplicativo sozinho para convencer me pai a me deixar ajudar na SYS. Ele queria que a cultura da en presa fosse tão meritocrática quanto possível. — Henry alis seu cabelo ondulado bagunçado com uma das mãos, parecend por um momento a imagem perfeita de um gênio inato e indif rente. — Eu só tinha treze anos na época, então é óbvio que aplicativo tinha algumas falhas, mas era prova de que eu conse guiria fazer... bom, alguma coisa.

Mascaro minha surpresa. Sempre presumi que o pai dele distribuía oportunidades de trabalho e privilégios sempre que podia, talvez até mesmo forçando Henry a ter um cargo de alto escalão ainda jovem. Presumia que Henry nunca tivera que provar seu valor para ninguém.

Faço um barulho vago com a garganta e começo a navegar pelo aplicativo para me ocupar. Por mais que eu odeie admitir, Henry está certo: é fácil de usar. Não só isso, mas não consigo encontrar uma única falha perceptível.

— E então? — Henry se inclina para a frente. Seus olhos escuros estão acesos, o queixo um pouco erguido, as linhas definidas e nítidas do corpo tensas com algo que parece antecipação. Percebo que ele está esperando pela minha opinião, ou melhor, meu *elogio*, como uma criança que exibe, cheia de orgulho, um desenho que fez na aula de arte.

Franzo os lábios.

— Não sabia que você tinha um fetiche por receber elogios.

Surpresa — e talvez até vergonha — surge em seu rosto. Então, aquela máscara calma e inexpressiva que estou acostumada a ver volta ao lugar, e quase me arrependo da provocação.

— Eu *não* tenho um...

— Tá bom, tá bom, tanto faz.

Mas quando me viro e abro a boca para provocá-lo ainda mais, paro no mesmo instante.

Nesse ângulo, sob as luzes fluorescentes do corredor, o cansaço que obscurece suas feições é mais perceptível do que nunca. Ele deve ter passado pelo menos duas ou três noites acordado nos últimos dias só para terminar o aplicativo.

E mesmo sabendo que ele só está fazendo isso pelo lucro, pelos próprios interesses, as palavras ainda saem da minha boca:

— Obrigada... por ter feito tudo isso. De verdade. Ficou... ficou ainda melhor do que eu esperava.

Talvez seja só um truque de luz, mas juro que vejo as pontas das orelhas de Henry ficarem rosadas.

Se você pudesse ver o sol 75

— Fico contente — responde ele baixinho, sustentando meu olhar pelo que me parece tempo demais.

Limpo a garganta e desvio o olhar, me sentindo estranhamente constrangida de repente.

— Certo. Hum, enfim. E agora, o que a gente faz?

Henry responde puxando outro iPhone novinho em folha do bolso.

— Ninguém na nossa escola tem esse número — explica ele, interpretando mal minha expressão.

— Você tem dois celulares?

— Três, na verdade — responde Henry, em um tom corriqueiro

— Um para o trabalho, um para contatos pessoais e um para mim

Qualquer onda de gratidão que senti evapora no mesmo instante. Cerro os punhos ao lado do corpo. Aprendi, não muito depois de chegar ao Airington, que me comparar com pessoas como Henry só me deixaria infeliz, mas ainda não consigo deixar de pensar no celular surrado que tenho no bolso, em como Mama teve que trabalhar horas extras durante o Festival da Primavera só para economizar dinheiro suficiente para comprá-lo.

— Tudo o que precisamos agora é divulgar o aplicativo — comenta Henry, abrindo alguns aplicativos de mídia social diferentes com uma velocidade impressionante: WeChat para os chineses locais, Facebook Messenger para os sino-americanos, WhatsApp para os malaios e Kakao para os coreanos.

— Eles não vão acreditar se você disser que conhece alguém que pode ficar invisível — ressalto. — Ainda mais se você estiver enviando mensagens de um número desconhecido.

— Não vão — concorda Henry. — É por isso que vou deixar essa parte de fora. Tudo o que importa para eles é no que o aplicativo pode ajudar, e não como isso vai ser feito.

Apesar de tudo isso ter sido ideia minha, agora que está acontecendo de verdade, não consigo impedir que a descrença aos poucos me domine. E se todo mundo achar que isso não passa de uma grande piada? E se denunciarem para os professores? E se...

76 Ann Liang

— Pare de se preocupar — fala Henry, sem sequer olhar para mim, como se pudesse ler minha mente.

— Não estou preocupada — resmungo. Percebo que estou retorcendo os dedos e os forço a ficarem parados ao lado do corpo. — Quanto tempo você acha que vai demorar?

Ele termina de digitar uma última mensagem no Kakao e depois pega o outro celular de novo.

— Espere um minuto.

Tento imitar a calma e a paciência dele. Começo a contar até sessenta segundos em minha mente. Faço um esforço para manter a expressão neutra, casual, para fazer parecer que estamos só discutindo algumas questões mais difíceis da lição de casa. Qualquer coisa para afastar as suspeitas dos estudantes passando enquanto colocamos essa coisa para funcionar.

Se funcionar.

Sei que as notícias sempre circulam em uma escola como a nossa, mas será que seria tão fácil assim? Tão rápido?

Chego aos quarenta e cinco segundos quando o celular de Henry vibra. O logotipo do fantasma azul se acende, brilhando em pulsos rápidos, como se estivesse em sincronia com quão forte meu coração bate. Uma notificação pisca na tela: **Uma nova mensagem**.

Henry não poderia parecer mais satisfeito consigo mesmo. Ele acena para que eu abra a mensagem e obedeço, tentando ignorar a sensação de tremor em meus ossos, a aterrorizante noção de que, agora, não tenho mais como voltar atrás.

No mesmo instante, uma mensagem do usuário C207 aparece:

isso funciona msm?

Respiro fundo e respondo:

Só tem um jeito de descobrir.

Se você pudesse ver o sol 77

5

Foi um erro vir até aqui.

É só nisso que consigo pensar enquanto o táxi para do lado de fora do shopping Solana, quase atropelando o moço que vende brilhantes balões de hélio do *Xi Yang-yang* na traseira de sua bicicleta. Com a iluminação destacando-se contra o céu sem estrelas, o enorme complexo comercial parece muito maior e mais grandioso do que nas imagens que encontrei no Baidu, as árvores e amplas vitrines todas decoradas com luzes cintilantes. Há até um rio escuro passando por uma fileira de cafeterias ocidentais em uma extremidade, a superfície imóvel refletindo o brilho das fontes de água.

Tudo aqui parece limpo. Chique. *Caro*, da arquitetura europeia até as garotas bem-vestidas, na casa dos vinte anos, balançando as bolsas de grife sobre os ombros finos e brancos como quem não quer nada.

É um mundo completamente diferente dos supermercados pequenos que sempre têm cheiro de peixe cru e das lojas decadentes perto da casa dos meus pais. Um mundo adequado para pessoas como Rainie ou Henry, mas não para mim. Não consigo deixar de me sentir deslocada, como um gato em meio aos leões, todos os músculos do meu corpo tensos, preparados para serem atacados.

— São 73 remimbis — diz o taxista.

Demoro um segundo para entender o que ele está dizendo com seu forte sotaque regional e, quando entendo, quase surto. Solana não fica tão longe assim do Airington; todo o tempo que passamos presos no trânsito deve ter aumentado o preço.

Mas então me lembro de que o usuário C207 está cobrindo minhas despesas de viagem de hoje, além dos vinte mil remimbis se — *quando* — eu concluir o trabalho.

Vinte mil remimbis.

Pensar nesse dinheiro caindo minha nova conta bancária é o bastante para afastar meus medos.

Ao menos por enquanto.

Pago o motorista depressa pelo WeChat e saio do táxi. O ar quente da noite me envolve como uma capa, e dou graças a Deus por ter decidido usar um vestido preto simples, sem mangas, hoje — o único vestido que tenho. Usar o uniforme escolar estava fora de cogitação por motivos óbvios. Não posso arriscar chamar a atenção dos outros antes de ficar invisível.

Enquanto caminho em direção à entrada principal, desviando de um jovem casal que divide espetinhos de cordeiro e de um grupo barulhento de estudantes internacionais (sempre dá para *perceber*), reviso a lista de afazeres em minha mente:

Um: encontrar o pai do usuário C207.

Dois: segui-lo pelo restante da noite sem ser pega, ou até...

Três: conseguir informações o bastante para saber se ele está ou não traindo a esposa.

Quatro: enviar as provas ao usuário C207.

Assim que chego às portas de vidro deslizantes, pego o celular e dou mais uma boa olhada nas fotos que C207 me enviou ontem, para tentar lembrar aquele rosto de cabeça. Essa tarefa seria *muito* mais fácil se o pai do usuário não se parecesse com a maioria dos homens ricos de cinquenta e poucos anos: barriga de cerveja marcada na camisa social engomada; cabelos curtos e grisalhos; tez avermelhada devido aos muitos barzinhos por

Se você pudesse ver o sol 79

conta da empresa; nariz arredondado logo acima de um queixo ainda mais redondo.

Mal entrei, e dois ou três empresários que passaram por mim já se parecem bastante com a pessoa que procuro. Um pensamento terrível me ocorre: e se eu acabar seguindo o cara errado? Seria tão fácil estragar tudo. E então? A noite inteira seria desperdiçada, uma noite que poderia ter sido gasta terminando o trabalho de pesquisa de história de dez páginas para amanhã ou fazendo revisão da matéria para a prova de química da semana que vem. Eu teria que dizer a Henry e ao usuário C207 que errei, teria que sentir o gosto horrível do fracasso que passei toda a minha vida tentando evitar, todo o plano iria por água abaixo e...

— Ei, você está bem, garota?

Levanto a cabeça. Uma mulher bonita e de rosto gentil, que parece jovem o suficiente para ainda estar na faculdade, parou para olhar para mim, os olhos sob os enormes cílios arregalados de preocupação.

Percebo que estou batendo os pés ansiosamente na calçada, feito um coelho assustado, e duvido que minha expressão esteja transmitindo alguma calma. *Se controle, Alice,* eu me repreendo, forçando os pés a ficarem imóveis. Vai ser impossível gerir um projeto criminoso de sucesso se tiver nervos de tofu aguado.

— Claro. Estou bem. Ótima — respondo com a maior empolgação que consigo. Talvez um pouco empolgada *demais.* A mulher dá um passo discreto para trás, como se não tivesse certeza da minha sanidade mental.

— Tudo bem, então, só para saber... — Há um sotaque sulista distinto em sua voz (quando digo sulista, me refiro ao sul da China, não ao Texas). Ele marca o ritmo de cada palavra como a água fluindo em um riacho. Após deliberar por alguns instantes, ela se vira para ir embora, mas antes que eu possa respirar aliviada, a mulher para e pergunta: — Você veio com alguém? Com seus pais?

Socorro, Deus.

Sei que posso facilmente me passar por alguém de doze ou treze anos, mas a última coisa de que preciso agora é da supervisão de um adulto. Acho que está na hora de testar minha lábia.

— Na verdade, vim, sim — respondo. Minha voz soa algumas oitavas mais aguda do que deveria. — Hum, meus pais estão me esperando ali — aponto para uma fila lotada do lado de fora de alguma churrascaria japonesa por perto —, então é melhor eu ir logo.

Sem esperar pela resposta dela, me afasto com uma velocidade que talvez deixasse a professora de educação física, a sra. Garcia, impressionada. Não paro até entrar em um beco estreito e escuro, escondido entre duas lojas e longe de olhares curiosos, e estico o pescoço para ver se a mulher foi embora.

Ela não foi.

Não porque tenha ficado à minha procura, mas por causa do homem corpulento de cabelos grisalhos indo em sua direção, com um sorriso largo aprofundando as leves rugas ao redor da boca.

O pai dela?, me pergunto.

Então, ele ergue um enorme buquê de rosas que mais parece um adereço de filme de comédia romântica ruim. A mulher grita e corre na direção dele, jogando os braços em volta de seu pescoço em um abraço apertado.

Então... com certeza não é o pai dela.

Estou prestes a ir embora e dar a privacidade necessária aos dois, quando o homem gira a mulher, erguendo o queixo em um ângulo que me permite ver melhor seu rosto e, de repente, tenho a estranha sensação de que já o vi antes, em algum jornal ou...

As fotos. Claro.

Pego o celular de novo só para verificar e, como é de se esperar, aquele mesmo rosto redondo e de feições simples está me encarando de volta.

Mas no breve tempo que levo para olhar para baixo e para cima de novo, os dois já se separaram, a mulher agora segurando as flores em vez do velho nos braços. Ela diz algo que não consigo

Se você pudesse ver o sol 81

entender e ele ri, um som alto e estrondoso. Juntos, eles seguem por uma das ruas bem-iluminadas à beira do rio.

Está óbvio o que preciso fazer. Espero até que haja mais alguns metros de distância entre nós e depois os sigo, como um fantasma se preparando para assombrar uma pessoa pela primeira vez.

A verdade é que seguir alguém é muito mais difícil do que eu pensava.

Parece que o número de pessoas em Solana aumenta à medida que o céu escurece e, mais de uma vez, quase perco o alvo de vista ou sou forçada por um grupo de jovens evidentemente embriagados a dar um passo para trás.

— Ei, meinu — diz um dos homens para mim, me causando um arrepio de horror. *Meinu* quer dizer *menina bonita,* o que imagino que deveria ser um elogio, mas as pessoas aqui chamam qualquer uma entre doze e trinta anos dessa forma. Mesmo que não seja esse o caso, prefiro ser reprovada no meio do semestre do que ter um cara assustador fazendo comentários sobre a minha aparência.

Aperto o passo, tentando ficar o mais longe possível do grupo, e quase esbarro nas costas do velho e da namorada.

Com o coração acelerado, desvio depressa na esquina mais próxima antes que eles possam me ver. Os dois pararam em frente ao que parece ser um restaurante chinês bastante chique, do tipo tradicional, com lanternas vermelhas balançando nos beirais pintados e imagens de dragões serpenteantes esculpidos nas portas da frente.

Uma garçonete vestida de preto brilhante sai para cumprimentá-los.

— Cao xiansheng! — diz calorosamente. — Por favor, queiram me seguir, vamos lá para cima. Já preparamos seus pratos favoritos e vocês ficarão satisfeitos em saber que o prato de perca-

-gigante de hoje é... — O restante da frase se perde sob um coro entusiasmado de huanying guanglin e o tilintar de pratos e taças de champanhe quando o casal entra no restaurante. Tento segui-los. Agora seria um ótimo momento para ficar invisível, mas é claro que minha nova maldição — poder, aflição, como quiser chamar — não quer cooperar quando mais preciso dela. Com base nos registros detalhados que mantive em meu caderno, a coisa da invisibilidade tende a acontecer uma vez a cada dois dias ou mais, e só quando estou acordada. Como não me transformei nas últimas trinta horas, a probabilidade de isso acontecer em algum momento desta noite deve ser alta.

Deve ser.

Mas sei muito bem que o universo nem sempre funciona como deveria.

A prova disso é que mal dei dois passos quando outra garçonete na entrada levanta a mão para me impedir. Sua beleza tem um quê de crueldade, os olhos escuros com delineador se estreitando enquanto analisam minha aparência.

Sinto um aperto na barriga. É tão óbvio assim que não pertenço a esse lugar?

— Você tem reserva? — pergunta, a voz entrecortada e monótona, como se já soubesse a resposta.

— Hum... Sim, sim — blefo, tentando encontrar uma desculpa em minha mente —, minha família está me esperando lá em cima.

— Lá em cima fica a sala VIP — retruca a garçonete. Seus olhos se estreitam ainda mais, e quase consigo imaginar a conversa que terá com seus colegas de trabalho no segundo em que eu estiver fora de vista: *Você viu aquela garotinha esquisita tentando entrar no restaurante agora há pouco? Acha que ela estava tentando roubar comida ou algo assim?* — Vou precisar de uma prova de que é sócia.

— Ah, claro. — Faço o que espero ser uma demonstração convincente de que estou procurando em meus bolsos um car-

Se você pudesse ver o sol 83

tão que com certeza não tenho. — Calma aí... Ah, não. Devo ter deixado em algum lugar... Calma aí que vou buscar.

Saio porta afora depressa antes que ela possa pensar em chamar o gerente ou um segurança, xingando a mim mesma e minha má sorte enquanto vou me esconder atrás do mesmo canto de antes. Não é como se eu pudesse sacar um cartão VIP do nada, mas tenho a sensação de que alguém como Henry não enfrentaria o mesmo problema. Ele só precisaria de seu charme tranquilo, sua confiança e seus cabelos perfeitos para que o deixassem subir sem pensar duas vezes.

Balanço a cabeça. Não adianta me sentir pior criando cenários imaginários, por mais que essa pareça ser minha maior habilidade. A missão desta noite acabou de começar, e tenho que me controlar até que meus poderes entrem em ação.

Não importa quanto tempo isso demore.

Acabo ficando do lado de fora do restaurante por horas. Pais empurrando carrinhos de bebê e expatriados que, decerto, devem estar a caminho dos bares na Lucky Street passam por mim, conversando e rindo em uma mistura confusa de idiomas, alheios ao pânico que sobe pela minha garganta.

Anda, imploro ao meu corpo, ao universo, a quem quer que esteja ouvindo. *Vai logo, depressa.*

Mas mais ou menos uma hora insuportável se passa, e eu me sinto mais idiota a cada segundo, até que enfim, *enfim,* o frio familiar toma conta de mim, acompanhado por um alívio quase avassalador. Eu me obrigo a contar até trezentos, para que o frio tenha tempo de se assentar, e depois olho para a janela escura às minhas costas.

Ainda é desorientador e um tanto bizarro não ser capaz de ver meu próprio reflexo, mas, nesse instante, estou feliz que a coisa da invisibilidade esteja funcionando.

O restaurante está lotado quando entro, desta vez com cuidado para não esbarrar em ninguém, e tenho que piscar algumas vezes para me costumar com o interior luxuoso e iluminado. Cada superfície foi polida até praticamente brilhar, desde os gigantescos aquários da frente até as cadeiras de mogno de estilo tradicional dispostas em torno das mesas redondas.

No andar de cima, no entanto, as cores e o nível de ruído são mais suaves, com painéis escuros de vidro e madeira ladeando o corredor estreito. Há um saguão luxuoso no outro extremo, o tipo de lugar em que os mais ricos dos ricos devem estar ocupados trocando segredos comerciais ou se preparando para comprar a Groenlândia com pequenos copos de baijiu. Mas, antes do saguão, vejo a entrada de seis salas privadas. O velho e a namorada devem ter entrado em uma delas.

Ando na ponta dos pés de porta em porta, agradecendo em silêncio a qualquer Deus do Crime que exista por aí, porque as paredes não são à prova de som. Trechos de conversa flutuam em minha direção, mas só quando chego ao quinto cômodo é que ouço o que procuro: uma voz feminina suave, com um distinto sotaque sulista.

— ... o hospital, mas os médicos dizem que pode levar meses até que possam de fato prosseguir com a operação.

— O quê? — esbraveja uma voz masculina rouca, seguida por um baque abafado, como se alguém tivesse batido com o punho na mesa. — Isso é ridículo!

— Eu sei. — A mulher funga. — E a única forma de antecipar a data é pagando uma taxa extra, mas é... é tão cara.

— Quanto é?

Há uma breve pausa. Então:

— Trinta e cinco mil remimbis.

— Baobei'r — diz o homem, acrescentando um som de *er* no final do apelido, como fazem todos os velhos habitantes de Pequim. — Por que você não me contou antes? Isso não é nada.

— Pra *você* — reclama a mulher. Ouço o rangido de uma cadeira pesada sendo arrastada, e imagino-a se afastando dele, o mau humor se estabelecendo em suas feições delicadas. — Mas pra mim...

Se você pudesse ver o sol 85

— Não seja boba. Quantas vezes eu tenho que dizer, baobei'r? O que é meu é seu, claro.

Enquanto o homem continua falando frases cafonas e palavras de consolo, pego o celular e aperto o botão de gravar. É um bom começo, mas uma gravação de voz de baixa qualidade não é o bastante. Ainda preciso de provas fotográficas.

Estou tentando descobrir como entrar sem abrir a porta quando uma garçonete passa carregando uma elaborada travessa de frutas servida em gelo seco. Todas as lichias foram descascadas e fixadas no lugar com mini palitos de madeira, e as melancias frescas foram esculpidas no formato de flores desabrochando.

Com um cotovelo, a garçonete abre a porta e eu aproveito a oportunidade para entrar na sala logo depois dela.

No mesmo instante, entendo por que as salas privadas são reservadas só para os VIP. Um lustre brilhante pende do teto alto, lançando raios de luz no chão acarpetado, e o espelho de corpo inteiro na parede é como uma versão muito mais cara de uma bola de discoteca. Abaixo dele, o velho e a namorada estão sentados ao redor de uma mesa que parece grande o bastante para acomodar vinte convidados a mais, a toalha vermelha quase toda coberta por uma extravagante e deliciosa variedade de pratos. Nunca comi a maioria deles, só vi em anúncios ou dramas palacianos chineses: pepinos-do-mar refogados e abalones fervendo em duas pequenas panelas de barro, sopa de ninho de andorinha brilhando em um mamão oco, feito neve que acabou de cair.

Faço o possível para ignorar a fome que surge em minha barriga de repente. Estava tão nervosa antes de vir para cá que não almocei — e agora me dou conta de que foi um erro.

— Desculpe incomodar, Cao xiansheng — diz a garçonete, abaixando a cabeça e estendendo a travessa de frutas na direção dele como uma oferenda a um rei. — O gerente me pediu para trazer este prato de frutas de cortesia, como uma pequena demonstração de agradecimento. Também serviremos mingau doce de feijão-vermelho no final da refeição. Espero que goste.

O homem balança a mão no ar antes mesmo de ela terminar a frase, com certeza já acostumado com esse tipo de tratamento. Assim que a garçonete pousa o prato e se vira para ir embora, a mulher pega as lichias.

— Ah, minhas *favoritas*. — Ela suspira, mastigando a pequena fruta brilhante com tanto prazer que sinto que deveria desviar o olhar.

Mas é claro que o homem se aproxima, sorrindo, e então, para meu absoluto horror, começa a dar as lichias *na boca dela*. Eu devia ter cobrado mais por esse trabalho, de verdade. Resistindo à vontade de vomitar, tiro o máximo de fotos que consigo com o celular, me certificando de obter uma imagem nítida dos rostos de ambos, mesmo quando sinto um peso na consciência. Não é como se eu tivesse qualquer empatia por traidores que namoram mulheres com metade da própria idade, mas minha presença aqui ainda é uma óbvia invasão de privacidade. E a jovem foi gentil comigo antes. Se essas fotos acabarem, de alguma forma, a afetando...

Não. Não devo me preocupar com isso. Eu *não posso* me preocupar. Estou aqui apenas para reunir provas; o usuário C207 pode decidir o que fazer com elas.

Já estou planejando mentalmente a viagem de volta aos dormitórios, pensando nos deveres de casa que preciso fazer e nos lanches noturnos que posso pegar na cozinha da escola se ainda estiver invisível até lá, quando meu estômago ronca.

Bem alto.

Eu congelo. A mulher também congela, a lichia meio comida caindo de sua boca aberta, e eu poderia ter rido da expressão de desenho animado em seu rosto se não conseguisse sentir meu coração prestes a sair pela garganta.

— Você... você ouviu isso? — sussurra a mulher.

— Ouvi. — As sobrancelhas grisalhas do homem se juntam. Depois, em um tom pouco convincente e casual, ele diz: — Deve ter sido o ar-condicionado. Ou as pessoas na sala ao lado.

— Talvez — responde a mulher, incerta. — É só que...
Parecia tão próximo de mim. Você não acha que alguém pode estar se escondendo aqui?

O homem balança a cabeça. Depois faz um som de estalo com a boca, outra tentativa de parecer indiferente.

— Viu, Bichun, é por isso que falei pra você parar de assistir àqueles programas assustadores de detetive à noite. Faz mal aos nervos e é o bastante pra fazer a imaginação de qualquer pessoa ficar fértil.

— Acho que sim... — No entanto, enquanto a mulher diz isso, seus olhos vagam por um local a apenas alguns metros de onde estou. Tensiono todos os músculos do corpo, com medo de respirar. Depois de alguns instantes de silêncio, a mulher parece relaxar um pouco, voltando às lichias.

Mas meu estômago me trai ao roncar de novo.

A mulher pula na cadeira como se tivesse sido atingida por um raio.

— F-fuwuyuan! — chama ela, a voz aguda de medo. — Fuwuyuan, rápido, entre aqui!

A garçonete do lado de fora responde no mesmo instante, as portas se abrindo enquanto ela entra correndo na sala com um cardápio pesado debaixo do braço.

— Aconteceu alguma coisa, senhora? A fruta não foi do seu agrado ou...

— Esqueça a fruta! — A mulher aponta um dedo trêmulo em minha direção. — Eu ouvi... ouvi um barulho...

— Que tipo de barulho?

Não espero para ouvir o restante da conversa. Vou na ponta dos pés até a porta aberta, grata pelo carpete grosso que mascara meus passos. Então começo a correr, descendo as escadas em caracol, passando por garçons carregando bandejas e saindo para a rua.

Só me permito parar de correr quando viro a esquina do restaurante. Estou ofegante. A parte de trás do meu vestido está encharcada de suor e sinto uma pontada horrível na lateral do corpo, mas nada disso importa agora. Não quando tenho as provas em mãos.

Ainda com falta de ar, abro o aplicativo do Pequimtasma e busco todas as fotos e gravações de voz que fiz no restaurante. Então, clico em enviar.

Meu quarto está silencioso quando entro, as luzes baixas mergulhando tudo nas sombras.

Já passa da meia-noite, e, a essa hora, Chanel costuma ouvir a playlist de K-pop, fazer algum novo treino aeróbico que descobriu ou rir histericamente ao celular com seus outros amigos *fuerdai*, os novos ricos, de alguma piada com nuances culturais demais para que eu possa entender. Este silêncio é inesperado, anormal; ou Chanel decidiu se tornar monge, ou alguma coisa deve ter acontecido.

Eu arrasto os pés ao andar. O aumento repentino de adrenalina que experimentei no restaurante já deu lugar a uma fadiga desnorteante e entorpecente, e tudo que eu mais quero é me jogar na cama e dormir. Mas, em vez disso, acendo todas as luzes e procuro minha colega de quarto no espaço apertado.

Levo alguns instantes para vê-la. Está encolhida no canto mais distante do cômodo, os cobertores de seda apertados em torno de seu pequeno corpo, cobrindo tudo, exceto as mãos e o rosto. Seus olhos estão inchados e vermelhos.

Ela abaixa o celular quando me vê, mas não antes que eu possa notar as fotos aparecendo em sua tela. As mesmas que tirei há apenas algumas horas.

Em meio à minha confusão, penso em algo sem sentido, como: ela deve ter encontrado meu celular de alguma forma. Mas não, ainda consigo sentir o peso dele em meu bolso. E isso não explicaria por que ela está chorando. O que as fotos teriam a ver com Chanel?

Se você pudesse ver o sol **89**

E é nesse momento que entendo.

Cao. É um sobrenome chinês bastante comum — há pelo menos cinco ou seis Cao em nossa escola — e, por isso, não pensei em ligar os pontos antes, mas agora parece óbvio. O velho do restaurante deve ser o pai dela.

A culpa faz meu estômago se revirar. Durante todo esse tempo em que eu estava criando fantasias com o dinheiro que iria para minha conta bancária, a vida de Chanel estava desmoronando.

Ainda assim, ela não sabe que eu sei. O mais inteligente a se fazer — o mais *seguro* a se fazer — seria deixar por isso mesmo, agir como se nada estivesse errado e passar o restante da noite fazendo o dever de casa. Deixá-la sofrer e se enfurecer como quiser. Tenho certeza de que Chanel tem muitos amigos para confortá-la, de qualquer maneira.

Mas enquanto olho para sua forma triste e curvada, sozinha no escuro, uma velha lembrança vem à tona: alguns meses depois de morarmos juntas pela primeira vez, ela me encontrou deitada de bruços na cama, ainda de uniforme, minha prova de chinês em pedacinhos em volta de mim. Um horrível 8,7 estava rabiscado em um dos cantos rasgados. Ainda não éramos tão próximas, mas ela se sentou ao meu lado como se fosse a coisa mais natural do mundo e zombou alegremente de cada pergunta da prova até que eu sentisse mais vontade de rir do que de soluçar.

Meu coração vacila.

— Ei — deixo escapar, dando um passo mais para perto enquanto amaldiçoo minha própria língua. — Hã... Você tá bem?

Chanel olha para mim de seu casulo de cobertores. Quase espero que ela ignore a pergunta, ou talvez fique em silêncio até eu entender a mensagem e ir embora, mas ela responde depressa, com uma violência surpreendente:

— Tirando o fato de que meu pai é um verdadeiro idiota? Tô ótima.

Tento esconder o choque. Não consigo me imaginar chamando Baba de algo assim, não com todos os seus sermões sobre piedade filial e respeito aos mais velhos, independentemente do que acontecesse.

— Desculpa — diz Chanel, talvez sentindo meu desconforto. Ela puxa os cobertores para cima do rosto, de modo que suas palavras ficam abafadas quando explica: — Eu só tive um dia de merda.

Hesito, depois me sento no chão ao lado dela e pergunto, como se estivesse fazendo um teste para o personagem secundário em um drama escolar:

— Você quer conversar?

Ela bufa, embora soe um pouco como um soluço.

— Já não estamos conversando?

— Certo — respondo, me sentindo uma idiota. Parte de mim já está arrependida desta conversa, mas outra parte, a parte que antes esperava que Chanel e eu nos tornássemos melhores amigas, também não quer deixar as coisas assim. — Acho que estamos.

— É que... eu não consigo entender. — Ela suspira, soprando uma mecha de cabelo meio molhada para longe dos olhos. Depois pega o celular, olha para outra foto e o vira para baixo com tanta força que quase pulo de susto. — Eu. Não. *Consigo. Entender.*

Decido ficar em silêncio.

— Não faz sentido nenhum. Minha mãe nunca... Quer dizer, esse tempo todo, ela estava ocupada preparando o aniversário dele. Dá pra acreditar? Ela fez reserva no restaurante favorito dele, contratou a banda favorita dele e até mandou fazer um qipao sob medida só para a ocasião, e ele está... — Chanel aperta o celular com mais força, os nós dos dedos ficando brancos. — No que ele tava pensando? *Por quê?* — Então ela se vira para mim, como se de fato esperasse que eu tivesse uma resposta.

— Mas não é culpa da sua mãe, né? — respondo devagar.

— Quer dizer, se até a Beyoncé foi traída...

Se você pudesse ver o sol 91

Os olhos de Chanel se estreitam.

— Espera. Como você sabe disso?

— Sei do quê? — digo, parte de mim se perguntando, no meu estado de privação de sono, se ela está falando da Beyoncé.

— Eu não falei nada sobre a traição do meu pai. Como você sabia?

Merda.

O pânico faz minha garganta fechar. Solto um som vago e hesitante, revirando a mente em busca de alguma explicação plausível.

— Foi a Grace quem contou? — insiste Chanel. — Porque eu pedi especificamente pra que ela não abrisse a boca até que eu tivesse provas. Ma ya — murmura ela, mudando para o chinês. — Aquela garota não consegue segurar a língua.

— Não, não, não é isso. Sério — acrescento quando ela me lança um olhar de descrença. Se existisse um boletim oficial para criminosos, eu estaria agora com um sete ou seis; qualquer criminoso nota dez já teria uma desculpa pronta, colocaria toda a culpa em Grace e seguiria em frente com a própria vida. Mas visto que o pai de Chanel tem enganado ela e a mãe esse tempo todo, parece cruel alimentá-la com outra mentira, por menor que seja.

Além do mais, talvez as coisas fiquem mais fáceis se eu incluir minha colega de quarto no plano, para que ela não fique preocupada se eu desaparecer pelas manhãs.

— E aí? — pergunta Chanel, me observando de perto. — Quem foi que contou?

— Ninguém.

Ela franze a testa.

— Então como…

— Olha, talvez seja mais fácil eu mostrar. — Pego o celular e abro o aplicativo na conversa recente com o usuário C207, *nossa* conversa recente. O olhar de Chanel fixa-se nas fotos de seu pai no restaurante e depois passa para as fotos idênticas no celular dela. Ela fica boquiaberta.

— *Você* é a pessoa por trás do Pequimtasma? — indaga. Ela inspeciona as fotos de novo, segurando o celular tão perto do rosto que seu nariz pequeno quase toca a tela. Então ela olha de volta para mim. — É sério isso? *Você?*

— Não precisa soar tão cética — retruco, sem saber se devo ficar ofendida com a reação dela.

— Desculpa. É que você não me parece o tipo de pessoa que... sabe.

Não sei, de verdade, mas não adianta pedir para que ela seja mais específica. Então, pergunto:

— Quem você achava que era, então?

— Não sei dizer. — Ela dá de ombros, as cobertas deslizando alguns centímetros nos ombros. — Henry, talvez? Ele é bom com essas coisas tecnológicas e tem os genes de empreendedorismo do pai.

Cerro a mandíbula. Henry, *de novo*. Ele está por toda parte, até quando não está aqui.

— Enfim — acrescenta Chanel, balançando a cabeça. — A questão não é essa. *Como* você fez isso? Eu achei que... sei lá, talvez o aplicativo tivesse algum tipo de câmera secreta que permitisse espionar, mas a qualidade da foto é perfeita. E o ângulo. — Ela aponta um dedo de manicure impecável para a foto, claramente tirada na altura dos olhos. — É quase como se você estivesse ali na sala com eles.

— Bem, hã... — Uma risada nervosa escapa da minha garganta. Mas suponho que seja melhor acabar logo com isso. — A questão é que... eu estava mesmo na sala com eles.

Chanel também ri, mas é um som de incredulidade.

— Até parece.

— Estou falando sério.

— É, você *sempre* fala sério, Alice. Mas o que você está dizendo... não faz sentido algum. Tipo, de jeito nenhum. Se você tivesse entrado na sala com meu pai, ele teria chamado os seguranças.

— Se tivesse me visto — interrompo —, mas ele não viu.

Ela me encara, agora parecendo um pouco preocupada com minha sanidade mental.

— Estou *ouvindo* o que você diz, sério. Mas não entendo como isso funcionaria, de verdade, a não ser que você pudesse se camuflar ou ficar invisível ou algo assim.

Eu sei que ela está só brincando, mas aproveito a oportunidade.

— Na verdade, é isso mesmo.

— O quê?

— Posso ficar invisível. Olha. — Amplio a foto depressa para provar antes que ela proteste. — Viu o espelho no fundo? Se alguém estivesse ali para tirar a foto, você deveria conseguir ver o reflexo da pessoa, certo? Ou pelo menos uma sombra. Mas aqui...

— Não tem nada — murmura Chanel, terminando a frase para mim. Então, franze as sobrancelhas. — Tem certeza de que não é Photoshop? Porque eu já vi as fotos que a Grace posta no Instagram, e fotos podem enganar *muito*.

Ignoro seja lá qual for a picuinha entre ela e Grace e olho diretamente nos olhos de minha colega de quarto.

— Chanel, juro que estou falando a verdade. Se não estiver... — Faço uma pausa, tentando encontrar a melhor maneira de convencê-la de que estou falando sério. — Se não estiver... então, que eu tire nota baixa em todas as provas de agora em diante. Que eu seja rejeitada em todas as universidades da Ivy League a que me candidatar. Que eu... — Engulo em seco. Mesmo que tudo isso seja hipotético, ainda é doloroso dizer em voz alta. — Que eu tire notas mais baixas que Henry Li em todas as matérias.

Chanel leva a mão à boca, e nunca, em toda a minha vida, me senti tão grata por ter a reputação de ser uma aluna acima da média.

— *Não*. Não pode ser.

Concordo com veemência.

— Sim. Só pra você ver que estou falando *muito* sério.

Espero até que ela processe tudo o que falei. Um longo momento de silêncio se passa, então...

— *Wocao!* Quer dizer... uau. Puta merda. *Puta que p...* — Enquanto Chanel diz o que parece ser cada palavrão existente em inglês e chinês, muitos dos quais nem consigo reconhecer, percebo o quanto essa situação é ridícula. Era exatamente esse tipo de conversa tarde da noite, tão sincera, cheia de *não-acredito- -que-isso-aconteceu* que meu eu de doze anos sonhava em ter. Mas não nestas circunstâncias.

— Quando foi que... *Como* foi... — Chanel começa a perguntar assim que consegue se recompor um pouco.

— Não tenho certeza — admito. — Ainda estou tentando entender algumas coisas.

— *Uau.* — Ela repete com um suspiro, os olhos arregalados. Chanel aperta mais os cobertores em torno de si e se recosta na parede, como se não tivesse certeza de que conseguiria se manter sentada sem apoio por muito mais tempo.

— Pois é — digo sem jeito. — Então, hã...

— É por isso que você não quis ir ao shopping comigo?

— Hã? — Olho para ela, certa de ter ouvido errado.

— Assim que nos mudamos para cá. Convidei você algumas vezes para fazer compras comigo, e você sempre recusava. É por causa de todo esse trabalho paralelo de invisibilidade que anda fazendo?

— Não, não. Isso de ficar invisível é uma coisa bem recente — respondo, ainda sem entender o que uma coisa tem a ver com a outra.

Mas então Chanel abre um sorriso breve e estranho, afundando no chão, e me ocorre que talvez ela tenha tirado suas próprias conclusões — as conclusões erradas — por eu nunca ter aceitado seus convites para passear. Talvez, durante todo esse tempo em que estive preocupada com as compras e roupas caras, ela tivesse a impressão de que eu não gostava dela. O

Se você pudesse ver o sol 95

que é loucura. *Todo mundo* gosta de Chanel Cao; até mesmo os alunos da terceira série do ensino médio, que sempre marcham pela escola como se fossem os donos do lugar, às vezes a convidam para sair para dançar com eles.

Mas, parando para pensar, é difícil saber se fazem isso porque gostam dela ou se porque o pai de Chanel é dono de um monte de boate.

— Ei — digo —, falando nisso. Não é que eu não quisesse ir, sabe. Eu só... eu *queria*. Mas... fazer compras não é minha praia.

Chanel levanta a cabeça, o rosto ainda úmido de lágrimas. Ela examina meu rosto por um instante.

— Você está falando sério?

Eu assinto.

— Por que não me falou isso antes?

— Não sei. Eu só não achei que... — Deixo a frase morrer. *Não achei que isso importasse*, termino mentalmente. *Achei que ninguém se importaria*. Mas só de pensar em dizer essas palavras em voz alta, em me permitir tamanha vulnerabilidade, me sinto enjoada. Ainda assim, me forço a acrescentar: — Mas ainda não é tarde pra isso, né? Se você quiser conversar ou passar mais tempo juntas... Estou aqui. — Aponto para minha cama do outro lado do quarto. — Literalmente.

De alguma forma, a explicação vaga e desajeitada e a piada de mau gosto parecem satisfazer Chanel, porque ela sorri. Um sorriso verdadeiro desta vez, apesar dos olhos inchados e dos lábios rachados.

Então ela pega o celular novamente e entra na página inicial do Pequimtasma.

— O que você está fazendo? — pergunto, cautelosa.

— O que você acha? — responde ela com uma fungada discreta, limpando as manchas de rímel do rosto. — Deixando uma boa avaliação.

6

Acordo com o zumbido alto das abelhas.
Não, não são abelhas, percebo quando me forço a abrir os olhos. É meu celular vibrando na mesa de cabeceira, a tela acendendo repetidamente enquanto muitas notificações chegam ao mesmo tempo. Eu me remexo para pegá-lo, a ansiedade já dando um nó na minha barriga.

Da última vez que recebi tantos alertas assim, tinha me esquecido de ligar para minha mãe por três dias seguidos durante a época de provas e ela achou que eu tinha sido sequestrada, internada ou coisa do tipo. Eu me senti tão culpada que prometi mandar ao menos uma mensagem por dia, só para que ela soubesse que estou bem. E mesmo com tudo o que tem acontecido — mesmo com uma noite como a de ontem —, honrei essa promessa.

Mas se não é minha mãe verificando freneticamente se ainda estou viva...

A confusão some e depois retorna com o dobro de intensidade quando vejo o pequeno ícone do Pequimtasma ao lado de cerca de cinquenta novas notificações. Será que alguém conseguiu hackear o aplicativo?

Já bem acordada, eu me desvencilho dos lençóis baratos e finos enrolados nas minhas pernas e pulo da cama, arrancando o celular do carregador. Então, dou uma olhada nas mensagens, e uma risada silenciosa da mais pura incredulidade surge em meus lábios.

Achei que Chanel estava só brincando quando falou da avaliação ontem à noite, mas parece que ela foi mesmo em frente com aquilo. Não só isso, mas deve ter sido bastante convincente, o bastante para causar um aumento de 770% nos acessos durante a noite.

Meus batimentos aceleram conforme leio os novos pedidos. Sinto um estranho frio na barriga, algo entre nervosismo, empolgação e impaciência, como às vezes sinto antes de fazer uma prova.

Dou uma filtrada nos pedidos mais simples, aqueles que não renderiam muito dinheiro e que nem valeriam a pena olhar, além de algumas mensagens de trollagem com perguntas estranhas e sexuais. Então, vejo o pedido mais recente e congelo.

A mensagem é surpreendentemente detalhada e longa o bastante para ser uma redação, e ainda vem com um acordo de confidencialidade em anexo, mas não é isso que faz um alarme disparar na minha cabeça. É o pedido em si: o usuário quer que eu remova uma série de nudes do celular de Jake Nguyen antes que ele possa espalhá-los.

Tudo que ouvi da conversa de Rainie — ou, em teoria, do teste para uma audição — no banheiro volta à minha mente. Parece coincidência demais. Além disso, quase todos sabem que Rainie e Jake estão nesse vai e vem desde o ano passado, e que o último término foi bem feio. Ao que parece, Rainie teve um ataque de raiva e queimou presentes que Jake dera para ela, que totalizavam cerca de 100 mil remimbis, e Jake respondeu marcando presença em cada bar e clube da Tailândia durante as férias de verão.

Mas os nudes... com certeza isso é novidade. Não seria o maior escândalo da nossa escola, óbvio, não desde que a possível carreira olímpica de Stephanie Kong foi arruinada por um vídeo íntimo vazado, mas também não seria coisa pequena.

Após pensar por algum tempo, escrevo de volta:

Isso conta como pornografia infantil, você sabe, né? Por que não falar com os diretores da escola ou com a polícia?

Minhas suspeitas são confirmadas quando o usuário responde, quase no mesmo instante:

é complicado. não posso arriscar q descubram isso... faria mais mal do que bem, pra falar a verdade.

mas vc vai me ajudar, né??

Mal tenho a chance de pensar no que responder quando outra mensagem chega:

por favor?

isso é urgente, de vdd.

tipo, ele me disse q ia mandar as fotos pros amigos qdo/se sentisse vontade

tentei falar com ele, mas já fui bloqueada em todas as redes sociais. até no facebook.

não sei mais oq fazer

Quase consigo sentir o pânico de Rainie irradiando do outro lado da tela, e a cada nova mensagem que leio, também sinto minha raiva surgindo. Aumentando. Primeiro foi o pai traidor de Chanel, agora isso. Esses últimos dias serviram para me lembrar de por que fico feliz de estar solteira.

Mais mensagens aparecem:

Se você pudesse ver o sol 99

desculpa, não quis te perturbar com tantas mensagens.

sei que você deve ter mto a fazer e mtas pessoas man-dando msg agora

posso pagar adiantado se isso te ajudar a ir mais rápido

50 mil remimbis fica bom?

Devo admitir que me parece errado fazer dinheiro com o desespero dela, cobrar pelo tipo de coisa que eu deveria fazer de graça, por mais que 50 mil remimbis não sejam nada para Rainie e para a família dela.

Mas também estaria mentindo se dissesse que meu coração não acelerou ao ver o número.

Cinquenta mil remimbis. Isso é mais do que Mama ganha em um ano.

Verifico as horas no celular. Ainda são cinco e meia da manhã, o que me dá bastante tempo para assinar o acordo de confidencialidade, fazer a revisão para meu teste de chinês tingxie e, em um mundo ideal, bolar um plano antes da primeira aula.

Eu respondo:

Tá. Vou fazer o melhor que posso.

Então, visto a camisa do uniforme depressa, pego a mochila e saio porta afora, fazendo o mínimo de barulho possível para não acordar Chanel. Depois de tudo que ela passou ontem à noite, é o mínimo que posso fazer.

Henry e eu somos os primeiros a entrar na aula de inglês.

Bom, tecnicamente isso é mentira — o professor, sr. Chen, já está sentado na mesa dele. Está ocupado remexendo uma pilha de provas com as notas quando entro, um copinho de isopor com café entre os dentes, os cabelos pretos feito petróleo e na altura dos ombros presos em um rabo de cavalo baixo. Dentre todos os professores do Airington, é bem provável que o mais falado seja o sr. Chen, e também, de longe, o mais respeitado; ele já escreveu para o *The New York Times,* almoçou com os Obama, publicou uma coletânea de poesias sobre a experiência da diáspora asiática que foi posteriormente indicada para um Prêmio Nobel e se formou em direito em Harvard antes mesmo de fazer vinte anos, tendo, logo depois, aberto mão de um trabalho em que ganhava seis dígitos em uma prestigiosa firma de advocacia em Nova York só para poder dar aulas ao redor do mundo. Ele é, em resumo, tudo aquilo que quero ser.

— Ah, Alice. — O sr. Chen abre um enorme sorriso ao me ver. Ele sorri muito apesar de não haver tantos motivos para sorrir às oito da manhã de uma quinta-feira. Mas também, se *eu* fosse uma advogada-barra-poeta de Harvard bem-sucedida e cheia de prêmios, também estaria sorrindo que nem uma idiota até no meu funeral.

— Bom dia, sr. Chen — digo, retribuindo o sorriso e me forçando a soar tão empolgada quanto possível. É um movimento estratégico da minha parte. Quando for a hora de os professores escreverem cartas de recomendação para nós, quero ser lembrada como alguém "alegre", "positiva" e com "grande habilidade para lidar com pessoas", ainda que isso seja o exato oposto da minha personalidade verdadeira.

É claro que, agora que talvez eu esteja prestes a ir embora, todos esses esforços podem ter sido em vão.

Não. Acabo com esse pensamento antes que ele possa se formar. Agora tenho o Pequimtasma. Uma fonte de renda. Pessoas que querem me pagar *50 mil remimbis* por um único trabalho.

Tudo ainda pode acontecer do jeito que eu quero.

— ... pensou naquele programa de inglês? — o sr. Chen está perguntando, com um olhar expressivo.

Se você pudesse ver o sol 101

Levo alguns segundos para me dar conta do que ele está falando. Ele recomendou — só para mim — um prestigioso curso de escrita que dura dois meses e que acontecerá no fim do ano, e eu fiquei empolgada por exatamente cinco segundos antes de apagar a coisa toda da minha mente. O programa custa quase o valor do apartamento dos meus pais, e mesmo se *fôssemos* ricos e eu tivesse tempo para isso, acho que investiria em um *boot-camp* de programação que nem o que Henry participou no nono ano. Um investimento que desse mais retorno.

Mas é óbvio que não posso dizer isso ao *sr. Chen*.

— Ah, sim, ainda estou pensando nisso — minto. Sinto que meu sorriso está ainda mais estranho que o habitual.

Fico aliviada quando o sr. Chen não insiste no assunto.

— Bom, sem pressa. E enquanto isso... tenho algo pra te entregar. — Ele ergue um papel com minha caligrafia pequena espalhada por toda parte. É a prova de inglês da semana passada: uma redação e duas perguntas dissertativas a respeito do simbolismo em *Macbeth*. — Parabéns.

Meu coração para por alguns instantes, como sempre faz quando estou prestes a receber algum tipo de validação acadêmica. Pego o papel e o dobro ao meio depressa para que Henry, que está vindo na nossa direção, não possa ver minha nota.

— E você também, Rei Henry — anuncia o sr. Chen com uma piscada, entregando a prova de Henry por cima do meu ombro. Não me lembro quem foi o primeiro a inventar esse apelido ridículo, mas todos os professores de humanas parecem se divertir chamando-o assim. Sempre achei um pouco óbvio demais. Afinal, todo mundo sabe que Henry é o equivalente à realeza em nossa escola.

Também tenho um apelido, apesar de só meus colegas de classe usarem de vez em quando: Máquina de Estudar. Eu não me importo, para ser sincera — só ressalta o que tenho de melhor e denota controle. Propósito. Eficiência implacável.

E tudo isso é bom.

Conforme Henry agradece ao professor e os dois começam a falar de algumas leituras extras que ele fez ontem à noite, saio do caminho e olho de fininho para minha nota.

Nove vírgula nove.

Sou tomada de alívio. Se fosse outra matéria, eu já estaria me torturando por esse um décimo a menos, mas é uma regra do sr. Chen nunca dar nota máxima.

Porém, ainda não posso comemorar.

Eu me viro para Henry quando ele terminar de falar.

— Quanto você tirou? — pergunto.

Ele ergue as sobrancelhas. Parece mais descansado do que da última vez em que o vi; a pele lisa feito vidro, os cabelos escuros caindo em ondas impecáveis em sua testa, nem um único amassado no uniforme. Eu me pergunto se ele se cansa de ser tão perfeitinho o tempo todo.

— Quanto *você* tirou?

— Fale você primeiro.

Isso me rende uma revirada de olhos, mas, após alguns instantes, ele diz:

— Nove vírgula oito.

— Ah.

Não consigo evitar o enorme sorriso em meu rosto.

Henry revira os olhos de novo e vai para o lugar dele. Então tira as coisas da mochila devagar, metódico; um Macbook Air brilhante, um estojo transparente da Muji e um grosso fichário com notas autoadesivas coloridas do lado. Ele organiza todas no mesmo ângulo, formando uma linha reta, como se estivesse prestes a tirar uma daquelas fotos bonitonas para uma conta de Instagram focada em estudos. De repente, sem erguer a cabeça, ele diz:

— Deixa eu adivinhar, você tirou nove vírgula nove, então?

Não respondo, só sorrio ainda mais.

Henry olha para mim.

Se você pudesse ver o sol 103

— Você já se deu conta de como é triste que sua única fonte de alegria seja tirar um décimo a mais do que eu em uma prova de inglês?

Paro de sorrir no mesmo instante. Olho feio para ele.

—Abaixa esse ego. Essa não é minha *única* fonte de alegria.

— Claro.

Ele não parece convencido.

— *Não é.*

— Não discordei de você.

— Eu... Ugh. Que se dane. —Apesar de ter mil outras coisas no mundo que eu preferiria fazer, incluindo pisar em Legos descalça, me sento ao lado dele. — Tem uma coisa bem importante que preciso falar com você.

A expressão de Henry não se altera quando me sento, mas, ainda assim, consigo sentir que está surpreso. É uma regra tácita, mas conhecida por todos, que o lugar em que você sentar no começo do ano vai ser seu até o fim.

E é por isso que quando Vanessa Liu, com quem costumo dividir a mesa, uma das melhores estudantes de artes do Airington, entra pela porta alguns segundos depois, ela congela no lugar. Pode parecer exagero, mas não é; ela fica *completamente imóvel*, da cabeça aos pés, conforme outros estudantes surgem atrás dela. Então, marcha até mim com uma expressão de quem se sente traída, ferida. O tipo de expressão para se fazer ao descobrir que seu namorado traiu você com sua melhor amiga, ou algo pior.

— Você vai sentar *aí?* — questiona ela, a voz fina quase chorosa. Quando não respondo, me limitando a sorrir em um pedido de desculpas, ela faz biquinho e continua: — Vai me deixar naquela mesa com a *Lucy Goh?*

— Qual o problema com a Lucy? — pergunto, apesar de parte de mim suspeitar de que já sei a resposta.

Lucy Goh é uma raridade em nossa escola: é classe média-baixa da cabeça aos pés, com pais que trabalham em escritórios de pequenas empresas locais. Ela é um amor de pessoa com todo mundo — certa vez, fez biscoitos personalizados para a turma toda na festa de fim de ano, e é sempre a primeira a correr para ajudar quando alguém cai na educação física —, mas não é um prodígio das artes, como Vanessa, ou musicista, como Rainie, nem se destaca em nenhuma matéria. E é esse o problema. Aqui no Airington, há muitas formas de comprar o respeito dos outros, seja por talento, beleza, riqueza, charme, conexões familiares. Mas a gentileza não é uma delas.

— Tipo, eu sei, ela é legal e tudo o mais — diz Vanessa, arrumando a franja com a mão coberta de carvão vegetal —, mas nos trabalhos em grupos... — Ela para de falar, então se inclina para a frente como se estivesse prestes a compartilhar um grande segredo, apesar de ainda falar alto o bastante para que todos na classe possam ouvir o que tem a dizer: — Ela é meio inútil, sabe o que quero dizer?

Os olhos de Vanessa, que se parecem com os de um gato, se enrugam nos cantos, e ela me olha como se esperasse que eu fosse rir ou concordar.

Não faço nenhum dos dois.

Não consigo fazer nada. Não quando minha barriga está doendo como se ela estivesse falando mal de mim.

E talvez seja porque percebo que Henry está sentado ao meu lado, assistindo e sem dúvidas julgando toda essa conversa, ou porque ainda estou me sentindo poderosa por causa da nota da prova, ou porque tem uma chance de que *nada* dê certo e eu acabe indo embora do Airington no próximo semestre, mas faço algo que não combina nada comigo: digo o que estou pensando.

— Sério? Porque tenho quase certeza de que ela faz muito mais do que você.

Vanessa arregala os olhos.

Eu me encolho na cadeira por instinto, com um medo repentino de que ela me dê um soco ou coisa do tipo. Lembro tarde demais que, para além de todos os prestigiosos prêmios de

Se você pudesse ver o sol 105

arte, Vanessa também ganhou o campeonato nacional de kick-boxing no ano passado.

Mas tudo o que ela faz é soltar uma risada alta e aguda.

— Caramba. Na cara não, Alice — brinca Vanessa, o tom suave e provocativo contrastando com a raiva em seus olhos. Mas antes que eu possa retirar o que disse, ela marcha para nossa mesa de sempre, que agora acho que é a mesa *dela*. Tenho a impressão de que não vou me sentar lá de novo tão cedo.

— Uau — fala Henry quando Vanessa está longe demais para ouvir.

— Uau *o quê?* — questiono, as bochechas rosadas, já me retorcendo de arrependimento por dentro.

Tenho meus motivos para nunca peitar as pessoas na escola, e não é por ser uma covarde. Bom, não é *só* por causa disso. Meus colegas de classe têm redes de contatos tão importantes que é impossível queimar seu filme com um sem queimar mais cem filmes juntos. Até onde sei, posso ter acabado com todas as minhas chances de um dia trabalhar no Baidu ou no Google agora mesmo.

— Nada — responde Henry, mas está me olhando como se nunca tivesse me visto antes. — É só que... você consegue ser bem surpreendente às vezes.

Franzo a testa.

— O que isso quer dizer?

— Esquece. Nada — repete ele. Depois desvia o olhar. — Enfim, o que você estava dizendo antes?

— Ah, certo. Era sobre a missão nova.

— Espera.

Henry abre um novo documento em branco no computador e aponta para que eu escreva o que quero dizer ali.

Escrevo: **é sério isso? Agora vamos trocar bilhetes que nem no sexto ano?**

Ao que ele responde na mesma hora: **Sim. A não ser que você queira que alguém nos ouça e descubra que você é o Pequimtasma.**

Olho para a frente bem a tempo de ver quatro dos nossos colegas de classe nos encarando com curiosidade. Recado recebido.

Então, passo o restante da aula atualizando Henry do pedido de Rainie e planejando o que fazer via computador, olhando de vez em quando para a lousa para fingir que estou fazendo anotações da aula. Não é como se estivesse perdendo muita coisa; o sr. Chen está devolvendo os trabalhos e revisando as respostas da última prova, e muitos dos "modelos de resposta" que ele usa são meus ou de Henry. *Viu*, quase me sinto tentada a dizer para Henry enquanto nossos colegas copiam minhas respostas, palavra por palavra. *Mais uma fonte de alegria.* Mas quando repasso a frase na cabeça, não sei se ela me faz parecer mais ou menos patética.

As aulas passam depressa, o que me surpreende. E quando o sinal toca, fazendo com que todos se mexam nas cadeiras para ir embora, Henry e eu somos os últimos a sair.

Na teoria, não deveria ser tão difícil deletar algumas fotos do celular de Jake Nguyen, ainda mais quando tenho o elemento surpresa a meu favor.

Na teoria.

Mas depois de passar alguns dias observando Jake e seguindo-o a cada vez que ficava invisível, consigo perceber que o cara leva o celular para basicamente *qualquer* lugar que vai — para a aula, a quadra de basquete, até quando vai ao banheiro —, como se fosse o filho primogênito ou coisa assim. Ele é tipo uma paródia de um Gen Z fissurado em tecnologia e que se distrai com facilidade, sempre vendo memes no Twitter ou Moments no WeChat ou fotos dos novos Nikes customizados dos amigos no Instagram. Em diversas ocasiões, sinto vontade de arrancar o celular das mãos dele e acabar de uma vez com isso.

Logo, cinco dias inteiros se passaram e tudo o que consegui durante minhas sessões de espionagem invisível foi descobrir a senha do iPhone dele (que é, literalmente, só *1234*) e a informação de que Jake Nguyen assiste a *Sailor Moon* em segredo nas horas vagas. Para ser sincera, não sei muito bem o que fazer com isso.

O que sei, no entanto, é que quanto mais tempo isso demorar, maiores são as chances de Jake enviar as fotos para alguém. E de acordo com as mensagens cada vez mais desesperadas de Rainie, ele está ameaçando fazer isso em breve.

Então, na quarta-feira de manhã, quando estou me arrumando para ir para a escola, Henry me liga.

Minhas mãos congelam no zíper da saia. Não sei o que é mais estranho: o fato de ele estar me *ligando,* como se estivéssemos no começo dos anos 2000, ou o fato de ser *ele.*

— Alô? — digo, tentando entender enquanto levo o celular até a orelha com a mão livre. Parte de mim está convencida de que o número dele foi clonado.

Então, a voz de Henry surge na linha, tão firme e agradável como sempre.

— Alice. Está ocupada?

— Não. Bom, quer dizer, estava me vestindo — respondo sem pensar.

— Ah. — Há uma pausa estranha. — Certo.

Fecho o zíper depressa e me sento na beira da cama, as bochechas quentes.

— Calma, deixa pra lá. Esquece que eu disse isso. — Do outro lado do quarto, Chanel está roncando baixinho. Pressiono o celular mais próximo à orelha. — Então, hum. O que foi? Por que você está ligando?

— É por causa da tarefa recente.

Por algum motivo, a primeira sensação que surge na minha barriga é... decepção. Mas *é claro* que ele ligou por causa da tarefa recente. Por que mais estaria me ligando?

— Pode falar.

— Já que os negócios têm andado devagar, assumi a missão de observar os movimentos de Jake pelo Salão Mêncio nos últimos dias, um dos pontos mais baixos da minha vida até agora, devo dizer, e acho que encontrei uma pequena oportunidade para que você possa deletar as fotos do celular dele.

Engulo a surpresa. Por educação, tenho mantido Henry atualizado do meu progresso — ou, na verdade, falta de progresso — desde a primeira aula de inglês em que sentamos juntos, mas não esperava que ele fizesse esse esforço para reunir informações sozinho. Parte de mim se sente grata, é óbvio. A outra parte odeia que ele tenha encontrado uma brecha antes de mim. Isso me faz sentir como se ele estivesse ganhando, o que é ridículo.

Não é para ser uma competição.

Ainda assim, não consigo ignorar a pontada quente de irritação no meu peito — nem o estranho arrepio que se segue, como o sopro de um vento de inverno, ainda que todas as janelas estejam fechadas.

Ah.

Henry continua falando, sem saber o que está acontecendo.

O que vai acontecer agora.

— Jake só deixa o celular no quarto quando vai tomar banho. Então, andei pensando… se eu puder esperar no corredor perto do quarto dele e depois derrubar alguma coisa nele fingindo que foi um acidente, algo que exija que Jake tome banho, tipo um suco de laranja, você teria cerca de oito ou nove minutos até…

— É uma ótima ideia — corto, suprimindo um calafrio enquanto me levanto da cama. Minhas mãos estão frias feito gelo. Não, *tudo* parece estranho de alguma forma, as paredes do quarto inchando ao meu redor como uma ferida aberta, meu coração acelerado. O fato de esta não ser a primeira vez em que sinto essa merda não torna a sensação menos horripilante. Menos anormal. — Você acha que conseguiria fazer isso daqui a dez minutos? Estou a caminho.

— Hã… agora?

O frio se espalhou até meus pés. Preciso ir. E logo.

— Sim — consigo dizer.

Se você pudesse ver o sol 109

— Certo, bom, tem só um probleminha, eu ia falar disso agora. Sabe o colega de quarto do Jake, o Peter? Ele ainda está lá, e pelos sons... — Henry faz uma pausa. Ouço uma porta se abrir e, em algum lugar no fundo, juro que consigo ouvir alguém fazendo *beatboxing*. — Ele está ocupado gravando uma música nova. Ou talvez seja mais um dos discursos políticos dele. Sendo sincero, não consigo perceber a diferença.

— O que vamos fazer, então? — interrompo-o, a pressa se fazendo presente em cada palavra. — Quer dizer... *droga*, eu me esqueci do colega de quarto.

—Acho que posso ajudar com isso — diz alguém atrás de mim. Quase deixo o celular cair.

Quando me viro, Chanel está sentada na cama com seu pijama de seda, o olhar ainda meio perdido de sono, mas sorrindo.

— Chanel, eu... — começo a dizer, chocada demais para formular uma frase completa.

— Isso é para o Pequimtasma, não? — pergunta ela. — Desculpa, não consegui não ouvir a conversa.

A voz de Henry surge aguda do outro lado da linha.

— Calma. *Chanel*?

— Sim, oi, Henry — cumprimenta Chanel na direção do celular, o sorriso ficando maior. — O que acha de trabalharmos juntos de novo?

— E quando vocês dois trabalharam juntos? — questiono.

Ao mesmo tempo, Henry diz, com um tom de incredulidade na voz:

— Você contou pra ela do Pequimtasma?

— Pois é, Henry e eu nos conhecemos desde pequenos — explica Chanel depressa, como se não valesse a pena perder tempo com isso. — A sys colaborou com meu pai — por um segundo, os cantos da boca dela se curvam para baixo — em algumas campanhas promocionais para as boates.

— Ah. — Eu não deveria ficar surpresa. Às vezes, tenho a impressão de que todos os alunos do Airington e suas famílias fazem parte de uma intrincada e complexa rede de poder, uma que eu posso ver, mas nunca entrar. Não sem ficar presa lá dentro como uma mosca irritante.

— E a Alice me contou do aplicativo na semana passada — acrescenta Chanel, agora falando com Henry —, mas é uma longa história e me parece que não temos muito tempo. — Ela se vira para mim. — Então. Posso ajudar ou não? Deus sabe o quanto uma distração cairia bem.

Sei que esse tipo de decisão exigiria uma avaliação feita com cuidado, para entender direito os riscos, e *ao menos* duas longas listas detalhando os prós e contras de envolver uma terceira pessoa nisso tudo. Mas também sei que o frio está se espalhando depressa pelo meu corpo.

— Tá bom — respondo —, você tá dentro.

7

— **Isso é tão** *esquisito* — murmura Chanel pelo que deve ser a décima vez enquanto entramos no Salão Mêncio. Ela fica olhando para trás, na minha direção, como se quisesse verificar se ainda estou aqui. — Quer dizer, não consigo *ver* você, de verdade. Tipo, nem um pouco.

— Bom, e o que você esperava? — sussurro.

Dou uma olhada no corredor quase vazio. Ainda é bastante cedo, então a maioria dos alunos não acordou — acho que não compartilham da minha necessidade de ser produtiva antes das seis da manhã —, e os que estão acordados já foram tomar café da manhã. A parte boa é que não vai ter muita gente para testemunhar caso tudo dê errado.

A parte ruim é que vai ser ainda mais suspeito ver Chanel e Henry parados ali.

— Pra ser sincera, parte de mim pensava que… eu nem sei — Chanel continua falando baixinho —, mas coisas assim não acontecem com…

— *Xiiiu* — chamo sua atenção. Um menino que já vi andando algumas vezes pelo campus passa por nós, mas não sem antes olhar de um jeito estranho para Chanel. Deve achar que ela está falando sozinha.

— Desculpa — murmura Chanel quando ele se afasta, quase sem mover os lábios dessa vez.

— Não tem problema. — Falho em acalmar meu coração; meus nervos estão à flor da pele desde que saímos do dormitório. — Vamos acabar logo com isso.

Para o meu grande alívio, Henry já está posicionado do lado de fora do quarto de Jake, como combinamos mais cedo, com uma xícara cheia de café em uma das mãos e um livro de história na outra. Quando Chanel e eu paramos atrás de um dos muitos vasos de planta decorativos no corredor, Henry bate na porta do quarto de Jake, então dá alguns passos para trás.

Um longo minuto se passa. Nada acontece.

Sinto um nó no estômago. E se Jake já tiver saído do quarto? E se ele sentiu que tinha alguma coisa errada, que Henry estava agindo estranho, e decidiu espiá-lo de longe? Não, não é possível. Né?

Mas então a porta se abre, o grave baixo das batidas preenchendo o corredor, e Jake aparece com seus chinelos slide. Está vestindo apenas uma regata branca e larga e samba-canção, os cabelos pretos indo em todas as direções. Ele reprime um bocejo. Depois pisca, olhando em volta confuso.

— Quem foi que bateu? — resmunga.

É a deixa de Henry.

Ele surge, segurando o livro à frente do corpo como se estivesse distraído, como se não estivesse escondido ali esse tempo todo, e tromba em Jake com tudo. A xícara de café sai da mão de Henry, quase em câmera lenta, e o líquido escuro se espalha por toda parte.

— Que *porra* é essa? — Jake cambaleia para trás e leva as mãos à camiseta ensopada.

— Perdão. Não vi você aí — se desculpa Henry, um belo de um ator fingindo que se sente culpado. Algumas gotas de café respingaram nele também e, enquanto observo, ele limpa o rosto devagar com uma careta discreta. — Posso comprar uma camiseta nova pra você se...

Se você pudesse ver o sol 113

Jake balança a cabeça, embora ainda pareça muito chateado.

— Não, deixa pra lá, mano. Só preciso lavar essa merda.

Com isso, ele volta para dentro de seu quarto, vociferando algo que parece "Peter, mano, será que você pode parar com esse rap por *um segundo, caralho*?" e reaparece com uma toalha pendurada no ombro e uma expressão de quem poderia cometer uma chacina.

Enquanto ele sai furioso para o banheiro, Chanel aproveita a chance.

Quando perguntei, no caminho para cá, qual era o plano dela para tirar Peter do quarto, Chanel só deu uma piscadela e respondeu, em um tom prático:

— Vou usar meu charme feminino, é claro.

Achei que era brincadeira.

Mas quando entramos no quarto de Jake e Peter, ela vai direto até ele, os quadris balançando ao ritmo do baixo, e diz, com uma voz meiga:

— *Peter!* Eu estava procurando você.

A batida para. Peter ergue a cabeça do que parece ser um estúdio de gravação em miniatura no canto do quarto, completo com teclado, microfone e tudo o mais.

— Hã... Chanel? — Ele pisca para ela. Depois leva a mão ao pijama de Star Wars, constrangido, como se pudesse, de alguma forma, escondê-lo.

— Desculpa, não estou atrapalhando, estou? — pergunta Chanel, de olhos arregalados. Ela se aproxima de Peter, até que restem apenas alguns centímetros de espaço entre eles. — Eu precisava encontrar você.

Peter dá uma risada nervosa.

— Tá...hum, mas por quê?

— Ai, meu Deus. O que você acha? — pergunta Chanel, com um sorriso tímido, como se estivesse contando uma piada interna. Ela dá um tapa no ombro dele, mas deixa a mão ali, os dedos curvando-se devagar sobre o tecido.

— Você... quer pegar algo emprestado? — sugere Peter, seu olhar indo e voltando da mão de Chanel para o rosto dela.

E apesar de ele não ter dito nada de importante, Chanel começa a rir como se tivesse ouvido a piada mais engraçada do mundo.

— *Não*, bobinho — diz, com carinho na voz. — Meu pai está pensando em contratar novos DJs para a boate e quer que eu o ajude a escolher. Mas então me dei conta de que tenho, tipo, o maior *especialista* de todos bem na minha turma.

— Ah — fala Peter. De repente, ele parece de fato registrar as palavras de Chanel, e fica vermelho. — *Ah*. Quer dizer... Não diria que sou um especialista, mas...

— Ah, para com isso, não precisa dar uma de humilde comigo. — Chanel se aproxima mais, os longos cílios se curvando, e não sei se rio, estremeço ou aplaudo o comprometimento dela.

— Você é supertalentoso e sabe bem disso. Todo mundo sabe.

Peter fica ainda mais vermelho.

De repente, Chanel se afasta, coloca a mão na cintura e o analisa.

— Então, tá a fim de fazer aquilo comigo?

— Fazer... o quê?

Ela ergue uma sobrancelha delicada.

— Pensar numa lista de DJs bons, é claro. Já tenho um rascunho no computador, se você quiser vir dar uma olhadinha.

Por alguns instantes, Peter hesita, como se achasse que poderia ser uma pegadinha. Mas, ao que parece, os *charmes femininos* de Chanel são bem persuasivos, porque ele se levanta da cadeira, ainda tentando esconder os pijamas, e responde:

— Hum, claro. Acho que sim. Só preciso... Deixa só eu me trocar antes.

— Ótimo! Eu espero lá fora.

Chanel sorri para ele e sai pela porta, e eu desvio o olhar depressa quando Peter começa a tirar a camisa. Ouço o rangido da porta do guarda-roupa, o barulho suave dos cabides de plástico

Se você pudesse ver o sol 115

enquanto ele procura algo para vestir, resmungando baixinho —
Aish! — quando bate a perna no canto da cama.

Então Peter sai e eu fico sozinha no quarto.

Na verdade, nunca entrei no quarto de nenhum menino
antes — além do de Henry, é claro —, e quanto mais olho ao
redor, mais percebo que o gosto de Henry por decoração de
interiores deve ser uma exceção.

Há três monitores de computador gigantes e fones de ouvido
colocados sobre a mesa, luzes de arco-íris piscando nos espaços
entre as teclas. Pacotinhos de barras de proteína estão espalhados por toda parte. Dois pôsteres de alguma estrela da NBA e
daquela idol chinesa popular que tantos caras parecem adorar, a
Dilraba Dilmurat, estão colados nas paredes cinzentas. Há meias
e roupas íntimas espalhadas pelo chão em bolas amassadas.

Quando respiro, sinto um cheiro forte de manteiga de
amendoim e algo que pode ser colônia. Torcendo o nariz, procuro na bagunça o celular de Jake. Encontro alguns minutos
depois, meio escondido embaixo do travesseiro. Deixo escapar
um discreto suspiro de alívio. Por algum motivo, achei que essa
seria a parte mais difícil.

Mas então digito os números *1234* e o celular vibra.

As palavras *senha errada* piscam na tela.

Franzo a testa. Tento de novo.

Senha errada.

Minha boca fica seca. Eu vi Jake digitar esses mesmos números nesta segunda-feira, o que significa que deve ter mudado
a combinação ontem. Mais algumas tentativas erradas e ficarei
sem acesso ao celular dele para sempre.

Mas a senha nova pode ser *qualquer coisa.*

Tento ignorar o desespero que surge pouco a pouco. Não
posso estragar as coisas. Não posso. Não sei dizer se algum dia
conseguirei chegar perto do celular de Jake de novo ou se isso
sequer vai importar daqui a dois ou três dias, quando Jake já
tiver enviado as malditas fotos.

Além disso, Henry e Chanel já fizeram a parte deles. Agora, contam comigo para fazer a minha, e mais do que qualquer outra coisa — mais até do que a ideia de fracassar —, odeio decepcionar as pessoas.

Bom, pense, eu me forço. *Que números podem ser importantes para ele?*

Pego meu próprio celular, espero o que parece ser uma eternidade para a VPN se conectar e faço uma pesquisa rápida no Facebook de Jake. Então, insiro a data do aniversário dele.

Senha errada.

Merda. Mordo o interior da bochecha com tanta força que sinto gosto de sangue. Desesperada, pesquiso no Google uma lista das senhas mais comuns de iPhone e tento a segunda opção depois de *1234: 0000.*

Ainda nada — e só tenho mais uma tentativa.

Não, está tudo bem. Tudo bem. Forço minha respiração a se estabilizar. *Não ouse entrar em pânico. Só... imagine que você é Jake Nguyen. Você é um aluno nota seis que passa os fins de semana em boates, diz "kkkkk" em voz alta e não bebe nada além de* shakes *de proteína e álcool. Você se acha um gostosão porque tem um* undercut *e usa uma tonelada de gel de cabelo. Você é o tipo de filho da puta que guardaria nudes da sua ex-namorada e a ameaçaria com elas. Você...*

Examino o quarto em busca de mais informações e reprimo um resmungo.

Ao que parece, você também tem uma caixa aberta de preservativos extragrandes bem na sua mesa de cabeceira.

Agora, se você mudasse sua senha, qual seria?

Uma ideia surge em minha mente. Uma ideia ridícula, risível.

Quase torço, pelo próprio Jake, para estar errada quando digito os números *6969,* mas, dessa vez, o celular não vibra.

E a tela desbloqueia.

Balanço a cabeça, uma risada e um suspiro saindo da minha garganta. Rainie devia ter terminado com ele antes.

Se você pudesse ver o sol   117

Tive medo de demorar muito para encontrar as fotos, de que talvez Jake pudesse ter criado algum arquivo secreto para elas ou as escondido usando um código criptografado que só ele poderia decifrar, mas quando clico no álbum de fotos, vejo, no mesmo instante, uma pasta nomeada apenas com o emoji de pêssego.

Quanta elegância.

As fotos de Rainie aparecem na hora, junto com as de duas outras garotas que nunca vi antes. Deleto todas elas e, a seguir, me certifico de excluí-las também da pasta "apagados recentemente". Estou prestes a guardar o celular quando ouço passos. Então, a voz de Jake surge, ligeiramente abafada pela porta:

— Você ainda está aqui?

Percebo que ele deve estar falando com Henry, que esteve lá fora esse tempo todo... fazendo o quê? Ficando de guarda? Esperando por mim?

Ou será que não confia em mim para fazer o trabalho sozinha?

— Claro — diz Henry —, queria saber se estava tudo bem.

— Se estava tudo bem? — repete Jake, a voz indicando um leve tom de suspeita. — Mano. Era *café,* não veneno ou alguma merda do tipo.

Quando Henry não responde, Jake suspira.

— Tá, cara, não queria ter que falar isso, mas... você tem andado muito por aqui, sabe? Tipo, eu sei que o seu quarto é perto e tudo o mais, mas quero dizer *bem aqui*, pra ser específico, e muito mais do que o normal. Então... ou você tá tentando roubar alguma coisa do meu quarto ou tá secretamente apaixonado por mim.

Fico esperando que Henry congele, talvez negue ou dê alguma desculpa esfarrapada e vá embora o mais rápido possível, mas ele responde com perfeita calma:

— Sim.

Eles passam um bom tempo em silêncio.

— S-sim? — gagueja Jake, e é óbvio que está tão surpreso quanto eu. — Hum, pra qual opção, exatamente?

— Pra segunda, é óbvio.

Preciso de toda a força de vontade que consigo reunir para não soltar uma gargalhada. Espero que Jake perceba a mentira na mesma hora, mas fica óbvio que subestimei a confiança dele em seus próprios encantos, porque um segundo depois ele fala:

— A-ah, bem... Quer dizer, não me leve a mal, cara, você é ótimo e tudo o mais. Sério mesmo. E toda essa coisa de ser gay é... tipo, é de boa pra mim. Sabe, amor é amor e tudo o mais.

— Ele pigarreia. — Mas eu só... eu não sinto o mesmo por você, na real.

— Ah.

— É... Mas, tipo, sem ressentimentos, né? Tudo de boa entre a gente?

— Com certeza. — Henry faz uma pausa. — E peço desculpas se deixei você desconfortável por passar por aqui com tanta frequência. Na verdade, vou embora *agora mesmo*.

Eu sei que essa é a minha deixa para dar o fora, mas algo me faz parar e percorrer o álbum de fotos de Jake de novo. Nem tenho certeza do que estou procurando até encontrar um vídeo que gravaram de Jake alguns meses atrás.

O sangue lateja em meus ouvidos. Adrenalina, medo e algo parecido com empolgação percorrem minhas veias em uma torrente desnorteadora.

Posso? Devo?

E acho que tudo se resume a isto: não sei se seria moralmente correto resolver o problema com minhas próprias mãos, mas sei que Jake é um babaca. Também sei que Rainie deve estar preocupada com isso há meses, e que esse tipo de situação não é nada incomum, mas, de alguma forma, são sempre as meninas que levam a culpa, que são tachadas de vadias e silenciadas e forçadas a arcar com as consequências. E sei que Rainie e eu não somos amigas, que mal nos falamos além da conversa estranha no banheiro, mas não consigo deixar de sentir raiva por ela.

Não consigo resistir à vontade de dar uma lição em Jake.

Se você pudesse ver o sol 119

Meus dedos voam sobre o teclado, quase como se estivessem agindo por conta própria. Pela primeira vez, fico grata e nada envergonhada por ter enviado tantas perguntas e comentários extras sobre as lições de casa para os professores no passado; sei o e-mail de cada um deles de cor.

No momento em que Jake abre a porta, resmungando algo sobre café e muitas pessoas se apaixonando por ele, já fiz o que precisava ser feito. Passo por ele, rápida e silenciosa como um navio de guerra à noite, enfim pronta para voltar para casa depois de vencer uma guerra improvável.

Estamos na aula de inglês quando o sr. Chen abre o e-mail.

Eu me certifiquei de que ele faria isso. O assunto do e-mail não diz nada além de "Turma 12C, Jake Nguyen: Urgente — por favor, mostre na aula". Todos conseguem ler também. O sr. Chen adora mostrar análises em vídeo de nossos textos no YouTube e, por isso, seu computador está quase sempre conectado ao projetor.

Do outro lado da sala, Jake parece confuso ao ver o próprio nome na tela.

Reprimo um sorriso, a ansiedade quase me deixando tonta. *Até que enfim,* quero comemorar. Só uma hora se passou desde que saí de fininho do quarto do Jake para terminar de me arrumar para a escola, mas parece que foi uma vida inteira de espera pela chegada do e-mail programado.

— Ora, ora, o que é isso? — indaga o sr. Chen em voz alta, com as sobrancelhas erguidas.

Jake pisca.

— Eu não...

Mas o restante da frase fica no ar quando o sr. Chen clica no vídeo anexado. No mesmo instante, uma música do BLACK-PINK toca nos alto-falantes no volume máximo, tão alto que metade da turma pula nas cadeiras.

Então o Jake do vídeo aparece na tela. Os cabelos com gel estão um pouco mais curtos do que agora, a pele ainda com o tom bronzeado de sol das férias de verão, e ele está obviamente embriagado, as bochechas tão vermelhas que quase brilham. Seus olhos estão semicerrados enquanto ele canta junto com a música, agitando os braços e batendo os pés em um ritmo irregular, como se estivesse tentando fazer a coreografia também. A julgar pelos retratos de família e pelos gigantescos vasos de porcelana ao fundo, parece que ele está na casa de alguém, mas o local foi redecorado para parecer uma boate. Luzes coloridas piscam, pontilhando a blusa com decote em V e a testa coberta de suor de Jake, e mais adolescentes gritam, batem palmas e gargalham descontroladamente ao fundo.

Alguém no vídeo grita por cima da música, as palavras se misturando de forma que seja quase impossível ouvir o que diz:

— Quem você acha que é a garota mais gostosa da nossa turma?

Jake grita de volta algum nome que não consigo entender e enfia o rosto corado na câmera. Então, erguendo a voz, ele acrescenta:

— Ela é tão... ela é *tão* gostosa. — A boca dele se estica em um sorriso sentimental. — Tipo, cara. Você já viu a bunda dela? Ela poderia sentar na minha cara e eu...

O sr. Chen fecha o computador depressa, mas o estrago já foi feito.

— Jake — diz o professor após uma longa pausa. Ele se levanta, o barulho da cadeira cortando o silêncio. E, ainda assim, acho que a turma nunca fez tanto silêncio antes. — Uma palavrinha lá fora, por favor?

O rosto de Jake está quase tão vermelho quanto no vídeo. Ele enfia as mãos nos bolsos, a cabeça inclinada, e segue o professor até o corredor.

A porta mal se fechou atrás deles quando a turma irrompe no mais puro caos. Sussurros altos e risadas abafadas circulam

Se você pudesse ver o sol 121

pela sala, amigos inclinando-se nas mesas e levantando-se aos pulos, os olhos arregalados, para discutir o que acabaram de ver:

— Ai, meu *Deus*.

— Não acredito.

— No que ele tava pensando? Será que o celular dele foi hackeado?

— Que vergonha alheia, sério. Tipo, eu estou morrendo de vergonha, literalmente.

— Você *viu* a cara do sr. Chen? Ele parecia pronto para pedir demissão.

— Eu sempre soube que o Jake Nguyen era um boy lixo. É só olhar para o cabelo dele.

— É por isso que a Rainie deu um pé na bunda dele. Fala sério.

— *Credo,* nem consigo acreditar que eu era a fim dele no sétimo ano. Vou me matar na frente do...

Enquanto meus colegas continuam falando uns por cima dos outros, Henry me olha em silêncio, a uma cadeira de distância, e entendo a pergunta em seus olhos escuros: *Foi você quem fez isso?*

Não digo nada, só dou de ombros e finjo que estou muito interessada nas anotações que fiz de *Macbeth,* sublinhando as palavras *vingança, desejo* e *culpa.*

Mas sei que, de alguma forma, ele conseguiu ler a resposta nos meus olhos também.

— Ouvi dizer que Jake Nguyen vai ficar de detenção todos os dias até o fim do mês — comenta Henry enquanto caminhamos para a aula no dia seguinte — por enviar, de forma deliberada, conteúdo inapropriado e — ele faz aspas no ar — "se comportar de uma forma que não representa os bons valores escolares do Airington".

— Que bom — respondo, sem conseguir evitar a sensação repentina de vitória. Estou torcendo para que, com a punição, Jake aprenda a ser um pouco mais cuidadoso quanto às suas ações.

E, caso não aprenda, ao menos as outras garotas da nossa escola vão pensar duas vezes antes de sair com ele.

Ao virarmos uma esquina do salão lotado, eu me viro para Henry.

— Ah, sim. E por falar em Jake, acho que deveria ter dito isso antes, mas... — Congelo, as palavras que me preparei para dizer desde ontem queimando na minha garganta. Por que é tão difícil ser legal com ele? O que há na palavra *obrigada* que me faz sentir uma vulnerabilidade tão repugnante?

— Mas?

Fala logo, ordeno a mim mesma. Desviando o olhar e resistindo à vontade de me encolher, digo a ele:

— Só queria agradecer por aquele teatrinho do outro dia. Acho que você até que atua bem e tal.

Ótimo. Mesmo quando tento ser legal, parece que estou zombando dele.

Mas os lábios de Henry se curvam nos cantos, como se eu tivesse acabado de fazer o melhor elogio do mundo, e ele fala:

— Bem, é claro que sou um ótimo ator. É um dos meus muitos pontos fortes.

— A humildade também é um deles? — pergunto, seca.

— É óbvio.

Reviro os olhos com tanta força que quase vejo estrelas. Mas quando saímos do prédio e passamos por um grupo de alunos do sétimo ano que nos encaram como se tivéssemos acabado de sair da capa de uma revista, um deles dizendo com uma voz admirada e ofegante: *"Caramba, não sabia que Henry Li e Alice Sun eram amigos"*, minha leve irritação cede espaço para a alegria. É bom ser notada. Muito bom.

— Sabe — penso em voz alta —, se não fosse por todo esse ódio que temos um pelo outro, acho que a gente formaria uma dupla e tanto.

Fico esperando que Henry erga as sobrancelhas, como sempre, ou faça um comentário sarcástico, mas ele para de andar de repente.

Se você pudesse ver o sol 123

— Calma aí. A gente se odeia?

Ele pergunta como se isso de fato fosse uma novidade. Como se não tivéssemos passado os últimos quatro anos trocando provocações maldosas e olhares furiosos de lados opostos de cada aula que tínhamos juntos. Como se eu não tivesse me arrastado para as sessões extras de revisão de química do semestre passado com uma febre de 39 graus só para ele não tirar uma nota melhor que a minha na última prova.

Eu me viro para encará-lo, a luz do sol me fazendo semicerrar os olhos, e por um breve instante percebo algo parecido com mágoa em suas feições.

Não, deve ser minha imaginação. Poucas coisas nesse mundo têm o poder de machucar Henry Li — coisas como uma queda repentina nas ações da SYS ou ter o nome em último lugar na lista Forbes Under 30.

Eu não tenho tal poder.

— O que você *achava* que era isso? — questiono, apontando de mim para ele.

— Bem, não tenho certeza. — Henry me encara por um momento. Depois coloca as mãos nos bolsos de trás. — Uma competição divertida?

— Divertida — repito, incrédula.

Mas, sim, *é óbvio* que ele enxerga nossos quatro anos de rivalidade como algo divertido. Para alguém como Henry, que sempre terá os negócios do pai e a fortuna da família como porto seguro, tudo não passa de um jogo. As consequências não são verdadeiras. As ameaças não são reais. Ele poderia fracassar mil vezes na vida e ainda assim dormir tranquilo, sabendo que haveria comida esperando por ele em casa, plano de saúde para os pais e mais dinheiro do que precisa no banco.

Henry e eu podemos ter objetivos e notas semelhantes, mas, no fim das contas, nunca seremos iguais.

— Você me odeia de verdade? — pergunta ele, com uma expressão estranha e ilegível no rosto. E talvez seja apenas o ângulo de onde estou, mas seus olhos de repente parecem mais claros sob o sol, mais dourados do que o habitual tom castanho. Mais suaves, de alguma forma. — E aí?

Cruzo os braços, avaliando o que devo responder.

Sim, é a resposta óbvia. Eu odeio você. Odeio tudo que envolve você. Odeio tanto que, quando estou perto de você, mal consigo pensar direito. Mal consigo respirar.

Mas quando abro a boca, nada disso sai. Em vez disso, o que falo é:

— Você não... Você não me odeia também?

Eu me arrependo na mesma hora do que disse. Que pergunta ridícula de se fazer. Com certeza ele vai rir e dizer que *sim,* como eu devia ter feito agora, e qualquer senso de camaradagem que construímos nas últimas semanas irá ruir, o que vai afetar nossa eficiência com as missões do Pequimtasma. Mas não é só isso. Por algum motivo, pensar em ouvir Henry dizer que me odeia — aqui, em voz alta, com todas as palavras — é como levar um soco. O que é *ainda mais ridículo,* porque...

— Não.

Eu pisco.

— Hã?

— Não, Alice. — O pomo de adão dele se move discretamente. Ainda não sei o que pensar da expressão em seu rosto, da tensão em sua voz. — Eu não odeio você.

— Ah. — Me dá um branco total. — Bem, isso é... é alguma coisa. Com certeza.

Isso nem foi uma frase de verdade, Alice, eu me repreendo.

— Muito bom saber — tento falar de novo. — Que bom que falamos disso.

E isso também não.

Por sorte, sou salva do que parece ser uma das conversas mais estranhas da minha vida por uma nova notificação no celular. Eu me viro e abro as mensagens do Pequimtasma. Para minha surpresa, é a Rainie de novo.

Se você pudesse ver o sol 125

não sei como vc fez isso, mas... obrigada.

vc me salvou

Olho para a mensagem repetidamente, leio as palavras três vezes seguidas e sinto meu coração ficar mais leve. Porque isso... isso me dá um pouco de esperança. Saber que posso viver em um mundo onde Rainie Lam fala que eu a salvei por vontade própria, mesmo que ela não saiba que sou o Pequimtasma. E pensar que mesmo os mais ricos e influentes da elite do Airington me agradeceriam, *precisariam* de mim, ainda que por poucos instantes, e que meus poderes estranhos, inexplicáveis e duvidosos seriam capazes de realmente ajudar alguém...

Seguro o celular contra o peito e inspiro fundo. O ar do verão nunca foi tão doce.

8

Depois disso, passo a resolver rápido as solicitações que aparecem.

E conforme o faço, minha vida parece mudar, se encaixar em uma nova e bizarra rotina: passo as manhãs lendo as mensagens novas no Pequimtasma e escolhendo as missões mais viáveis. Durante a hora do almoço, elaboro os planos de ação com Henry e, por vezes, com Chanel. Presto meia atenção nas aulas e nos professores enquanto espero, com ansiedade, o momento de ficar invisível.

E nos dias em que *fico* invisível, em que tenho que sair de repente da sala de aula, sempre me certifico de voltar com um bilhete roubado e falsificado da enfermaria, explicando um problema de saúde crônico fictício que tenho e que, infelizmente, me faz vomitar sem parar de vez em quando. É o bastante para que os professores não fiquem no meu pé devido às minhas ausências repentinas e espontâneas — isso e o fato de não ter atrasado nenhum trabalho escolar.

Porque quando enfim concluo todas as missões do dia do Pequimtasma, volto para o dormitório, exausta, e estudo, repassando o máximo de anotações de aulas, slides e gráficos que consigo até umas cinco ou seis da manhã, bem a tempo de ver o pôr do sol pela janela. Só então me permito ser humana e tirar uma soneca de cerca de uma hora. Duas, no máximo.

Se você pudesse ver o sol 127

Quando chega novembro, não consigo me lembrar da última vez que acordei sem estar com os olhos vermelhos e uma dor de cabeça terrível e latejante, como se alguém tivesse apertado meu crânio por diversão. O truque para superar a dor, descobri, é me forçar a imaginar os piores cenários, imaginar um futuro onde não ganharei dinheiro suficiente e terei que deixar o Airington. É como uma meditação guiada ao contrário:

Você está entrando na sala de aula da sua nova escola local. Está suando tanto que dá para ver, com uma mochila pesada e cheia de livros que não leu agarrada ao peito. Todos os alunos e professores olham para você. O sinal toca e você tem que fazer sua primeira prova surpresa: 25 páginas de minúsculos caracteres chineses que mal consegue entender, muito menos responder. Você se sente mal. Os resultados do teste são divulgados para que todos possam ver no dia seguinte. Você atravessa a multidão, com o coração batendo forte, e encontra seu nome no final da lista.

Comparado a isso, passar algumas noites acordada parece até um luxo.

Mas, apesar de tudo, estaria mentindo se dissesse que uma parte de mim não gosta do fluxo constante de missões, das novas notificações iluminando meu celular. Não, talvez *gostar* seja a palavra errada. Não se trata de felicidade; é uma questão de poder. É a emoção de ser necessária, de saber coisas que outras pessoas não sabem.

Em dois meses, aprendi mais sobre meus colegas de turma do que nos cinco anos em que estive aqui: como Yiwen, filha de um bilionário, rouba pratos inteiros de cupcakes da cafeteria todos os dias antes da aula; como Sujin, outra filha de bilionário, administra o próprio bar de karaokê e gasta todo o dinheiro financiando pesquisas sobre o aquecimento global; como Stephen, do nono ano, e Julian, da primeira série do ensino médio, fazem todos acreditarem que estão ocupados tirando fotos para o anuário quando, na verdade, estão dando uns amassos atrás do lago de carpas; ou como os pais de Andrew She e Peter Oh estão concorrendo ao mesmo cargo de diretor global na Longfeng Oil e, com medo de que as suas últimas ideias de campanha sejam roubadas, aconselharam os filhos a ficarem longe um do outro.

Estou começando a me dar conta de que segredos são um tipo de moeda.

Mas melhor ainda é ganhar dinheiro *de verdade*, ter a satisfação de ver os números na minha nova conta bancária aumentarem:

Setenta mil remimbis.

Cem mil remimbis.

Cento e vinte mil remimbis.

Mais dinheiro do que já vi na minha vida. Mas, mesmo assim, sei que ainda poderia ganhar mais. Tenho que ganhar mais.

Preciso de mais 130 mil remimbis se quiser ficar no Airington até me formar.

Mais dez tarefas, digo a mim mesma, e isso vai ser possível.

Mais vinte tarefas e poderei pagar não apenas as mensalidades do Airington, mas um ano inteiro de faculdade.

É viciante. Empolgante.

Quem se importa que eu esteja tão ocupada que mal consigo respirar?

— Talvez você seja um fantasma de verdade — brinca Chanel certa manhã, quando me vê na mesma posição em que eu estava na noite anterior: debruçada sobre os livros de chinês na minha mesa, tão encurvada que os ombros quase encostam nas minhas orelhas. — O tipo de fantasma invencível que não precisa comer, dormir, fazer xixi nem nada, funciona só com a força de vontade. Mas falando sério... — acrescenta ela, olhando as pequenas anotações e notas adesivas que cobrem a página do meu livro. — Como você está conseguindo manter todas as matérias em dia?

Não respondo na hora, mas a resposta chega quase duas semanas depois, como uma espécie de piada de mau gosto.

E é: *não estou.*

Se você pudesse ver o sol 129

***

Quando chego apressada na aula de história na sexta-feira, congelo. Todas as mesas e cadeiras foram reorganizadas. Espaçadas pela sala de aula em filas únicas e organizadas, em vez dos habituais e confusos amontoados que servem para inspirar o "trabalho em grupo".

A maioria dos meus colegas já está sentada, as mochilas fechadas e enfiadas debaixo das cadeiras, rostos com expressões solenes enquanto arrumam metodicamente as canetas à frente deles. Alguém suspira. Outra pessoa faz mímica de cortar a garganta.

Há uma tensão palpável no ar.

— O que está rolando? — pergunto em voz alta.

O sr. Murphy, que está distribuindo uma pilha grossa de papéis, faz uma pausa e me dá um sorriso discreto e estranho, como se achasse que acabei de fazer uma piada sem graça.

— Aquilo pelo que vocês esperaram a semana toda, é claro.

Eu pisco para ele.

— Aquilo o quê?

O sorriso desaparece do rosto do professor. Ele franze a testa.

— Decerto você não se esqueceu da prova de hoje, Alice. Mencionei em aula faz uma semana.

Quando ouço a palavra *prova,* o pânico toma conta do meu peito com tanta intensidade que quase recuo um passo. Um nó se forma na minha garganta.

— O *quê?* Mas eu não... eu...

Engulo em seco, com força. As pessoas estão começando a me encarar agora, e Henry está entre elas. Meu rosto fica quente. Meus dedos procuram a agenda na mochila, em busca de uma evidência de que é mentira, de que não há prova, de que isso é um grande erro. Tenho um sistema perfeito codificado por cores, desenvolvido ao longo dos cinco anos em que frequentei esta escola. Infalível. Vermelho para coisas e eventos importantes, azul para trabalhos de casa e tarefas, verde para atividades extracurriculares.

Mas quando abro as páginas do que anotei na semana passada, vejo vermelho *por toda parte*. Quase todas as anotações são do Pequimtasma, mas ali, espremido entre *descobrir se a Vanessa Liu tem falado de Chung-Cha pelas costas (perda de tempo, na real, a Vanessa fala mal de todo mundo)* e *descobrir a combinação do armário de Daniel Saito*, escritos em uma letra tão pequena que tenho que apertar os olhos para decifrar minha própria caligrafia, estão as palavras: *Prova de História da Revolução Chinesa: sexta que vem.*

Minha garganta parece despencar até o estômago.

Não.

— Alice? — O sr. Murphy olha para mim, fazendo muito pouco esforço para esconder sua surpresa. Sua decepção. Eu quero chorar. — A prova vai começar em breve.

— S-sim, claro — consigo dizer, me forçando a me sentar na cadeira vazia mais próxima. Abaixo a cabeça e procuro meu estojo com dedos trêmulos, mas não antes de perceber as expressões nos rostos dos meus colegas: variações de pena, diversão, presunção e, o mais presente de todos, o choque.

Alguns anos atrás, um diretor do LinkedIn foi convidado à nossa escola para falar sobre a importância da "marca pessoal" no século XXI, e dediquei os últimos cinco anos ao desenvolvimento e fortalecimento da minha. Sou *Alice Sun*, personalidade tipo A, a aluna nota dez, a única bolsista da escola, a Máquina de Estudar perfeitamente programada, a garota que ajuda você a tirar nota máxima no projeto em grupo. Faço tudo o que se espera de mim e muito mais. Nunca tirei nota ruim nas provas individuais, muito menos esqueci quando elas iam acontecer. Quer dizer, até hoje.

Meu estômago está se revirando.

E lá se vai minha marca pessoal.

Se você pudesse ver o sol 131

Bem quando penso que não poderia me sentir pior, o sr. Murphy vem até minha mesa, me entrega uma prova em branco e diz, bem baixinho:

— Mesmo que você tenha se esquecido da prova, Alice, você é uma garota esperta. Tenho certeza de que vai se sair bem.

Ele está errado.

Porque por mais que eu seja inteligente, não sou *tão* inteligente assim. Não tenho o tipo de inteligência quase prodígio que se espera encontrar em Harvard, o tipo que me permitiria faltar em todas as aulas e ainda tirar a maior nota em todas as provas, que me permitiria fazer qualquer coisa com facilidade. Não digo isso com pena de mim mesma; há muito tempo reconheço e aceito as minhas limitações e faço o melhor para compensá-las com pura força de vontade e trabalho árduo.

Mas, sem ter estudado, duvido que eu vá tirar sequer um oito nessa prova. E mesmo que conseguisse tirar essa nota, meu desempenho nunca é bom quando estou em pânico. E estou em pânico bem agora. Meu coração parece prestes a explodir, e meus dedos tremem tanto que quase derrubo a caneta.

Não. Se concentre, eu me encorajo. Olho para o relógio. Já se passaram sete minutos e minha prova ainda está em branco.

Normalmente, a essa altura, eu já teria escrito o suficiente para cobrir duas páginas inteiras.

Tento responder à primeira pergunta ("Como a Era dos Senhores da Guerra provou ser um ponto vital para o desenvolvimento da revolução na China?"), mas tudo o que se passa pela minha cabeça é *puta merda, estou ferrada,* num looping enlouquecedor e inútil.

Quando volto a olhar as horas, mais um minuto se passou. E, ao meu redor, as pessoas estão escrevendo, respondendo cada pergunta perfeitamente, marcando cada ponto, e eu…

Não consigo.

Meu Deus, eu não consigo.

Respiro fundo, estremecendo, mas não consigo encher os pulmões. De novo. Parece que estou hiperventilando. Merda. Será que estou hiperventilando?

— Alice? — O sr. Murphy se agacha ao meu lado. Ele está sussurrando, mas é inútil. Quase cômico. Com toda a sala em silêncio, todos podem ouvi-lo. — Você parece um pouco doente. Precisa ir à enfermaria de novo?

Mais olhares se voltam para mim. Me prendem no lugar. Enquanto tento me lembrar de como se respira feito uma pessoa normal.

Não acho que consigo falar — nem sei se posso fazer isso no meio da prova —, então só faço que não com a cabeça. Obrigo-me a escrever algumas frases, lentas e trêmulas, nas linhas impressas.

Uma verdadeira bobajada, é claro. Não sei nenhuma data de cor, nem consigo me lembrar de nenhum evento importante. Fiquei invisível durante metade das aulas sobre a Era dos Senhores da Guerra e devo ter perdido os pontos principais.

Depois de alguns segundos de silêncio excruciante, nos quais o sr. Murphy parece confirmar que não vou desmaiar nem vomitar aos pés dele, ele se levanta e volta para a frente da sala.

Enquanto isso, o relógio conta os minutos feito uma bomba.

— Por favor, abaixem as canetas.

Ergo o olhar da prova, minha caligrafia rastejando pela página como uma aranha, quase ilegível em meu frenesi. Evie Wu e eu somos as únicas pessoas que restam na sala; a prova era curta o bastante para que todos a entregassem antes do fim da aula. Nem meia hora tinha se passado quando Henry saiu da sala, com passos confiantes e rosto calmo.

O rosto de Evie, por outro lado, deve estar muito parecido com o meu: vermelho vivo e brilhando de suor, como se tivesse acabado de correr uma maratona. Quando ela entrega a prova

Se você pudesse ver o sol 133

ao sr. Murphy, percebo que toda a última página está vazia, exceto por uma ou duas palavras rabiscadas às pressas.

— Muito obrigado, Evie — diz o sr. Murphy. Então faz uma pausa. — Espero que você não tenha achado a prova difícil demais. Odiaria ter que ligar para sua mãe de novo.

Mais uma vez, ele está sussurrando e, mais uma vez, não adianta de nada quando estou sentada a menos de um metro e meio de distância, perto o suficiente para ouvir cada palavra.

Evie olha para mim, obviamente morrendo de vergonha, e sinto uma onda de empatia. Ela é a única aluna do Airington que teve que repetir o ano, mas a culpa não é dela. Mesmo tendo um passaporte canadense, Evie nunca aprendeu inglês enquanto crescia. Certa vez, dei uma olhada no livro de história dela e vi traduções e anotações em chinês escritas nas margens para quase todas as palavras, pequenos pontos de interrogação desenhados sobre certas frases, blocos inteiros de texto grifados para marcar partes que ela não entendia. Quase pude sentir a frustração pulsando naquelas linhas marcadas com tanto cuidado.

A pior parte é que Evie é um *gênio*, e não apenas em matemática e física, mas também em línguas. Ela está na aula de chinês mais avançada, e Wei Laoshi sempre se empolga com os poemas e redações dela e dá a entender, de uma forma não tão delicada, que ficaria feliz se tivéssemos um pouco daquela habilidade para escrita, chegando até a compará-la com Lu Xun, um dos escritores mais famosos da China moderna.

Então, na verdade, o único problema dela é o inglês.

Talvez seja por isso que o sr. Murphy esteja sussurrando tão alto agora. Porque ele está falando na metade da velocidade normal, enunciando cada sílaba. Ele também costumava falar assim comigo quando cheguei ao Airington, apesar de eu ter insistido em ressaltar que inglês era basicamente minha primeira língua. Ele só pareceu acreditar em mim depois que tirei nota máxima em cinco provas seguidas.

Evie murmura algo que não consigo ouvir, levanta-se da cadeira e pega suas coisas depressa.

Assim que ela sai, o sr. Murphy se vira para mim.

— Posso pegar sua prova, Alice?

Percebo que estou segurando o papel contra o peito como uma boia salva-vidas, os nós dos dedos quase brancos. Eu o solto. As páginas se agitam feito asas.

— S-sim. Claro — respondo, empurrando a prova sobre a mesa. Sei que a coisa mais sensata a se fazer seria deixar as coisas por isso mesmo, juntar a pouca dignidade e autoestima que tenho e ir embora, mas, em vez disso, falo sem pensar: — Sinto muito. Sinto muito, *muito* mesmo. É muito ruim, eu sei que é, mas juro que não costumo fazer isso... eu *nunca*...

— Não se estresse com isso — interrompe o sr. Murphy, com uma risadinha. — Além disso, faz quase cinco anos que dou aula pra você, Alice. Sua definição de "ruim" é bastante diferente da de seus colegas.

Mas, em vez de me tranquilizar, a gentileza em sua voz — tão sincera e pouco merecida — faz algo dentro de mim se romper. Para meu horror absoluto, uma pressão começa a crescer em meu peito, subindo até a garganta. Meus olhos ficam embaçados.

O sr. Murphy parece assustado.

— Ei...

É como se alguém tivesse ligado um interruptor.

Quando começo a chorar, não consigo parar. Respirações curtas e violentas agitam todo o meu corpo, uma quantidade nojenta de lágrimas e ranho escorrendo pelo meu rosto enquanto tento, desesperada, enxugá-los. Eu choro tanto que sinto *dor* no peito, de verdade. Minha cabeça parece leve. Pareço desequilibrada, como uma criança inconsolável, um animal torturado.

Parece que estou prestes a morrer.

— Ei — repete o sr. Murphy, levantando a mão como se fosse me dar um tapinha no ombro, então pensa melhor. O medo franze suas sobrancelhas espessas, e me pergunto, vagamente,

Se você pudesse ver o sol 135

se ele acha que vou processá-lo por danos psicológicos ou coisa do tipo. Há dois anos, um aluno da terceira série do ensino médio fez exatamente isso quando foi reprovado em uma prova de química importante. Os pais dele eram advogados; o aluno ganhou o caso. — Está tudo bem.

Consigo suprimir meus soluços por tempo suficiente para gaguejar:

— D-d-desculpe, eu não estava... — Soluço. — Não queria chorar, ou... — Soluço de novo. — Eu teria avisado antes.

A boca do sr. Murphy se curva nos cantos ao ouvir isso, como se ele pensasse que estou tentando ser engraçada. Não estou. Só que nunca chorei na escola antes, nem mesmo quando quebrei o braço durante um intenso jogo de queimada na educação física, ou quando Leonardo Cruz disse, na frente de todo mundo, que o vestido que Mama fez para mim na formatura parecia *de um tecido barato*. Nunca quis que nenhum dos meus colegas ou professores me visse assim: angustiada. Transtornada. Fraca.

Mas acho que hoje é meu dia de fazer muitas coisas que nunca fiz.

— Sabe, em todos os meus anos dando aulas — diz o sr. Murphy, quando meus soluços diminuem um pouco — não consigo me lembrar da última vez em que alguém teve uma reação tão... violenta a uma experiência ruim em prova. — Ele não está mais sorrindo. — Tem alguma coisa acontecendo, Alice? Problemas em casa? Com seu relacionamento? Com suas amizades?

A expressão do professor fica mais desconfortável a cada pergunta.

— Você sabe que existem... *recursos* no Airington para isso.

Quando pareço confusa, ele explica:

— Temos excelentes psicopedagogos que ficariam mais do que felizes em...

— Nã... — A palavra não dita fica presa na minha garganta. Em vez disso, balanço a cabeça com veemência, para transmitir minha resposta. Não preciso que alguém recomende aplicativos de meditação e ouça todos os meus problemas. Preciso me recompor. Recuperar as notas. Fazer mais dinheiro. Preciso sair daqui.

— Eu... acho que estou bem agora — digo, a respiração trêmula. — E tenho que ir pra outra aula. Então, vou... Minha voz ameaça falhar de novo, e aponto para a porta.

O sr. Murphy franze os lábios e me estuda por um instante.

— Certo — conclui, por fim, com um sorriso estranho. — Bem... só... pegue leve, está bem?

— Tá — minto, já me virando para ir embora.

As intenções do sr. Murphy são boas, sei disso, mas, em minha mente, suas palavras soam como uma provocação. O que ele não entende — o que a maioria das pessoas aqui não entende — é que não posso me dar ao luxo de pegar leve.

Se eu não estiver nadando o máximo que puder, com os pés batendo contra as ondas, vou me afogar.

Henry está me esperando do lado de fora da sala de aula.

Não tem nada de novo nisso. Não sei bem dizer quando foi que começou, mas nós adquirimos o hábito de caminhar juntos para as aulas. É uma simples questão de praticidade. Necessidade. Afinal, temos muitas aulas em comum em quase todas as disciplinas — um fato do qual eu costumava me ressentir de todo coração — e sempre fazemos bom uso desses quatro ou cinco minutos extras, bolando estratégias, ajustando e delineando as próximas tarefas do Pequimtasma, falando baixinho enquanto caminhamos. Às vezes até pego minha agenda ou uma prancheta.

Mas algo está diferente hoje.

Se você pudesse ver o sol 137

Percebo pela maneira como Henry olha para mim quando saio, pela maneira como ele se encolhe quando me aproximo. É uma visão tão estranha que estou quase convencida de que foi fruto de minha imaginação. Acho que nunca vi Henry Li se encolher assim antes.

No entanto, ainda mais estranha é a expressão sombria em seu rosto:

Ele está preocupado.

Preocupado *comigo,* porque... eu estava hiperventilando durante a prova agora há pouco? Porque é óbvio que andei chorando? Porque ele ouviu a conversa com o sr. Murphy?

São tantas possibilidades. Todas elas me fazem querer sair correndo para o mais longe possível.

Mas antes que eu possa me virar, ele se aproxima de mim.

— Você se esqueceu da prova — diz Henry. Não *você está bem?* Ou *como você foi?* Ou *quer conversar?* Talvez ele não esteja tão preocupado, afinal.

Passo a língua pelas pontas dos meus dentes.

— Pois é, esqueci. E juro que se você for esfregar isso na minha cara...

— Não — responde ele, depressa. — Não era essa a minha intenção.

E embora seja a última coisa que eu esperaria fazer, sobretudo quando ainda sinto que meu mundo está prestes a acabar, não consigo evitar: dou uma risada irônica.

Henry franze a testa.

— Qual a graça?

— Não, não, nada — falo, balançando a cabeça, depois paro de repente, quando o movimento faz a dor aumentar em meu crânio. Nesse ritmo, não consigo nem dizer se a enxaqueca é causada pela privação de sono ou pelo choro.

Henry não diz nada, mas franze ainda mais a testa.

— Tá, tudo bem, você quer mesmo saber? É só que... meu Deus, você sempre soa tão *esnobe,* o tempo todo. — Endireito a postura para combinar com a dele e o imito com um sotaque britânico exagerado. — *Não era essa a minha intenção.*

— Eu *não* falo assim — protesta ele, ofendido.

— É verdade. Você soa ainda mais esnobe. E o que está fazendo aqui, afinal? — pergunto, olhando por cima do ombro para examinar o corredor vazio. — Não deveríamos ir para a aula ou...

— A aula de inglês foi cancelada hoje. O sr. Chen foi convidado para dar uma palestra na Universidade de Pequim. — Henry hesita. — O e-mail chegou faz poucos minutos, quando você estava...

Quando eu estava tendo um colapso mental.

— Ah — respondo, de repente incapaz de ignorar as manchas úmidas em meu blazer, de quando o usei para enxugar o rosto, o inchaço em meus lábios e bochechas, a dor seca e desconfortável em meus olhos. Viro a cabeça, fingindo interesse pela vitrine à esquerda. Certificados lustrosos refletem a luz artificial do salão, o texto dourado em itálico brilhando feito mágica: *Rachel Kim: Primeiro lugar em História do* IGCSE, *a prova de ensino médio internacional de Cambridge. Patricia Chao: Prêmio de Melhor Aluna. Isabella Lee: Nota máxima em Geografia Internacional.*

Todas são lendas. Todos são nomes que continuam a adornar nossos corredores para nos lembrar de sua grandeza, muito tempo depois de as próprias alunas terem se formado.

O som de papel sendo amassado me tira dos meus pensamentos. Olho para trás e vejo Henry pegando algo em sua mochila.

— Você quer...

— Ah, tranquilo, posso pegar no banheiro — respondo, supondo que ele esteja prestes a me oferecer um lenço.

Mas então Henry está segurando uma daquelas balas de leite White Rabbit que eu o vi comer em seu dormitório, a embalagem branca e leitosa, quase do mesmo tom da palma estendida de sua mão. O rosto dele é pura confusão quando ouve o final da minha frase.

Nós dois fazemos uma pausa. Entendemos o erro.

Se você pudesse ver o sol 139

Deus, por que tudo tem que ser tão estranho quando estou perto dele?

— Hã. Deixa para lá. — Estendo a mão. — Acho que um doce cairia bem.

Quando Henry me entrega a bala, seus dedos roçam os meus. Apenas uma vez, bem rápido, e então se afastam. Tão quentes e leves que poderiam ser confundidos com o bater das asas dos pássaros.

É uma sensação agradável. *Muito* agradável.

Retiro a mão como se tivesse levado um choque.

— Obrigada — murmuro, me ocupando em abrir a embalagem e levar o doce à boca. No mesmo instante, a camada externa fina feito papel derrete na minha língua e o sabor rico e levemente adocicado enche minha boca.

Tem gosto de infância. Como os longos e luxuosos verões em Pequim antes de eu partir para os Estados Unidos, antes de minha nainai falecer. Mama raramente me deixava comer doces, dizendo que era um desperdício de dinheiro e que fazia mal aos dentes, mas todas as manhãs, durante as férias, Nainai ia mancando até o supermercado local e comprava pacotinhos de bala de leite como esses, escondendo-os no lenço. Sempre que Mama não estava olhando, ela me entregava um com uma piscadela.

Mas minhas lembranças dela acabam mais ou menos por aí.

Depois que nos mudamos para o lado do oceano, ela só ligava nos meus aniversários, dizendo que não queria nos incomodar enquanto tentávamos nos acostumar com o lugar, que sabia que estávamos ocupados. Então, algum tempo depois de eu completar nove anos, ela morreu sozinha em casa. Derrame. Evitável, se ela tivesse dinheiro para pagar um check-up e tratamento médico adequados, para pedir ajuda quando não estivesse se sentindo bem.

Baba e Mama só me contaram que ela havia falecido no Festival de Qingming.

Minha garganta dói ao pensar nisso, ao perceber como foi injusto, mas ao menos dessa vez consigo forçar as lágrimas a se retraírem antes que elas possam se formar.

Não sei por que estou tão emocionada hoje. Dou uma rápida olhada em Henry para ver se ele percebeu, mas ele também parece subitamente fascinado pela vitrine cheia de troféus.

— Faz muito tempo desde a última vez que comi essa bala — comento, mais para quebrar o silêncio constrangedor do que qualquer outra coisa. — Era meu doce favorito na infância.

Henry se vira para mim com uma expressão impassível.

— Meu também — diz ele quase com relutância, com muita cautela, como se estivesse revelando algum tipo de informação comercial confidencial. — Minha mãe costumava me dar uma bala dessas sempre que eu tinha um dia ruim na escola.

— Sério? — A surpresa transparece na minha voz, e não apenas porque não consigo imaginá-lo tendo um dia ruim na escola. Nem mesmo um dia abaixo da média. — Achei que você tinha crescido comendo coisas chiques e caras.

Ele ergue as sobrancelhas.

— Coisas chiques e caras?

— Você entendeu o que eu quis dizer — retruco, irritada. Eu me lembro do suntuoso banquete oferecido ao pai de Chanel e à jovem que estava com ele, as iguarias dispostas em tigelas de barro e minúsculos pratos de cristal. A comida dos imperadores, dos reis. — Tipo sopa de ninho de andorinha ou pepino-do-mar, coisa assim.

Assim que as palavras saem da minha boca, me dou conta de que devo soar ignorante. Deve ser tão dolorosamente óbvio para Henry que fomos criados em dois mundos diferentes, que eu apenas testemunhei, mas nunca experimentei, os luxos casuais que ele deve considerar básicos em sua vida.

Eu me pergunto se ele sente pena de mim, e já sinto a raiva se formar na minha barriga feito uma cobra ao imaginá-lo

Se você pudesse ver o sol 141

tomando todo o cuidado para tocar no assunto, tentando minimizar as discrepâncias óbvias entre nossas infâncias: *não era tão caro assim*, ou *a gente só comia isso uma vez por semana*.

Mas, na verdade, ele só dá de ombros e diz:

— Na verdade, nunca gostei de pepino-do-mar. Quando era criança, tinha medo deles.

— É, bem, eles parecem um pouco com lesmas — murmuro, e Henry ri.

Eu o encaro, surpresa ao ver como todo o seu comportamento parece mudar: as linhas nítidas e majestosas de seu rosto suavizando, os dentes brancos brilhando, os ombros relaxando e saindo da postura rígida de sempre. Ele é tão fechado o tempo todo que nem pensei que Henry *soubesse* rir. Por um instante, me pergunto como alguém que olha de fora nos vê: apenas dois adolescentes fazendo piadas, compartilhando doces e conversando depois da aula. Amigos, talvez. O pensamento me assusta.

Então Henry me pega olhando, percebe o choque visível em meu rosto e na mesma hora muda de comportamento, como se tivesse sido pego fazendo algo que não deveria. Suas orelhas ficam ligeiramente rosadas.

— Bom, enfim. — Ele coloca as mãos nos bolsos do blazer. — Acho que é melhor eu ir. Estudar. As provas de meio de ano começam em breve.

— Ah. Tá bom.

Mas ele não se mexe nem dá indicação alguma de que de fato vai embora.

— Você vai ficar bem? Depois do que… — Henry para, mais uma vez deixando que eu imagine o restante da frase. — Enfim, não é como se uma nota ruim baixasse tanto a sua média, certo? Contanto que você se saia bem nas provas do meio do semestre, ainda pode ficar em segundo lugar da turma.

Eu me enfureço, os vestígios daquele breve momento de ternura entre nós desaparecendo como fumaça. *Não somos ami-*

gos, lembro a mim mesma. Somos concorrentes. Inimigos. Apenas um de nós pode vencer no final.

— Não *quero* ficar em segundo lugar. — Avanço até ficar bem na frente dele, odiando ter que esticar o pescoço para que nossos olhos fiquem na mesma altura. — Se não for a primeira, não sou nada.

Henry parece se divertir.

— A diferença é tão substancial assim? Duvido que seu boletim...

— Não é só por causa das notas no meu boletim — retruco.

— É para não perder a sequência de vitórias no Prêmio de Desempenho Acadêmico do ano que vem. E pelo que as pessoas vão pensar de mim.

— Não importa o que as pessoas pensam.

— Baboseira — digo com veemência. — Isso é pura baboseira e você sabe. A maneira como as pessoas te enxergam é *tudo*. O dinheiro não passaria de um papel colorido se a gente não desse a importância que damos a ele.

— Algodão, na verdade.

— O quê?

— Ao contrário da crença popular, o dinheiro é feito sobretudo de algodão — explica ele, como se essa informação fosse mudar a vida de alguém. — Achei que você gostaria de saber. Mas continue.

Flerto com a ideia de matá-lo.

— O *que quero dizer é* — acrescento entredentes — que quando um grande número de pessoas se preocupa, de forma coletiva, com alguma coisa, por mais superficial, arbitrária ou inútil que seja, ela começa a ter valor. É como quando as pessoas dizem que não importa onde você estuda, mas é só falar que frequenta o Airington para ver como elas mudam de atitude, de tom. — Respiro fundo e cerro os punhos trêmulos. — Que nem agora. O sr. Murphy já estava me olhando de forma

Se você pudesse ver o sol 143

diferente porque eu... — Engulo em seco. — Porque eu fui uma merda naquela prova.

Henry parece surpreso. Acho que ninguém no Airington já me ouviu xingar em voz alta antes. É meio libertador, na verdade. Catártico. Isso chega a me deixar um pouco melhor. Até que uma das portas da sala de aula no corredor se abre e Julie Walsh sai.

Seus olhos semicerrados instantaneamente pousam em mim, e ela vem marchando em linha reta, os saltos finos estalando contra o chão, o cabelo loiro e elegante balançando a cada passo, os lábios comprimidos e rijos. À medida que ela se aproxima, o cheiro forte e enjoativo de seu perfume atinge meu nariz. Tento não espirrar.

— Que linguagem chula — sibila a professora, balançando a cabeça. — Sinceramente, depois de tudo que ensinamos aqui no Airington, é *assim* que você deseja se comportar?

Uma mistura de vergonha e irritação percorre minha pele. Fico tentada a contar a quantidade de palavrões em chinês e coreano que os alunos falaram bem na cara dela só na semana passada, mas já que ainda tenho vontade de continuar viva — e porque jamais trairia outros alunos assim —, decido não fazer isso.

— Desculpe, Ju... — Eu me seguro bem a tempo. — Dra. Walsh.

— Hunf. É melhor pedir desculpas mesmo. — Ela funga. — E é melhor que eu não veja você xingando de novo, Vanessa Liu, ou *haverá* as consequências.

Olho atordoada para ela. Assim como o sr. Murphy, ela me dá aulas há *cinco anos* — com certeza deveria saber quem sou. Meu nome, ao menos? Além disso, Vanessa e eu não somos nem um pouco parecidas; ela tem o rosto fino e longo, enquanto o meu é largo; o nariz dela é pequenino, e o meu, de batata; e a pele dela é, ao menos, cinco tons mais pálida que a minha, graças à quantidade de produtos coreanos que usa. Qualquer pessoa deveria ser capaz de perceber a diferença entre nós.

Espero que Julie perceba o erro e se corrija. Ela não o faz.

Apenas me encara com aqueles olhos azuis frios, como se esperasse que eu pedisse desculpas de novo.

Mas, em vez disso, o que digo é:

— É Alice.

Ela fica pálida, parecendo confusa.

— O quê?

— Eu disse que meu nome é Alice. Não Vanessa.

— Hum. Ah, é? — indaga ela por fim e, por alguns instantes, parece que de fato acredita que errei meu próprio nome. Quando assinto, ela dá um sorriso de lábios apertados que não é muito mais amigável do que um olhar furioso. — Bem, me desculpe, *Alice*. Mas o que eu disse continua valendo, é claro.

— É claro — repito.

Satisfeita, ela se vira com seus saltos barulhentos e sai andando. Quando está longe o suficiente, Henry murmura:

— Encantadora, não?

Nisso, pelo menos, podemos concordar.

Se você pudesse ver o sol 145

9

Na semana seguinte, um pôster sinistro aparece nos armários dos alunos da segunda série do ensino médio, com as seguintes palavras impressas em letras grandes:

FALTAM QUINZE DIAS

Demora um pouco para todos descobrirem ao que o cartaz se refere.

— Talvez isso queira dizer que faltam quinze dias até que minha vontade de viver se esgote — sugere Vanessa Liu enquanto enfia uma montanha de livros na parte de cima do armário, fechando-o com um chute que faz as paredes tremerem.

Alguém atrás de mim ri.

— Faz sentido.

— Ah! Ah… Já sei! — anuncia Rainie, com os olhos arregalados, a boca aberta em espanto. Desde todo o incidente com Jake, ela anda muito mais empolgada com tudo. — Talvez seja para a viagem Vivenciando a China!

— Mas, tipo, ela costuma rolar no final de novembro — ressalta Chanel.

— Então, que tal…

— Não é óbvio? — digo, mais alto do que pretendo. Quase todo mundo fica quieto e se vira na minha direção, cheios de expectativa. Meu rosto arde com a atenção repentina. Mesmo

146 Ann Liang

assim, mantenho a pose e explico: — Faltam quinze dias para as provas do meio do semestre. Os professores devem ter colocado a contagem regressiva para nos lembrar.

Na mesma hora, todos ficam sérios. Os sorrisos desaparecem.

— Bom, se alguém sabe disso, é a Máquina de Estudar — comenta uma pessoa. Não é a primeira vez que ouço esse tipo de piada, mas há uma pausa estranha após essas palavras familiares, e sei que os alunos da minha turma de história ainda se lembram do que aconteceu na última prova.

Meu rosto fica mais quente ainda de constrangimento. De vergonha.

Vai saber quanto tempo vou levar para reconstruir minha reputação?

À medida que as pessoas terminam de enfiar livros e computadores nos armários e saem para almoçar, a maioria das conversas se transforma em revisões e comentários do quanto estão atrasados nas matérias, como ainda nem leram *Macbeth* para a aula de inglês, só os resumos que encontraram na internet. Meu celular vibra.

Outra notificação do Pequimtasma.

Já perdi a conta da quantidade de pedidos que recebi, mas meu coração ainda dispara enquanto encontro um canto escuro e vazio no corredor, viro de costas para a parede para que ninguém possa ver a tela e leio a mensagem mais recente:

Posso ligar?

Fico afobada de surpresa. Essa é nova.

Mas é viável. Henry vem aprimorando o aplicativo há semanas durante as horas vagas, alegando que é uma ótima maneira de colocar em prática as habilidades que aprendeu na SYS, e agora há uma opção de chamada que distorce as vozes de ambos os lados para garantir o anonimato. Só a usei uma vez antes, em um breve teste com Henry e Chanel. Apesar de não ser *muito* fã do fato de que esse recurso me faz falar que nem o Darth Vader, todo o resto funcionou muito bem.

Então eu respondo: **Claro**.

E, quase no mesmo instante, a pessoa liga. Olho em volta antes de atender. Não tem ninguém por perto. Que bom.

—Alô? — digo, prendendo o celular entre a orelha e o ombro.

— *Wei?* — O recurso de distorção de voz funciona tão bem que nem consigo dizer se é um menino ou uma menina falando. Mas posso ouvir o ligeiro soluço em sua respiração, o nervosismo em seu tom quando, num mandarim lento e cuidadosamente pronunciado, a pessoa pergunta: — Você fala chinês?

—Ah, hã, sim, sem problemas — respondo, mudando para o mandarim também.

Ouço um suspiro de alívio.

— Ótimo. E… o que quer que eu diga a seguir, você não vai contar pra…?

— Claro que não — respondo para tranquilizar a pessoa. É o que a maioria dos usuários pergunta quando começa a usar o aplicativo: *Você promete que isso permanecerá em segredo? Você promete que ninguém mais vai saber?* — Tudo é estritamente confidencial.

— Tá. — A pessoa solta outro suspiro, mas este é mais pesado, prolongado, como se estivesse se preparando para o que vem a seguir. — Tá. O que eu quero é…

A pessoa para de falar. Fica em silêncio por tanto tempo que afasto o celular e verifico se desliguei por acidente. Não desliguei.

Então, em uma única frase desesperada e ofegante, a pessoa diz:

— Quero respostas.

— Respostas? — repito. — Receio que você precise ser mais específico.

— Respostas da prova. Para a prova semestral de história. De preferência uma semana antes da prova, para que eu possa, sabe… memorizar.

— Certo. — Me esforço para manter a voz neutra, para que não seja reconhecida, apesar de já conseguir imaginar quem está ligando. Posso vê-la com clareza, a cabeça baixa durante a prova de história da semana passada, o rosto vermelho de frustração. — Entendi.

Uma das primeiras coisas que aparece na página inicial do Pequimtasma é que temos uma política de não julgar os usuários. Porque, vamos ser sinceros, se você está contratando uma pessoa anônima para realizar o tipo de tarefas que não quer ser pego fazendo, a última coisa que deseja é ter sua moral julgada. Mas isso parece diferente dos trabalhos anteriores. Se o Pequimtasma tem uma política estrita de não julgar as pessoas, o Internato Internacional de Airington tem uma política *muito* rígida contra quem cola em provas. Há alguns anos, um garoto do nono ano foi encontrado colando nas provas de fim de semestre, copiando seu livro no papel higiênico no banheiro ao lado da sala onde estavam sendo realizadas as avaliações. Ele foi expulso em poucas semanas e, para a indignação de todos, desde então não tivemos permissão para ir ao banheiro durante as provas.

Mas a pior parte não é nem isso. Os pais do aluno ficaram tão envergonhados que vieram de sua empresa na Bélgica até aqui fazer reverências ao diretor, aos professores, aos alunos e colegas de classe, pedindo desculpas com os corpos todos curvados.

Prefiro morrer a fazer meus pais passarem por esse vexame.

Talvez Evie Wu consiga sentir minha hesitação, porque ela se apressa em explicar:

— Sei que é horrível. Acredite em mim, também não queria fazer isso. Mas... não tenho outra escolha. Se eu reprovar de novo, minha mãe... — A respiração dela fica trêmula. — Não. Não, eu *preciso* passar. Tenho que passar. E não consigo sem as respostas. — Sua voz se aquieta até se tornar um sussurro. — Não consigo sem ajuda.

— Tá — respondo.

— Você vai fazer?

Se você pudesse ver o sol 149

A esperança na voz dela — a pontada de culpa também — acaba comigo. Faz minha determinação enfraquecer. Mas, ainda assim, eu corrijo:

— Vou *pensar* a respeito.

Meu pescoço está começando a doer por ficar tanto tempo segurando o celular — ou talvez seja de estresse. Mudo de posição, pressiono o celular no outro ouvido, bem a tempo de ouvi-la dizer:

— ... posso pagar mais. O dobro das suas taxas habituais, se for esse o problema.

Não é *esse* o problema, mas mesmo assim anoto a informação.

— Olha, eu quero ajudar você, de verdade. Só preciso considerar... bem, tudo. A logística. O risco. — O fato de que, se conseguir as respostas, *eu* também estarei trapaceando. — Que tal eu entrar em contato daqui a um ou dois dias?

— Pode ser. — Evie parece decepcionada. — Sim, tudo bem. Espera... antes de você desligar, posso perguntar uma coisa? Você não precisa responder se não quiser — acrescenta rapidamente.

Faço uma pausa, alerta.

— O quê?

— Ouvi falar desse aplicativo por meio de um amigo. Por meio de algumas pessoas, na verdade. Também li todas as avaliações. E muita gente demonstra curiosidade. Eu também tenho. Como você consegue fazer tudo isso, todas essas tarefas, sem que ninguém veja? Você não é... — Evie para por um segundo e ri, o som saindo baixo e nervoso. Isso faz eu me sentir intimidante de uma maneira que nunca imaginei que pudesse me sentir antes. — Você não é um fantasma de verdade, né?

Ela diz isso como uma piada, mas há um traço de medo genuíno em sua voz. Por alguns instantes, me pergunto o que a assustaria mais: eu ser um fantasma ou ser uma garota humana com o inexplicável poder de ficar invisível. Me pergunto o que pareceria mais verossímil.

— Por que não? — respondo, por fim. — Tudo é possível.

***

O restante do dia letivo passa em um borrão.

Eu me arrasto de aula em aula, trombando com as pessoas nos corredores, faço os exercícios de história em sala de aula feito um robô e entrego tudo antes do prazo. E, apesar de ainda não ter me decidido em relação ao pedido, me demoro um pouco mais na sala quando todos já foram embora.

O sr. Murphy se assusta ao me ver. Ele pisca rápido, repetidas vezes, como se tivesse medo de que eu fosse começar a chorar de novo.

— Alice. — O professor apoia as mãos na mesa. — O que foi?

— Estava só pensando — digo, repassando as falas que ensaiei pela última hora na minha cabeça —, já que não fui tão bem na prova da semana passada...

— Ainda não corrigi aquelas provas.

— Ainda assim — insisto —, consigo imaginar como me saí e... não vou mentir, estou me sentindo horrível só de pensar, e por isso que seria tão importante eu me sair bem nas provas do meio do semestre. — Eu me obrigo a olhar para ele e rezo para parecer determinada, não assustada. — Então, eu estava me perguntando se você já elaborou a prova e se teria um guia para a revisão, como no ano passado. Quer dizer, é claro que não quero apressar o senhor nem nada...

— Ah, não, não se preocupe — responde o sr. Murphy com uma risadinha, e é óbvio que está aliviado ao ver que estou recomposta de novo. — Acabei de elaborar a prova ontem. Teria terminado até antes, pra ser sincero, se não fosse pelos meus filhos. — Ele faz uma cara como quem diz *sabe-como-é-né*, e concordo só para acelerar a conversa, mesmo quando é óbvio que não sei do que ele está falando. — O guia para a revisão deve ficar pronto em breve. Posso avisar todos vocês por e-mail quando estiverem impressos e trago na aula seguinte, o que acha?

Se você pudesse ver o sol 151

— Seria *perfeito* — afirmo, dando o meu melhor sorriso de aluna nota dez.

O professor retribui o sorriso, sem suspeitar de nada. Afinal, ainda sou Alice Sun. Mesmo que eu tenha me ferrado na última prova, nunca ousaria trapacear.

— Sabe qual a sua melhor qualidade, Alice? — pergunta o sr. Murphy enquanto guarda as planilhas de hoje em uma pasta transparente e já lotada. Por mais que o Airington esteja sempre declarando como é uma escola que "não usa papel", o professor de história é um daqueles que sempre preferiu cópias físicas. — Sua motivação. Você é determinada. Não importa o que aconteça, você sempre tem um plano e o executa muito bem.

Normalmente, esse tipo de elogio me deixaria eufórica de alegria, mas tudo que sinto é um aperto no peito.

— Com essa mentalidade, você vai chegar longe — acrescenta o sr. Murphy, olhando para a sala de aula vazia como se pudesse ter uma visão gloriosa do meu futuro brilhando bem diante de nós. — Tenho certeza disso.

Estou arrasada. Me sinto tão culpada que mal consigo gaguejar um agradecimento, só pego meus livros e vou embora.

Quando volto para o dormitório, Chanel está de mau humor.

Sei disso porque ela está deitada no chão do quarto com o pijama do BTS e comendo três embalagens gigantes de petiscos picantes às onze da noite, quebrando o jejum intermitente que pratica religiosamente desde o início do ano letivo.

— Quer um latiao? — pergunta quando me vê, erguendo uma das embalagens. Ela está com os dedos vermelhos e cobertos de óleo de pimenta.

— Hum, não, obrigada. — Me aproximo, tomando cuidado para não pisar nos cabelos de Chanel. — Tá... tudo bem com você?

— Sim, claro — responde, mas ela é ainda pior do que eu nisso de mentir e péssima em esconder o que sente. Depois de alguns segundos de silêncio, Chanel ergue as mãos em rendição como se eu estivesse apontando uma arma para ela. — Tá, tá, tudo bem. Mas você vai achar ridículo.

— Não vou — prometo depressa.

— Você vai achar que *eu* sou ridícula.

Pisco para ela, confusa.

Chanel suspira alto, se apoia em um cotovelo e diz:

— Fui reprovada na prova de química.

— Ah.

Não sei por que presumi que seria algo muito mais dramático, menos... normal. Talvez eu tenha me acostumado a pensar que pessoas como Chanel vivem em um plano existencial separado do meu, acima de problemas mundanos e de preocupações como uma nota baixa.

— Viu — reclama ela, resmungando e voltando a se jogar no chão com um *estrondo*. — Você está me julgando. Eu sei disso.

— Não estou — respondo, tentando organizar meus pensamentos. — E não é como se... Quer dizer, notas nem são tão importantes assim. — Faço uma careta. Essas palavras soam falsas e hipócritas conforme as pronuncio. — Desculpe. Isso foi um tanto desagradável.

Chanel ri.

— Foi, um pouco.

— Então... Sim, entendo por que você está chateada. É uma droga. Mas também, se ajudar, eu não acho que notas são, tipo, o maior indicador do valor de um ser humano.

Ela olha para mim.

— Você acha isso, de verdade?

Assinto.

— Então por que está sempre se matando de tanto estudar?

— Bom, é diferente pra mim. — Faço outra careta na mesma hora e me apresso para explicar: — Não como se eu fosse a mais especial das pessoas, mas... não sei. Acho que as notas são a única coisa que consigo controlar. São tudo o que tenho.

Se você pudesse ver o sol 153

Assim que digo isso em voz alta, percebo o quanto essas palavras são tristes.

— Isso não é verdade — retruca Chanel, e espero que ela venha com alguma frase vaga e cafona sobre meu potencial inexplorado e toda a vida que tenho pela frente. Em vez disso, ela diz apenas: — Você tem a mim. E ao Henry.

Eu a encaro.

— *Henry?*

— Uhum.

— Quer dizer o *Henry Li?* Que frequenta nossa escola?

— Ele mesmo.

— Eu poderia cair morta na frente de Henry que ele nem ia ligar — brinco com uma risadinha. — Ah, não, acho que mandaria meu cadáver não sujar os sapatos dele.

— Isso é o que você acha — diz Chanel, enfiando três salgadinhos na boca de uma vez só e falando enquanto mastiga. — Mas, acredite em mim, ele se importa muito mais do que demonstra. — Ela arqueia uma sobrancelha. — Ele se importa muito mais com *você* do que demonstra.

O calor sobe pela minha nuca, seguido por uma emoção aguda e inexplicável de prazer.

— Para de ser boba — respondo em voz alta, mais para mim mesma do que para Chanel.

— Juro pela minha bolsa favorita da Louis Vuitton que estou dizendo a verdade — insiste ela, erguendo uma das mãos dramaticamente. Então ela se senta no chão, os olhos ficando sérios de repente. — Conheço aquele garoto e a família dele faz... o quê? Sete anos agora? E, sim, ele sempre trabalhou como se a vida dele dependesse disso. Caramba, ele costumava ouvir as reuniões de negócios do pai e pensar em soluções para a SYS quando tinha *dez anos de idade*. Mas eu nunca o vi tão... dedicado a um projeto antes. Tipo, nunca.

— Ele só está agindo assim porque somos parceiros de negócios — pondero. — E porque vai conseguir lucrar com isso.

154   Ann Liang

— Claro. — Chanel revira os olhos. — Porque todos nós sabemos que é a única coisa que falta na vida de Henry Li: dinheiro.

Decido ignorar o que ela está insinuando.

— Não é porque se tem algo que não se pode querer mais. E todo mundo quer dinheiro.

— Nem *todo mundo* — protesta Chanel. Quando ela vê a cara que estou fazendo, acrescenta: — Os monges, por exemplo, não querem. Meu tio é um monge, sabia? Mora em um templo em Xiangshan, só come alface e coisa do tipo. Ele não quer dinheiro, nem um pouco.

— Que legal. Bom para ele.

Ela ri com ironia.

— Mas falando sério. — Eu me sento ao lado dela. Antes que Chanel possa voltar a falar de Henry, comento: — Voltando para a sua nota de química...

— Você parece minha mãe falando — resmunga ela.

— Não vou te dar um sermão, prometo. — Ergo a mão também, imitando o juramento que Chanel acabou de fazer. Ela balança a cabeça e ri. — Eu só estava pensando, e isso não é uma sugestão nem nada, mas... se você tivesse a chance, colaria na próxima prova? Se fosse uma questão de vida ou morte passar?

Ela pensa por alguns instantes.

— Acho que não — responde, por fim —, mas só porque não estou tão desesperada assim.

— Como assim?

— Bom, você sabe como funciona. — Chanel dá de ombros. — Muitos alunos aqui nasceram quando ainda existia a política de um filho por casal. Têm, literalmente, a família inteira, todas as tias e tias-avós e a vaca do avô *contando com* o sucesso deles, isso sem falar nos que têm pais que imigraram só para que os filhos tivessem um passaporte estrangeiro, uma educação melhor, uma vida melhor, sei lá. E ter esse tipo de pressão nos ombros o tempo todo... pode te levar a fazer coisas

Se você pudesse ver o sol 155

extremas. O fracasso deixa de ser uma opção. É impensável. Entende o que quero dizer?

Eu entendo. Entendo bem demais o que ela quer dizer. Mas, ainda assim, minha próxima decisão não é nada fácil.

Na calada da noite, quando Chanel já está dormindo há muito tempo, fico acordada fazendo listas.

Muitas listas; de prós e contras, riscos e custos.

Mapeio onde e como posso encontrar as respostas da prova, a probabilidade de ser pega no pulo, as chances de ser expulsa, de ser presa (o que *parece* melodramático, eu sei, mas, de acordo com uma rápida pesquisa no Google, dois estudantes foram presos por fraude há um ano).

Penso por que estou fazendo isso. Penso por que quero — não, *preciso*, sempre preciso — do dinheiro. Mais dinheiro. Penso em como é irônico que, para me tornar a pessoa que gostaria de ser, talvez eu tenha que fazer a última coisa que os outros esperariam de mim. Penso na culpa, no carma e na sobrevivência, em como ser bonzinho nunca garante nada nesse mundo. Só o poder garante.

Poder que agora eu tenho.

E conforme a noite avança, não consigo deixar de pensar na Mama.

Penso nas cicatrizes finas e feias em suas mãos maltratadas, onde antes havia um corte aberto, jorrando sangue, um rio vermelho-escuro passando pelas pontas dos dedos.

Lembro do som do ladrão invadindo nossa loja, a única mercearia asiática em nossa pequena cidade rural da Califórnia, de como Baba tinha orgulho de ser o primeiro, de "compartilhar parte da nossa cultura" com os habitantes locais.

Lembro do grito agudo de medo da Mama, então da *dor,* o barulho metálico da faca batendo no chão. Os grunhidos

156 Ann Liang

do ladrão enquanto meu pai corria para a caixa registradora, atacando-o por trás.

O toque estridente das sirenes depois.

Eu estava ajudando a abastecer as prateleiras de trás quando isso aconteceu, com duas caixas de ovos salgados de pato precariamente equilibradas nas mãos. E fiquei ali, *parada,* congelada no lugar, o corpo desligando em estado de choque. Só consegui voltar a me mexer quando toda a cena já tinha se desenrolado e a polícia já tinha chegado, as caixas caindo aos meus pés, o suave estalar das cascas de ovos sendo os únicos sons que eu conseguia ouvir acima dos meus batimentos cardíacos irregulares.

Os policiais foram simpáticos durante o incidente, mas desdenhosos, como um pai que consola o filho que chora. *Olha, sabemos que vocês estão chateados,* um dos policiais mais velhos disse para mim, dando algumas batidinhas em meu ombro. Lutei contra a vontade de dar um tapa em sua mão. *Mas não há evidências de que isso tenha sido um crime de ódio. Quer dizer, esse tipo de coisa pode acontecer com qualquer um, sabe? Tentem não pensar muito nisso.*

E talvez ele estivesse certo. Talvez tenha sido apenas uma questão de azar, um momento ruim. Talvez, se fosse um homem alto e loiro com um lindo sorriso atrás da caixa registradora, dizendo palavras eloquentes e sem sotaque algum enquanto gritava por socorro, a mesma coisa tivesse acontecido.

Talvez.

Mas o problema de viver em um lugar cheio de pessoas que não se parecem com você é o seguinte: sempre que uma merda como essa acontece, você não consegue deixar de se perguntar por que foi com você.

Após o incidente, tive certeza de que Mama sairia correndo do hospital e reservaria a primeira passagem de avião de volta à China. Mas eu tinha me esquecido de que ela é uma mulher que cresceu no rescaldo da Revolução Cultural, que derrubava água gelada na própria cabeça todas as noites durante um mês

Se você pudesse ver o sol 157

só para ficar acordada estudando para seu gaokao. Ela não se deixava intimidar com tanta facilidade. Na verdade, ela parecia mais determinada do que nunca a permanecer nos Estados Unidos (*O que fizemos de errado, hein? Baba e eu trabalhamos duro, pagamos impostos, obedecemos à lei — então esse homem me esfaqueia e tenho que fugir como se fosse eu a criminosa? Por quê?*).

No fim das contas, não foi o medo que nos levou a fazer as malas para Pequim, mas o dinheiro. Ou, bem, a falta dele. Para começar, nossa pequena mercearia nunca rendeu muita coisa, e meus pais gastaram comigo tudo o que conseguiram economizar — em mensalidades, aulas de piano, aulas de natação, escola de chinês nos fins de semana. Depois veio a crise e pareceu que o movimento pararia de vez.

No começo, meus pais continuaram se esforçando, porque era isso que faziam; tentavam, davam duro. Quando não dava certo, eles tentavam ainda mais. Começaram a vender as coisas para sobreviver: a pulseira de jade favorita da mamãe, o único casaco de inverno do papai, um vaso de porcelana, a mesa de jantar. Mama começou a trabalhar como faxineira no hospital da região, o mais próximo que conseguiu chegar da sua antiga carreira de enfermeira na China, e Baba ganhava um dinheirinho extra todos os dias recolhendo e reciclando garrafas de plástico usadas.

Mesmo assim, não foi o suficiente. Nem de longe.

As coisas chegaram ao limite no Ano-Novo Chinês. Comemoramos sozinhos em nossa casa escura e alugada, sentados em volta da toalha de plástico que agora servia de mesa, passando entre nós um prato de bolinhos congelados que compramos no supermercado e aquecemos no micro-ondas.

Mama dera uma mordida no bolinho e congelara no lugar.

— O que foi? — perguntou Baba em mandarim, olhando preocupado para ela. — Está ruim?

Ela não disse nada.

— Porque ainda tem o macarrão instantâneo — acrescentou Baba. — Posso colocar a água pra ferver. Talvez tenhamos até um ovo.

Então, Mama franziu o rosto. A voz falhou.

— Eu... eu quero bolinhos *de verdade*.

— Quê?

— Eu quero voltar — sussurrou Mama, os olhos escuros cheios de lágrimas. Fiquei apavorada ao vê-la daquele jeito. Ela não derramou uma lágrima nem quando foi esfaqueada. — Quero voltar pra *casa*.

A compreensão passou pelo rosto de Baba como uma sombra. Ele estendeu a mão sobre a toalha de mesa e segurou a mão dela, cobrindo a ferida que começava a cicatrizar.

— Eu sei — disse ele baixinho. — Eu sei.

Voamos de volta para Pequim algumas semanas depois, acabando com nossa primeira e última tentativa de fazer o Sonho Americano dar certo, o capítulo encerrado sem cerimônia alguma. Mas nunca parei de pensar nos sacrifícios que meus pais fizeram, no olhar suplicante no rosto da Mama quando falou aquela frase, quase como uma criança — *quero voltar pra casa* —, e como o único motivo para eles terem ido embora da China fui eu.

Nem mesmo agora consigo parar de pensar nisso.

Revivo cada momento daqueles últimos meses amargos até que meu cérebro ameace derreter dentro do crânio e minhas pálpebras pesem mil toneladas.

E logo antes de adormecer na minha mesa, meu último pensamento é:

Meus pais não trabalharam tanto para que meu caminho acabasse aqui.

10

— **Você está estressada de novo,** não para de andar — comenta Chanel de sua penteadeira.

Não estou andando de um lado para o outro só por estresse: eu sou a mais pura definição da ansiedade nesse exato instante. Meu coração está batendo tão forte que posso senti-lo na garganta, e minha boca tem gosto de cinzas. Desde que respondi Evie Wu no Pequimtasma esta manhã, dizendo que estaria disposta a ajudá-la a colar na prova, meu sistema nervoso está à beira de um colapso. E eu odeio isso, de verdade. Odeio cada pedacinho disso.

Mas preciso honrar minhas escolhas.

— Você também parece prestes a vomitar — acrescenta Chanel, sempre disposta a ajudar.

— Não vou vomitar — respondo e, nesse exato momento, sinto o estômago embrulhar. Luto contra a náusea crescente. — Quer dizer... Ah, meu Deus, espero que não.

— Ei — diz ela. Chanel abre uma embalagem de máscara facial e a esfrega nos pulsos pálidos para tirar o excesso de espuma. — Sem querer ser nojenta, mas, tipo, *se* você vomitasse... acha que seu vômito também ficaria invisível? Porque, na teoria, ele estaria fora do seu corpo, mas se também for *produzido* por...

— Chanel? — interrompo-a.

— Sim?

— Pare de falar, por favor.

Ela consegue ficar quieta por um minuto inteiro, pressionando a máscara na pele, antes de falar:

— Pode ao menos me contar qual é a missão que está deixando você...

— Não — respondo, e ela faz um beicinho exagerado. — E cuidado para sua máscara não enrugar.

Chanel para de fazer beicinho na mesma hora, optando por uma expressão impassível enquanto se apressa para esticar as bordas da máscara de novo. Se eu não estivesse fazendo o maior esforço do mundo para manter meu almoço na barriga, teria dado risada.

— Enfim — digo, completando mais uma volta em nosso minúsculo quarto. Meus pés se recusam a ficar parados. — Dessa vez, não estou ocultando informações por não confiar em você. Mas, quanto menos pessoas souberem, menor será a probabilidade de as coisas acabarem terrivelmente mal... e menor será a sua responsabilidade.

— Mas o *Henry* sabe.

Faço uma careta.

— É, bem... É porque preciso que ele faça uma coisa. E por falar nisso... — Olho para o relógio e sinto um aperto no peito. São 17h50. Está na hora.

Ai, meu Deus. Vai mesmo acontecer.

Quando volto a falar, minha voz soa esganiçada.

— É... é melhor eu ir atrás dele. Pra acabar logo com isso.

Deixo tudo no quarto, menos o celular, e saio correndo, mal ouvindo o rápido "boa sorte" de Chanel enquanto a porta se fecha atrás de mim.

Henry e eu combinamos de nos encontrar na entrada principal do prédio de humanidades às seis da tarde. Nós dois chegamos às 17h59 em ponto, ao mesmo tempo, e tenho que admitir que por mais que Henry seja tão pretensioso que beira o insuportável, ele é pontual.

Se você pudesse ver o sol 161

Também parece ainda mais arrumado do que de costume: o blazer escuro recém-passado, a gravata reta, nenhum fio de cabelo fora do lugar. Tenho vontade de rir. Parece que ele está prestes a fazer um discurso na escola em vez de me ajudar a cometer um crime.

— Alice — diz ele quando me vê, sempre tão educado.

— Henry. — Retribuo o cumprimento com uma saudação sarcástica, imitando seu tom formal.

Uma leve irritação percorre seu rosto. Que bom. Se Henry estiver no clima para uma discussãozinha, ao menos terei algo para me distrair dos meus nervos.

— Você está nervosa? — pergunta ele.

Ou não.

— Por que você acha que estou nervosa? — retruco, esticando a mão por cima do ombro de Henry para abrir a porta.

— Bem, você parece estar tremendo.

Sigo seu olhar e escondo depressa as mãos nos bolsos, passando por ele e entrando no prédio.

— Está frio — murmuro.

— Está fazendo 22 graus.

Cerro a mandíbula.

— Que foi, virou meteorologista agora?

— Sério? Meteorologista? — A voz de Henry soa leve, entretida. — Você já deu respostas melhores, Alice.

Tento apunhalá-lo até a morte com o olhar. Para meu azar, não dá certo.

Continuo andando.

Como é de se esperar, o corredor está praticamente vazio. Nenhum aluno quer ficar por aqui depois da aula, ainda mais porque os dormitórios ficam a apenas um pátio de distância e porque qualquer um pode pegar um carro de aplicativo até o Village ou o Solana. Mas a história é diferente com os professores. A maioria deles vem de bicicleta para a escola e gosta de ficar nas salas de aula até depois do anoitecer, quando as ruas lá fora já não estão tão lotadas e a probabilidade de serem atropelados por um carro é bem menor. O sr. Murphy é um deles.

E é claro que encontramos as luzes da sala de história ainda acesas. Pela pequena janela da porta, posso ver sua figura curvada sobre a própria mesa, com pilhas de papéis dispostas à sua frente. Parece que ele vai passar um bom tempo corrigindo todas aquelas provas.

Perfeito.

Agora só preciso ficar invisível.

— Seria bom se fosse logo — murmura Henry logo atrás de mim, como se lesse minha mente.

Faço uma careta, mas não respondo de imediato, gesticulando para que ele me siga até um dos estreitos corredores adjacentes, longe o suficiente para que o sr. Murphy não possa nos ouvir. O lugar cheira a tinta fresca de impressora e marcadores de quadro branco. Cheira a integridade, a sucesso acadêmico.

Outra onda de náusea toma conta de mim.

— Eu já *disse* — reclamo enquanto volto a andar de um lado para o outro — que não consigo controlar *quando* isso de ficar invisível vai acontecer. Só *acontece*.

Henry não se move, embora seu olhar me siga enquanto ando, de um lado para o outro, de um lado para o outro. Certa vez, alguém me disse que meu estresse era contagioso, que transbordava de mim. Mas talvez Henry seja imune a isso, intocável, como é com a maioria das coisas.

— Nesse caso, como você pode ter certeza de que vai ficar invisível esta noite? — indaga Henry.

— Bem, eu não tenho. — Suspiro. — Mas tem acontecido com muito mais frequência à noite nas últimas semanas, e posso fazer uma… uma previsão razoável com base nos padrões existentes. Que nem com a menstruação.

Por um breve momento, Henry parece atordoado.

— Perdão?

Se você pudesse ver o sol 163

— Ciclos menstruais — repito, com muita clareza, feliz em vê-lo desconfortável pela primeira vez. — Sabia que é possível acompanhar para prever em que época do mês acontece e ter noção, mais ou menos, de quando vai descer? Ainda assim, dá pra ser pega de surpresa. É tipo isso.

— Ah. — Ele assente, voltando a exibir uma expressão calma. — Certo.

E, de repente, minha onda momentânea de satisfação acaba e a ansiedade volta em dobro. Ando mais rápido, retorcendo as mãos. É de se espantar que Henry não esteja ficando tonto só de olhar para mim.

Esta é, sem dúvida, a pior parte de cada missão: não o medo de ser pega, ou mesmo a culpa que corrói minha consciência, mas a *incerteza*: nunca saber quando ficarei invisível ou quando voltarei ao normal.

Algumas poucas semanas atrás, passei um dia inteiro parada no corredor da escola, à espera de que meus poderes entrassem em ação para que eu pudesse terminar o que deveria ter sido uma tarefa simples do Pequimtasma. Não rolou. Me surpreendi ao perceber como Henry foi compreensível, apesar de ter escolhido esperar comigo, mas ainda consigo sentir o gosto pungente e amargo do fracasso, o peso da frustração por ter que confiar em algo que está fora do meu controle.

— Relaxe — diz Henry, depois de eu ter ido e voltado pelo corredor ao menos vinte vezes. Se eu estivesse contando meus passos, como Chanel faz, tenho certeza de que já teria alcançado minha meta diária. — Mesmo que esta tarefa não corra como o planejado, qual é a pior coisa que pode acontecer?

Faço um som para expressar meu espanto.

— Por favor, *por favor*, me diga que é brincadeira.

— Garanto que estou falando bem sério.

— Meu Deus! — exclamo, e balanço a cabeça. — A pior coisa... quer dizer, tem, literalmente, *tantos* cenários horríveis que nem sei por onde...

— Tipo o quê?

— *Hum.* — Finjo pensar na resposta. — Tipo, *sermos expulsos?*

— Duvido muito que nos expulsem. Somos os melhores alunos que eles têm — retruca Henry. Afirma assim, como quem não quer nada, como se fosse um fato indiscutível.

Meu coração se prende ao *somos*, ao elogio tão casual nessas palavras, mas pressiono-o mesmo assim.

— Duvida? Eles também poderiam envolver a polícia, nos jogar na cadeia.

— Meu pai tem alguns amigos advogados — responde ele, tranquilamente. — Alguns dos melhores do país. Mesmo que tenham provas contra nós, ainda assim ganharíamos o caso.

Eu me viro tão rápido que meus sapatos rangem no chão polido.

— Viu, é por isso que não suporto pessoas como você — falo, fervendo de raiva, apontando um dedo na direção dele.

— Você acha que pode fazer o que quiser só porque é inteligente, rico e bonito.

— Calma aí. — Algo muda em seu olhar escuro. — Você me acha bonito?

— Ah, para com isso, não finja que acabei de revelar um grande segredo — retruco. — Tenho certeza de que até os caras do nosso ano acham isso. Quer dizer, sério, quando fizemos aquelas aulas de mergulho no ano passado, todo mundo nas arquibancadas ficou *babando* em você como se nunca tivessem visto um cara sem camisa antes. E depois, quando você fez aquela sessão de fotos para a revista da escola e eles fizeram você usar aquele terno ridículo, eu nem consegui, você… — Paro, de repente muito consciente do calor em minhas bochechas, da raiva em meu peito que já não parece mais raiva, mas outra coisa.

Outra coisa pior.

— É… Tanto faz. — Limpo a garganta. — Enfim. O que eu estava falando mesmo?

Henry inclina a cabeça para o lado, um sorriso lento se espalhando por seus lábios.

Se você pudesse ver o sol 165

— Você estava me dizendo o quanto me odeia.

Mordo a língua e desvio o olhar depressa. Tento afastar a sensação estranha em minha barriga. Quando enfim decido que é seguro olhar para ele de novo sem que minha pele pegue fogo, Henry pergunta:

— Está se sentindo melhor agora?

— Hã?

— Você tende a deixar de ter tanto medo quando está com raiva — explica.

A confusão surge dentro de mim.

— Como... como você sabe disso?

— Eu noto as coisas — responde Henry, simples assim.

Outra declaração. Mais uma frase lançada ao ar para eu decifrar. Mas não consigo entender. O que ele quer dizer com *eu noto as coisas*? E como Henry poderia estar ciente de algo a meu respeito que nem eu mesma sabia? Isso não faz sentido nenhum, porque *ninguém me nota*.

Um arrepio repentino percorre minha coluna, descendo pelas minhas pernas, meus pulsos. Mil alfinetadas de gelo. Sinto frio pelo corpo todo — um frio doloroso e anormal — e ao menos sei o que *isso* quer dizer.

Quer dizer que é hora de pôr as mãos à obra.

— Henry! Por que você ainda está aqui?

O sr. Murphy ergue o olhar de sua mesa quando Henry e eu entramos e me observa.

— Estava torcendo para você estar aqui ainda, sr. Murphy — declara Henry com um de seus raros e persuasivos sorrisos. Olhos vivazes. Dentes brilhantes. Covinhas discretas nas bochechas. Até eu estou quase tentada a acreditar no que sai de sua boca a seguir: — Você teria alguns minutinhos? Estava querendo analisar algumas das fontes primárias a respeito das Guerras do Ópio, sabe, já que você disse que é o que vamos aprender a seguir, mas a bibliotecária não me deixou chegar perto delas sem a sua aprovação.

É perfeito: a leve relutância em sua voz, como se ele tivesse medo de incomodar o professor; a ânsia sem parecer ansioso *demais*; a sinceridade na forma de sustentar o olhar do sr. Murphy. E, claro, há um detalhe que os outros não seriam capazes de imitar, não importa o quanto sejam bons em mentir: a reputação dele. Ele é o Rei Henry, o aluno favorito de todos os professores, aquele que sempre conversa com eles a respeito de materiais extras das aulas, leituras avançadas, que debate novas teorias por diversão.

Nunca pensei que um dia ficaria *grata* por Henry ser um puxa-saco, mas olha só a que ponto chegamos.

O sr. Murphy coloca na mesa o papel que estava em suas mãos. Seu tom é amigável, com uma leve provocação, ao perguntar:

— Fontes primárias, hein? E isso não poderia esperar até amanhã?

Henry abaixa a cabeça, fazendo um belo teatrinho ao fingir estar envergonhado.

— Bem, eu estava lendo sobre a Primeira Guerra do Ópio esta tarde e é tudo tão interessante... Terrível, obviamente, mas interessante, e quando me lembrei de que a biblioteca tinha alguns dos textos originais, acho que me empolguei. — Ele sorri de novo para o sr. Murphy, um sorriso mais discreto, encabulado, e meu coração dá uma estranha cambalhota no peito. — Desculpe, o senhor está certo. Não é tão importante.

— Não, não, não foi isso que eu quis dizer — responde o sr. Murphy depressa. Ele se levanta, a cadeira indo alguns centímetros para trás e batendo na parede com um baque surdo. — É ótimo que você seja tão apaixonado pelas matérias que estuda, Henry. E fico mais do que feliz em ir com você. Agora mesmo, na verdade. — Ao falar isso, ele coloca o computador debaixo do braço e faz um gesto para que Henry vá na frente.

Se você pudesse ver o sol 167

Mas Henry hesita, os olhos pousando no computador. Pela primeira vez, sinto uma fissura se formar na sua máscara de calma.

— Não... não precisa levar o computador. Vai ser bem rápido.

Engulo o nó de medo na garganta e me aproximo, estudando com cuidado a reação do sr. Murphy, à procura de qualquer sinal de suspeita, de confusão. Mas ele só suspira e balança a cabeça.

— Eu sei, mas acho que é melhor. Tenho ouvido alguns relatos engraçados nos últimos dias.

Sinto um embrulho no estômago.

— Que relatos? — pergunta Henry, ficando tenso também.

— Ah, bem, nada que desperte *muita* preocupação, tenho certeza — afirma o sr. Murphy enquanto balança a mão livre.

— Só algumas histórias de coisas desaparecendo aqui e ali de armários, celulares e computadores sendo hackeados. Coisas do tipo. — Ele acena em direção à porta. — Vamos, então?

Henry se endireita, mas não antes de seu olhar se voltar na minha direção.

— Vamos. Sim, claro.

Ele não volta a mencionar o computador para o sr. Murphy nem tenta convencê-lo a deixá-lo ali, e eu não o culpo; se o professor já está alerta e mais ou menos ciente do que anda acontecendo, não demoraria muito para que suspeitasse de alguma coisa.

Mas quando Henry e o sr. Murphy saem da sala, me deixando sozinha, invisível, sem o computador de que precisava, não consigo deixar de me sentir uma completa idiota. Eu me sinto amargurada, a cabeça latejando. O que devo fazer agora? Segui-los até a biblioteca, tentar roubar o computador do sr. Murphy quando ele não estiver olhando? Tentar de novo outro dia? Mas, mesmo com a reputação de Henry — mesmo que afirmasse ter encontrado uma fonte primária nunca antes vista do próprio Imperador Daoguang —, duvido que o professor não fosse suspeitar caso ele o procurasse duas noites seguidas.

Não, tem que haver alguma outra maneira. Talvez eu possa acessar o computador do sr. Murphy pelo celular dele ou pelo meu, ou talvez ele tenha enviado uma cópia da prova por e-mail, ou, quem sabe...

Talvez ele tenha uma cópia física em algum lugar.

Por *aqui*.

Com uma súbita e vertiginosa onda de esperança, eu me lembro da pasta grossa que o sr. Murphy sempre carrega consigo e do quanto gosta de imprimir as coisas, dizendo que tem dificuldade de ler em telas.

Corro para a mesa dele. Está o mais puro caos, marcadores e provas meio corrigidas por toda parte, um último pedaço de jianbing esfriando em um prato sujo. Mas bem ali, enterrada embaixo dele, está a pasta transparente que vi o sr. Murphy carregando da última vez.

Aos poucos, centímetro por centímetro, puxo a pasta como se fosse um jogo de Jenga, tomando cuidado para não mover mais nada na mesa do professor. A pasta está abarrotada de planilhas, cópias do plano de estudos, rubricas de provas anteriores, trechos de leituras de livros didáticos.

Não parece haver nenhum tipo de sistema de organização, nem mesmo uma única divisória colorida. Tudo o que posso fazer é virar página após página enquanto a pasta fica insuportavelmente pesada em minhas mãos úmidas, meu coração disparando, incapaz de ignorar o tique-taque do relógio e de quantos minutos se passaram desde que o sr. Murphy e Henry saíram.

Meus sentidos também parecem ter se aguçado, como os de um coelho quando teme estar sendo caçado; cada farfalhar de movimento nos corredores lá fora me assusta, cada rangido da porta ou batida dos galhos nas janelas me faz congelar. Consigo sentir o cheiro dos restos de comida do escritório dos funcionários no andar de cima — frutos do mar e algo azedo — e sentir o suor se formando em minha pele em gotas geladas e perfeitas.

E ainda me forço a continuar vasculhando a pasta gigante, a continuar procurando, examinando o borrão de texto em busca

Se você pudesse ver o sol 169

das palavras *Meio de semestre, Segunda série do ensino médio* ou *Prova de história,* até que...

Finalmente.

Finalmente. Encontro a prova.

A adrenalina inunda minhas veias enquanto pego o caderno de provas e respostas com dedos trêmulos, segurando-os sob as luzes fluorescentes da sala de aula. Por um segundo, fico tão atordoada com o que estou prestes a fazer que quase os deixo cair, mas me recomponho. Pego o celular e tiro uma foto da primeira página, depois da segunda, da terceira.

Estou perto de terminar quando ouço...

Vozes.

— ... difícil acreditar que o imperador fosse tão ignorante assim. Se você ler nas entrelinhas daquela carta, parece mais uma última e desesperada tentativa de evitar problemas — diz Henry, seus passos lentos seguindo os rápidos e barulhentos do sr. Murphy. Ele está falando mais alto que o normal, sem dúvida para me avisar de que estão prestes a entrar.

Não, ainda não.

Estou na última página agora, mas minha sombra continua bloqueando as palavras.

Então a ficha cai e eu quase fico sem fôlego: minha sombra. Se tenho sombra, então estou visível de novo, e se estiver visível quando o sr. Murphy entrar... Se o sr. Murphy me vir...

Merda.

O pânico invade cada célula do meu corpo. Torço o papel sob a luz e tiro uma foto, depois coloco-o de volta na pasta e enfio tudo de novo sob o prato sujo em um movimento rápido e frenético. Não sei se está exatamente na mesma posição de antes, mas não há tempo para verificar.

A maçaneta range. Dá a volta.

O sr. Murphy abre a porta no momento em que me jogo no chão, me espremendo no espaço sob sua mesa. O espaço é minúsculo. Tenho que dobrar os joelhos sob o queixo como um feto e envolver o corpo com os braços com força.

Meu coração está batendo tão forte que acho que estou prestes a morrer.

— Mais uma vez, obrigado por tudo, sr. Murphy — diz Henry. Ele parece estar a menos de três metros de distância. — Sei o quanto você deve estar ocupado.

— Você é muito educado — responde o sr. Murphy, que está próximo. Ele está andando, chegando cada vez mais perto, e...

Ai, meu Deus.

Seus sapatos de couro desgastados aparecem de repente diante de meus olhos, a apenas alguns centímetros da minha perna.

Eu me retraio ainda mais, pressiono-me contra a superfície dura da mesa, me encolhendo até mal conseguir respirar, mas ele ainda está perto demais. Basta o sr. Murphy olhar para baixo para saber que estou aqui. Só precisa prestar atenção para ouvir meus batimentos cardíacos retumbando, minha respiração irregular em busca de ar.

Estou presa.

Esse pensamento causa uma nova onda de histeria em mim. Estou presa e não consigo ver nenhuma maneira de sair. Não sem ser vista. Não sem sofrer consequências. Minha mente começa a exibir o futuro inevitável como se fosse um filme de terror: o sr. Murphy vai derrubar um lápis ou papel sem querer e me encontrar aqui, agachada, escondida a seus pés; o choque passará por seus olhos, ainda mais pronunciado do que quando tive aquele colapso mental durante a prova. Logo a seguir, ele vai se dar conta de que só posso estar ali por um motivo. Depois, ele vai olhar para a mesa, perceber que a pasta está uns cinco centímetros mais à direita de onde a deixou, que o canto do caderno da prova está dobrado, e somar dois mais dois, e então...

— Precisa de mais alguma coisa, Henry? — pergunta o sr. Murphy. Ele senta na cadeira, e observo, horrorizada, enquanto ela rola para a frente.

Se você pudesse ver o sol 171

Não tenho espaço para recuar. As rodas dianteiras batem em meu pé direito, esmagando meus dedos. Uma onda de dor incandescente me atinge e tenho que morder a língua para não gritar. *Por favor, faça isso parar*, rezo, sem saber direito para quem. *Por favor, por favor, que ele receba uma ligação urgente, ou tenha que levantar para ir ao banheiro, ou que o alarme de incêndio dispare.* Mas nem a cadeira nem o sr. Murphy se movem.

— Bem, na verdade... — A voz de Henry vem do outro lado da sala e, pela pausa, percebo que está tentando enrolar. Ele deve saber que ainda estou aqui. Já falamos disso antes, ainda que de forma breve; eu tenho que lhe enviar uma mensagem quando estiver sã e salva lá fora, e, se não mandar, Henry precisa criar uma distração para que eu ganhe tempo. Só não contava que ele teria se lembrado disso.

Por um segundo, me permito ter esperança.

Então ouço seus passos se movendo na direção oposta e meu coração para. A confusão nubla minha mente. O que diabos ele está...

Um estrondo interrompe meus pensamentos: o inconfundível som de um corpo batendo no cimento, como se alguém tivesse caído no chão.

Então, alguém arfa.

— Henry? *Henry!*

A cadeira rola para trás e, num lampejo marrom, os sapatos do sr. Murphy desaparecem de vista. Ouço-o correr na direção de onde Henry deve ter caído e não penso duas vezes. Eu me coloco em movimento. Ignorando as alfinetadas e pontadas em minhas pernas, saio debaixo da mesa, quase batendo a cabeça no canto, e corro para a porta dos fundos.

Na escuridão do corredor, afundo nas sombras, ofegante, captando trechos da conversa de Henry com o sr. Murphy enquanto me afasto da sala de aula.

— ... não comi direito. Não se preocupe, isso já aconteceu antes...

— ... para a enfermeira da escola? Pode ser que elas ainda estejam...

— Ah, não, não é necessário. De verdade, estou bem. Não quis assustar...

O ar da noite está fresco quando saio. Adocicado com a fragrância das begônias florescendo nos jardins da escola. Fecho os olhos e inspiro, mal ousando acreditar no que acabei de fazer. No que Henry acabou de fazer. Quando ele falou que criaria uma distração, nunca pensei que isso envolveria *fingir desmaiar*.

É tudo tão bizarro que uma gargalhada explode em meus lábios e, de repente, todo o meu corpo treme de histeria, tendo a tão necessária liberação de tensão. Não sei por quanto tempo fico ali, esperando, delirante e quase tonta de alívio, mas logo ouço vozes. São Henry e o sr. Murphy. Algumas das palavras são abafadas pela porta da frente, mas consigo perceber a insistência contínua de Henry:

— Estou bem, estou bem. Posso ir sozinho até a enfermaria.

O sr. Murphy deve acreditar nele — ou talvez saiba que não deve desafiar a teimosia de Henry —, porque ouço o rangido de sapatos, de passos pesados se afastando, enquanto outros passos se aproximam.

A porta se abre.

— Bom, isso foi uma humilhação e tanto.

Eu me viro.

Henry está parado atrás de mim, de expressão calma, as mãos nos bolsos, a gola da camisa amarrotada. Um hematoma amarelo avermelhado dá sinal de aparecer na curva da bochecha esquerda, maculando sua pele perfeita.

Sem pensar, agarro o rosto dele com uma das mãos e o inclino em direção à luz da lua, inspecionando o ferimento. Parece inchado. Doloroso.

— Caramba, Henry — digo, e não estou mais rindo. — Não precisava ir tão longe. Quer dizer, eu agradeço, é claro, agradeço de verdade, mas... Está... está doendo?

Se você pudesse ver o sol 173

Ele não me responde, mas seus olhos se arregalam de leve. Depois se dirigem até o ponto de contato entre nós, onde minha mão ainda está em sua bochecha.

Tiro a mão e recuo, morrendo de vergonha.

— Hã, desculpa. Não sei por que fiz isso, de verdade.

Balanço a cabeça com força, como se de alguma forma pudesse afastar o momento estranho também. *Qual é o meu problema?*

— Você precisa de um curativo? Ou de gelo? Ou uma daquelas coisas de pano que eles amarram... — Paro de falar quando vejo os cantos dos lábios de Henry se contorcerem com uma diversão que ele nem tenta esconder. — Você está achando isso *engraçado*? Porque você poderia ter se machu...

— Agradeço a preocupação — diz ele. — Mas estou bem, de verdade. Eu juro. Já fiz isso antes.

Eu o encaro.

— *O quê?* Por quê?

Henry hesita, e quase consigo ver as engrenagens em sua mente trabalhando, tentando decidir o quanto quer me contar. Por fim, ele diz:

— Foi há muito tempo, quando eu tinha sete ou oito anos. Meu pai me matriculou em aulas de violino e eu não queria ir, *não mesmo*.

Demoro um minuto para entender o que ele está falando, para compreender o absurdo disso tudo. Essa é a última coisa que eu esperaria de Henry Li.

— Espera. Então você fingia desmaiar só para escapar das aulas de violino?

— Só fiz isso uma vez. — Henry faz uma careta. — Tudo bem, *duas vezes*. Mas, em minha defesa, funcionou. A professora de violino ficou tão preocupada com meu bem-estar que foi pessoalmente pedir a meu pai que me mantivesse em casa.

Eu sufoco uma risada incrédula.

— E você não podia só... não sei, fingir uma tosse ou um resfriado, como uma criança normal?

A expressão dele não muda, mas seu olhar endurece.

— Isso não teria funcionado. Enquanto eu estivesse fisicamente consciente, meu pai teria insistido que eu continuasse com os estudos até atingir a perfeição.

Ele vira a cabeça para o outro lado, o luar banhando seu perfil retesado, delineando a leve ruga em suas sobrancelhas, e percebo, com uma estranha pontada de dor, que a conversa acabou.

Também percebo que, apesar de todas as descrições de revistas glamorosas, entrevistas e notícias relacionadas à SYS que devorei na tentativa de entender melhor meu concorrente, não conheço Henry muito bem. Mas agora, mais do que nunca, eu meio que gostaria de conhecer.

Alguns instantes de silêncio pesado se passam. Então, Henry pergunta:

— Você tem tudo de que precisa? — Sua voz está formal de novo, a própria imagem do profissionalismo. E eu odeio isso.

— Ah, tenho. — Dou um tapinha na frente do meu blazer, onde está o celular. — Tenho, sim.

Mas enquanto voltamos devagar para os dormitórios, com as respostas da prova guardadas e seguras no meu bolso e a promessa de um pagamento considerável me esperando, não consigo afastar a sensação de que deixei algo de valor inestimável para trás.

Se você pudesse ver o sol 175

11

Conforme a época de provas se aproxima, fico à espera de que o sr. Murphy me descubra.

Alice, imagino ele dizendo no final da aula, com uma expressão severa e incomum. Talvez ele esteja com a pasta pronta ao seu lado, um dispositivo de gravação secreto que não percebi, todas as provas incriminatórias de que precisa. *Você se importaria de me explicar isso?*

Cada vez que entro em sua sala de aula ou passo por ele nos corredores, me sinto extremamente mal. As palmas das minhas mãos ficam úmidas e tenho que engolir a náusea, por pouco não conseguindo reunir energia para retribuir seus sorrisos e ocasionais acenos de cabeça em cumprimento.

A paranoia é tão forte que começo a ter pesadelos: sonhos estranhos e perturbadores em que o sr. Murphy desmaia diante de mim e eu corro para ajudá-lo, só para ser derrubada no chão, as estridentes sirenes da polícia tocando ao meu redor até que eu acordo assustada; ou em que estou prestes a entrar na sala de provas quando percebo que esqueci de me vestir, e Jake Nguyen pula na mesa do professor, declarando que estar pelada é um sinal de culpa, e Henry, do outro lado do corredor, me olha nos olhos e sussurra: *Você não tem vergonha?*

Não preciso nem dizer que não tenho dormido muito bem.

— Eu me sinto como a Lady Macbeth — murmuro para Chanel na manhã anterior às primeiras provas. — Sabe, depois que um monte de gente morre e ela começa a ter alucinações com todo o sangue em suas mãos porque é uma manifestação nada sutil de culpa?

— Alice, *Alice* — interrompe Chanel, colocando a mão em meu ombro. — Primeiro que é muita ousadia da sua parte pensar que sei do que está falando, porque eu ainda não li *Macbeth*.

— Mas... mas a prova de inglês é *amanhã*.

— Pois é — retruca ela. — Isso me dá 24 horas inteiras para entender a essência da história.

— Acho que você está subestimando pra caramba a complexidade da obra de Shakespeare.

Chanel me ignora.

— Em segundo lugar, ainda não sei qual foi a sua pequena missão com Henry já que *alguém* não quer me contar, né? Mas tenho certeza de que vai ficar tudo bem. Você não foi pega nenhuma vez até agora, foi?

— Não — admito. — Mas ainda assim. Eu só... estou com um mau pressentimento.

— Você sempre tem um mau pressentimento — comenta Chanel com um aceno de mão. — Seu corpo funciona com base em sentimentos ruins. Na verdade, eu ficaria muito preocupada se você *não* estivesse estressada com alguma coisa agora.

— Faz sentido — respondo, sem estar, de fato, convencida disso.

Mas então as provas passam em um borrão de noites acordadas, revisões de última hora e adrenalina, e nada fora do comum acontece. O sr. Murphy agradece a todos nós pelo trabalho árduo com uma rodada de quiz sobre a história chinesa antiga (o jogo fica um tanto intenso; alguns arremessam lápis, outros apontam dedos furiosos, e Henry e eu acabamos empatados na liderança) e promete ter as provas corrigidas até a semana que vem. Os professores começam a entregar os formulários e panfletos para a viagem Vivenciando a China, quando vamos para Suzhou, e logo esse vira o único assunto de todas as con-

Se você pudesse ver o sol 177

versas. As folhas das árvores wutong da escola ficam douradas, depois marrons, até que começam a murchar, caindo e se espalhando pelo pátio como anotações rasgadas. O frio começa a dar as caras em meados de novembro, tão intenso que até mesmo os garotos da terceira série param de jogar basquete lá fora na hora do almoço e, em vez disso, passam a monopolizar o limitado espaço no refeitório.

E, apesar de tudo isso, as tarefas do Pequimtasma continuam aparecendo.

Mais sustos com uma possível gravidez, escândalos sexuais e fotos vergonhosas tiradas bêbados em uma festa exclusiva em Wangjing. Mais casos de amor não correspondido e preocupações com amizades, ataques de pânico e famílias se desfazendo. Mais mensagens detalhando histórias de ex-namorados e competições vigorosas, subornos e inseguranças secretas. Este é o efeito colateral inesperado do aplicativo: as tarefas agora parecem mais do que oportunidades de negócios.

Elas parecem confissões.

É claro que eu sempre soube que meus colegas do Airington levavam vidas completamente diferentes da minha. Mas nunca parei para analisar além da superfície brilhante e polida de seus condomínios milionários, dos motoristas particulares e das compras desenfreadas. Nunca considerei que as pessoas com quem encontrei inúmeras vezes nos corredores, com quem tive conversas vagas sobre provas vindouras, fossem pessoas de quem talvez eu quisesse ser amiga, com quem pudesse trocar segredos ou quem eu procuraria para oferecer conforto.

Em vez disso, passei meus cinco anos aqui completamente alheia a tudo que não fosse meus estudos.

Henry, por outro lado, não parece surpreso com nada.

— Humm — é tudo o que ele diz quando mostro o pedido mais recente no fim da aula de ética social.

— *Humm?* — repito, incrédula. — Você sequer leu a mensagem?

Os olhos dele vão do celular para meu rosto, uma caneta de gel girando entre seus dedos longos e finos.

— Sim, claro. Li tudo.

— E você... você sabia disso?

— Não — responde Henry com a voz calma e baixa o bastante para que só eu possa ouvir. Todos os outros alunos estão ocupados fingindo que anotam o que Julie Walsh escreveu na lousa sobre Discriminação nos Países em Desenvolvimento, já prontos para enfiar os computadores nas mochilas e caírem fora assim que o sinal tocar. — Mas acho bastante plausível. A declaração artística que ela fez no projeto do fim do ano passado não condiz com os trabalhos que apresentou este semestre. Ou ela passou por uma mudança drástica nas visões de mundo durante o verão, ou aquelas opiniões nunca foram dela.

Balanço a cabeça, sem conseguir acreditar. Até para os padrões habituais do Pequimtasma, a mensagem anônima agora aberta no meu celular é... bom, chocante.

Ao que tudo indica, o prodígio artístico do Airington, Vanessa Liu, tem comprado todas as suas ideias e designs de algum estudante universitário mais velho. A fonte quer que eu a siga até Shimao Tianjie, também conhecido como The Place, amanhã — um daqueles lugares sofisticados do centro da cidade a que nunca vou —, quando, em teoria, ela vai se encontrar com o estudante para fazer negócio de novo.

— Mas eu já vi os desenhos dela — insisto, mantendo a voz baixa também. — Assim, ela é *talentosa*. Não entendo por que...

— Ter talento não significa ser um gênio — responde Henry, com toda a tranquilidade e segurança de alguém que passou a vida inteira se encaixando na última categoria e sabe bem disso.

Uma pontada familiar de inveja — de *desejo* — se aloja dentro de mim.

Abaixo o celular.

— Bem. Acho que vou descobrir amanhã à noite.

Se você pudesse ver o sol 179

Henry levanta a cabeça e, pela primeira vez desde que mencionei o assunto, se mostra interessado. Quando volta a falar, parece escolher as palavras com cuidado.

— Você... gostaria de ter companhia?

— De quem? — pergunto, confusa. O objetivo do Pequim-tasma é que eu aja sozinha: sem ser detectada, sem ser vista.

Ele ergue as sobrancelhas. Espera.

— Calma aí, a *sua*? — digo como se fosse uma brincadeira, mas a expressão dele continua séria.

— Por que não? — Henry levanta a caneta que está girando. — As provas acabaram. Nós dois temos tempo de sobra agora. E eu vou à The Place o tempo todo. Posso ajudar de alguma forma.

— Mas... se alguém vir você...

— Podemos ir mais cedo — responde ele na mesma hora, dando de ombros. — Posso mostrar o lugar pra você e depois volto sozinho quando a encontrarmos.

— Mas você... eu só...

A caneta ainda está na mão dele. Henry inclina a cabeça um pouco, com o olhar penetrante fixo no meu, me avaliando com intensidade sob as luzes da sala.

— O que foi?

E eu não sei o que foi. Só que sinto um frio na barriga quando penso em encontrá-lo sozinho, fora da escola, de noite. É como se eu tivesse acabado de cair de uma altura enorme. Quer dizer, sei que temos vindo juntos para a aula e eu até já entrei no quarto dele, mas isso... Só nós dois, isso é...

— Não vou conseguir me concentrar com você lá — deixo escapar, então percebo exatamente como essa frase soa.

Os lábios de Henry se contraem. É o mesmo sorriso meio contido que ele exibe quando faz sua declaração de encerramento em um torneio de debate, ou quando sabe a resposta para uma pergunta particularmente difícil em sala de aula, ou quando está fazendo uma apresentação de negócios impressionante. É o sorriso que ele exibe quando está prestes a conseguir o que quer.

— Você está dizendo que fica distraída na minha presença, Alice?

— N-não. Não é nada disso que eu... — Limpo a garganta assim que o sinal toca, abafando o resto dos meus protestos meio formados.

Quando o tinido do sinal enfim para, Henry fala antes que eu consiga terminar a frase:

— Nos vemos amanhã à noite, então.

E, por algum motivo, ele parece estranhamente animado.

A The Place parece algo saído de um filme. Do tipo com orçamento bem alto.

É uma rua gigantesca, ladeada por diversos andares de lojas de marcas de luxo, letreiros que brilham no escuro e restaurantes na cobertura dos prédios, além de um outdoor enorme que vai de um lado ao outro da rua, cobrindo o nebuloso céu noturno atrás dele.

Um clipe de um dragão nadando em poças de ouro está passando numa tela acima de nós quando Henry e eu saímos do carro que o motorista dele estava dirigindo. A luz é tão intensa que lança um brilho dourado em tudo, desde os ladrilhos lisos do pavimento até o rico tecido escuro do sobretudo de Henry e os ângulos bem-definidos de seu rosto.

Ele está mais bem-vestido do que nunca hoje; os cabelos macios e recém-penteados caem logo acima dos olhos, e ele está com uma camisa branca por baixo, a gola casualmente desabotoada, as mangas aparecendo toda vez que move os braços. Talvez Henry tenha algum grande evento para ir depois daqui. Uma convenção de tecnologia ou coisa do tipo.

Mas, na verdade, *todos* aqui parecem elegantes até demais. Metade das garotas pelas quais passamos no caminho poderiam muito bem ser modelos, com suas botas de veludo até a coxa, cintos de grife e cabelos ondulados que balançam conforme andam.

Constrangida, passo a mão pela minha camisa lisa e calça legging, depois afasto esse pensamento.

Não vim aqui desfilar. Vim finalizar uma tarefa e receber um pagamento.

Além disso, se tudo correr conforme o planejado, logo ficarei invisível de qualquer maneira.

— Então... Aonde você quer ir? — pergunta Henry, com os passos acompanhando os meus. Nossos ombros estão próximos o bastante para nos tocarmos, e me dou conta de que não deveria reparar nisso.

Olho para ele sem entender.

— Onde quer que Vanessa esteja. *Aonde* mais nós iríamos?

— A gente poderia jantar primeiro, talvez caminhar um pouco...

— E correr o risco de perder nosso alvo? — Minha voz sobe uma oitava com incredulidade. Henry sempre foi de uma arrogância irritante em relação às tarefas do Pequimtasma, mas, mesmo para ele, essa sugestão parece um tanto frívola. — Ou correr o risco de esbarrar nela antes de reunirmos as evidências? Tudo pra poder fazer o quê, comer? Acho que não. Além disso, comi uma barra de granola antes de vir pra cá. Estou tranquila.

Henry faz um barulho discreto e exasperado bem no fundo da garganta. Depois para de andar tão abruptamente que quase tropeço.

— Alice.

— O que foi?

Mas tudo o que ele está prestes a dizer se perde na música de orquestra aumentando de volume ao fundo. A tela acima de nós pisca, e o brilho da luz dourada é substituído por tons vívidos de vermelho e rosa. Rosas são projetadas e florescem nos cantos da tela gigante, quase do tamanho da mesa ao nosso lado, e fotos começam a passar no centro.

Selfies de casal. Fotos de uma garota bonita de vinte e poucos anos, com certeza tiradas por alguém que a conhece muito bem: fotos dela posando na praia, sorrindo do outro lado da mesa de jantar, abraçando um gato e um ursinho de pelúcia no conforto da cozinha. Em seguida aparece uma mensagem na tela, escrita em uma letra itálica, bonita e bem grande.

Você é linda.
Eu te amei desde quando
nos conhecemos, no ensino médio.

Suspiros e aplausos surgem de muitos espectadores ao nosso redor quando percebem a mesma coisa que eu.

É um pedido de casamento.

— Isso parece um tanto desnecessário — murmuro enquanto examino a multidão que se aglomera depressa. As pessoas estão correndo, literalmente *correndo* para algum lugar distante do lado de fora de uma loja Guess, de onde consigo distinguir os contornos de um homem ajoelhado. Por mais cafona que seja o pedido, se Vanessa já estiver aqui, ela parece ser o tipo de pessoa que se juntaria à multidão. Talvez eu possa localizá-la daqui e segui-la;

— Eu acho bem romântico — comenta Henry baixinho, enquanto mais rosas ameaçam tomar conta de toda a tela iluminada.

Viro para trás e olho para ele.

— Se você acha isso romântico, fico um tanto preocupada pela sua futura namorada.

Namorada.

A palavra paira no ar fresco da noite entre nós, e se eu tivesse energia, recursos e inteligência para inventar uma máquina do tempo só para poder voltar atrás e retirar o que falei, eu nem hesitaria.

Se você pudesse ver o sol 183

Henry e eu conversamos sobre muitas coisas nos últimos meses. Provas. Atividades criminais. Suborno. O Levante dos Boxers. Como nós dois tivemos a mesma pontuação perfeita na prova de inglês do nono ano, embora eu tenha recebido mais elogios. Mas nunca tocamos no tema dos relacionamentos. Do romance.

Não é como se eu não tivesse *pensado* nisso na presença dele, não tivesse me perguntado, de vez em quando, coisas que não deveria, me demorado um pouco demais no formato da boca de Henry; mas falar isso em voz alta e reconhecer que penso no assunto parece, de certa forma, me render.

Não ajuda que a balada de sucesso de Zhang Jie, "This is love", esteja tocando agora no volume máximo nos alto-falantes.

Ou que o olhar de Henry esteja fixo em mim.

— *Enfim* — digo, a voz mais alta do que a música, rezando para que ele não consiga distinguir o brilho avermelhado da tela do rubor quentes em minhas bochechas. — Fico feliz pelo casal e tal, mas seria melhor, hã, focar em encontrar a Vanessa.

Para minha decepção e alívio, Henry não diz mais nada enquanto me segue em direção à multidão. A garota deve ter aceitado o pedido de casamento, porque as pessoas estão aplaudindo sem parar e assobiando. E bem ao lado de toda a comoção, vejo...

— Merda — sibilo baixinho, agarrando Henry pela manga e arrastando-o para trás de uma pilastra próxima.

— O que... — ele começa a dizer, mas cubro sua boca com a mão, forçando-o contra a pilastra, fora da vista de todos, meu corpo pressionado contra o dele. Perto o bastante para que eu sinta o calor de sua pele e as cócegas quentes de sua respiração em minha bochecha.

Meu coração bate tão alto que quase vibra nos ouvidos.

Vanessa estava ali. *Está* ali.

Com cuidado e uma das mãos ainda prendendo Henry no lugar, espio a multidão de novo. Vanessa não parece ter me visto.

Ela está ao lado de um cara alto e magro, talvez alguns anos mais velho; alguém que nunca vi antes. O estudante universitário.

Tem que ser ele.

Os dois demoram mais alguns instantes antes de entrarem na padaria de estilo francês à esquerda, suas figuras logo obscurecidas pelas vitrines coloridas.

Dou um suspiro discreto de alívio.

Tudo o que tenho que fazer agora é ficar invisível e ir atrás deles. Vou precisar de provas bem de perto; fotos dos dois negociando, do rosto do universitário e das obras de arte em si.

— Hã... Alice?

A voz de Henry sai abafada pela palma da minha mão, e só então percebo o quanto ainda estamos próximos. Como seria fácil, na posição em que estamos, ficar na ponta dos pés, inclinar a cabeça e...

Eu recuo.

— Foi mal — me desculpo depressa, voltando a baixar a mão —, fiquei com medo de que ela nos visse.

— Sem problemas.

O tom de Henry é igualmente desdenhoso, indiferente, mas as pontas das suas orelhas ficaram profundamente rosadas.

Ou talvez, no caso dele, seja só efeito da tela brilhante.

— Eu deveria ficar invisível agora — digo em voz alta, mais para preencher o silêncio do que qualquer coisa.

— Pois é.

Um estranho segundo se passa. Então outro.

Nada acontece.

Fico esperando que o frio familiar desça sobre meu corpo, que tome conta de mim como um balde de água gelada, que os pelos dos meus braços se arrepiem, mas tudo que sinto é calor. Por toda parte. Uma descarga de calor devido à proximidade com Henry, pela maneira como ele está olhando para mim, os lábios avermelhados nos lugares onde pressionei os dedos; pela balada ainda tocando ao fundo, as notas suaves do piano se

Se você pudesse ver o sol 185

entrelaçando, o vocalista com a voz rouca cantando sobre amor, perda, desejo e a sensação de ser visto de verdade.

E estou aqui parada, visível, com a sombra firme na calçada aos meus pés.

— Talvez você possa tentar de novo mais tarde — sugere Henry depois de cerca de quinze minutos nessa situação. — Fazer uma pausa ou coisa do tipo.

— Não posso. — Balanço a cabeça rapidamente. — Não dá tempo. Pelo que sabemos, pode ser até que ela já tenha comprado a obra.

— Então deixe pra lá.

Olho boquiaberta para Henry, sem compreender.

— Mas isso significa que vou *falhar na tarefa*, e não posso *falhar*...

— Bom, me parece que você não tem como controlar isso.

Ele tem razão. Ele está certo, e isso é horrível. Sei que meus poderes nunca foram dos mais confiáveis, mas vê-los me abandonar em um momento como este, quando Vanessa está *ali* naquele café e eu vim de tão longe só para isso, parece a pior traição possível.

— Anda. — Henry acena com a mão. — Mesmo que você acabe ficando invisível, podemos dar uma voltinha enquanto esperamos.

Mas eu não fico invisível naquela noite. Em vez disso, o que acabo fazendo é seguindo Henry pela rua movimentada, observando a tela brilhar e mudar de cena a cada poucos segundos, de uma vasta faixa de oceano a um antigo palácio chinês e a uma fênix abrindo suas asas de fogo. Henry compra um daqueles brinquedos infláveis em forma de disco em um carrinho parado em frente a uma loja da Zara lotada, e por mais que eu esteja meio convencida de que ele só quer me ver toda atrapalhada e rir de mim, tento jogar o disco no ar. O brinquedo voa mais longe do que eu esperava, levado por uma brisa suave. Depois disso, nos revezamos com o disco, até que, como era de se esperar, acabamos competindo como dois bobos para ver quem consegue arremessar mais longe. Logo estou gritando para que Henry marque o ponto exato em que o disco atingiu o chão, porque eu poderia *jurar* que tinha ganhado a rodada anterior. E quase me esqueço de Vanessa e do escândalo artístico e de ficar invisível.

Estou muito ocupada observando a luz azulada da tela se mover sobre a pele de Henry como água, o tom de desafio definido na linha nítida de sua mandíbula enquanto ele volta até mim. *É essa a sensação?*, eu me pergunto enquanto jogo o disco para o alto de novo e o vejo voar, sem peso, sobre as cabeças de famílias felizes e adolescentes eufóricos, amigos embriagados em uma noite de bebedeira. É essa a sensação de ser como Chanel, como Rainie, como Henry? De vir a um lugar como esse em qualquer dia da semana só para se divertir? De apenas *viver*, sem se preocupar com os custos das oportunidades e em pagar as mensalidades escolares?

Ainda estou pensando nisso na viagem silenciosa de volta, os dedos pairando sobre o celular, uma mensagem meio escrita na tela.

Infelizmente, não consegui atender sua solicitação do Pequimtasma.

Releio, sentindo o amargo fracasso nessas palavras, e suspiro. Excluo tudo. A tarefa desta noite deveria ter me rendido 25 mil remimbis, mas tudo o que tenho agora é um pedido de desculpas não escrito, um cliente a menos e uma necessidade urgente de compensar todo o dinheiro perdido quando e como puder. Fecho os olhos por alguns instantes e repasso os cálculos na cabeça até sentir um aperto no peito, o pânico me dominando enquanto os números aparecem. Mesmo com os 160 mil remimbis na minha conta bancária agora, ainda me faltam mais de 80 mil. E o próximo prazo para nossas mensalidades vence em menos de três semanas.

Oitenta mil remimbis.

De repente, o aperto no meu peito fica bastante semelhante à exaustão. Ao desespero.

Sou arrancada desses pensamentos cada vez mais catastróficos quando meu celular toca. Não é um alerta do Pequimtasma, mas uma mensagem do WeChat.

De Xiaoyi.

Yan Yan! Você já comeu?

Estou mandando um link com os melhores alimentos para ajudar a combater o excesso de energia han nas mulheres. Acho que você vai achar útil, e pode até compartilhar com seus amigos. O mais importante é beber água com gengibre e açúcar mascavo durante a menstruação (sinto que a sua vai começar em breve)

E como anda sua situação? Está tudo sob controle?

Estou tão envergonhada com o que ela escreveu acima que levo um momento para registrar a qual "situação" ela está se referindo.

Meu peito se contrai. Já faz um tempo que meus poderes de invisibilidade parecem estar *fora* de controle. É melhor ser sincera.

Na verdade, não, escrevo.

Ela responde no mesmo instante, como se sentisse que eu iria falar isso.

Ah

Então isso significa que você ainda não começou a ver a luz.

Não se preocupe, Yan Yan. Você vai melhorar em breve.

Fico olhando para a mensagem por um longo, longo tempo, e decido que não faço a mínima ideia do que minha tia quis dizer. Só posso presumir que esteja se referindo a algum provérbio chinês.

Mesmo assim, é bom ter um adulto me dizendo que tudo ficará bem. Mesmo que eu não tenha tanta certeza de que isso seja verdade.

12

Na semana seguinte, um professor me pede para ficar depois da aula, mas não é o sr. Murphy, como eu temia: é o sr. Chen. O rosto dele está sério quando me aproximo de sua mesa, uma ruga discreta surgindo em sua testa, como acontece sempre que ele lê uma passagem particularmente difícil dos textos escolares. Sinto o medo percorrendo meu corpo.

— Queria falar sobre sua redação de inglês, Alice — explica o professor.

— Minha redação? — repito que nem besta.

— Sim. Da prova de meio de semestre.

— Por quê? Estava... estava ruim? — As palavras saem da minha boca antes que eu possa impedi-las, como água jorrando de uma represa que se rompeu. Odeio que este seja sempre meu primeiro instinto: insegurança, ansiedade, a sensação incômoda de que fiz algo errado.

Mas o sr. Chen acalma minhas preocupações balançando a cabeça com firmeza.

— Pelo contrário, foi uma das redações mais bem escritas que li nos últimos anos. E não estou falando da boca pra fora.

— Ah. — É tudo o que consigo pensar em dizer enquanto absorvo o elogio. *Uma das redações mais bem escritas que li.* E isso vindo do sr. Chen, o mesmo professor que foi convidado para falar na Universidade de Pequim apenas algumas semanas antes e que estudou em *Harvard*. Nunca usei drogas antes nem tenho planos de usar, mas imagino que a sensação de euforia seja semelhante a esta. — Uau.

— Uau mesmo — fala ele, sem sorrir. — Mas não foi por isso que pedi para você ficar mais um pouco. — O sr. Chen tamborila o dedo na mesa como se fosse uma caneta, parecendo escolher a melhor forma de fazer a próxima pergunta. — Você se lembra da principal controvérsia que apresentou na redação?

Tento não parecer surpresa.

— Hum, mais ou menos.

— Então você se lembra do seu posicionamento em... *apoio* a Macbeth e às ações dele?

Já entendi o porquê dessa conversa.

— Foi só para a prova — respondo rapidamente. — Para tornar a argumentação mais interessante. É claro que não acredito que alguém deva sair por aí matando pessoas para ter poder, ou por qualquer motivo, na verdade, a não ser que a pessoa que for matar esteja prestes a acabar com a raça humana ou coisa do tipo, mas isso é outra conversa. E eu não quis dizer que ele estava *certo* também. Só que... me compadeço dele.

— Você se compadece dele.

De alguma forma, quando o sr. Chen repete algo, soa sempre muito sábio e filosófico.

— Quer dizer, das ambições dele — respondo, sentindo a necessidade de explicar ainda mais, sobretudo quando o silêncio contemplativo do sr. Chen demora mais do que eu esperava. — O fato de ele ir atrás do que quer.

— Muito bem, então, Alice. — O sr. Chen cruza as mãos na frente do corpo e me olha por cima da mesa. Tenho a breve sensação de que está prestes a me submeter a algum tipo de teste. — Já que tocamos nesse assunto, me diga: o que é que *você* quer?

— O que eu quero? — repito.

Ele concorda, à espera de uma resposta.

Se você pudesse ver o sol 191

Mas a pergunta, tão vaga, me pega desprevenida, tira o ar dos meus pulmões conforme mil respostas diferentes surgem em minha mente.

Quero ser respeitada. Quero ser rica. Quero ser uma aclamada advogada de direitos civis ou diretora de negócios de uma empresa Fortune 500 ou jornalista vencedora do Prêmio Pulitzer; quero ser professora em Harvard, Oxford ou Yale, andar por aquelas salas de aula reluzentes com a cabeça erguida e saber que pertenço àquele lugar; quero herdar uma empresa gigante e multimilionária, como Henry, ou ser ousada, talentosa e inovadora o bastante para trilhar meu próprio caminho em algum nicho de mercado, como Peter, ou ter oportunidades infinitas de estar diante de milhares de pessoas e ser vista, como Rainie; quero que meu nome ainda seja lembrado no Airington muito depois de eu ir embora, que todos os professores se orgulhem de terem me dado aula e digam para os futuros alunos "Já ouviu falar da Alice Sun? Eu sempre soube que ela teria sucesso"; quero glória, reconhecimento, atenção, elogios; quero comprar um apartamento novo para meus pais, com janelas do chão ao teto e uma varanda com vista para um lago verde brilhante; quero ganhar dinheiro o bastante para que eles possam comer pato assado e peixe fresco todos os dias; quero ser ótima no que faço, não importa o que seja; quero, quero, *quero*...

Mas esses desejos se desfazem em meu peito com a mesma rapidez com que se formaram.

Com uma dor aguda que sinto em cada osso, como se tivesse caído das alturas, eu me lembro de quem sou e do que não sou. Não posso me dar ao luxo de pensar tão longe no futuro, de ser tão leviana com meus planos. Eu deveria me concentrar só em ganhar dinheiro suficiente para cobrir as mensalidades e contas escolares deste ano, depois do ano seguinte e do ano depois desse.

Talvez eu tenha mentido agora há pouco, quando disse que me compadeço de Macbeth. Talvez seja porque entendo a sensação de querer coisas que não foram feitas para você.

Mas é claro que não conto nada disso ao sr. Chen.

— Quero tirar boas notas. Quero me formar. Conseguir um emprego em seja qual for a área em que meus pontos fortes se encaixem.

O professor franze as sobrancelhas, como se não acreditasse em mim.

— Não em uma área de que goste? — pergunta ele com delicadeza.

Ergo o queixo.

— Gosto de ser boa nas coisas.

Há um tom defensivo em minha voz, e o sr. Chen deve perceber. Ele deixa o assunto de lado.

— Bom, tudo bem, então. Acho que é melhor você ir almoçar.

— Obrigada, sr. Chen.

Mas quando me viro para sair, ele acrescenta, muito baixinho:

— Você ainda é só uma criança, sabe.

Eu hesito.

— O quê?

O olhar dele é gentil, quase triste quando ele olha para mim.

— Por mais que possa não parecer agora, você ainda é só uma criança. — Sr. Chen balança a cabeça. — Você é muito jovem para ter aprendido a ser tão dura consigo mesma. Você deveria ser livre para sonhar. Para ter esperança.

Repasso a conversa com o sr. Chen repetidas vezes em minha mente enquanto caminho até o refeitório. A maioria das pessoas já comeu e foi embora, e apenas a praça de culinária chinesa ainda está aberta, então pego uma bandeja de arroz e costelas de porco assadas que já esfriaram e mordisco a comida sem entusiasmo.

Você ainda é só uma criança, sabe.

Vindo de qualquer outro adulto, as palavras teriam parecido condescendentes, fáceis de ignorar, mas deu para perceber que o sr. Chen estava falando *sério*. O que de certa forma é quase pior. Faz com que eu me sinta mais vulnerável.

Se você pudesse ver o sol 193

Exposta.

É como naquela vez em que escrevi um poema sobre minha família no oitavo ano, pensando que era só para um trabalho de inglês, mas a professora insistiu em ler em voz alta para toda a escola na assembleia, sua voz ficando cada vez mais emocionada enquanto descrevia os calos nas mãos de Mama, suas próprias mãos subindo e descendo em movimentos exagerados. As pessoas me abordaram para falar do poema depois, gentis, enaltecedoras e solidárias, e parte de mim se deleitava com a atenção positiva, enquanto outra parte — uma parte maior — só queria fugir.

Acho que é isso: passei toda a minha vida desejando ser vista, mas também percebi que, quando as pessoas olham muito de perto, é inevitável que notem também as partes feias, como as discretas rachaduras em um vaso requintado, que só se consegue ver quando se observa com atenção. Como os calos de Mama, escondidos do mundo até que a professora leu meu poema ao microfone, no silêncio do auditório gigante e lotado.

Você ainda é só uma criança, sabe.

Sinto um arrepio na nuca. Algo afiado e duro se aloja na minha garganta, feito um pedaço de osso, embora as costelas de porco na bandeja ainda estejam intactas. Desisto de tentar comer.

Não é assim que deveria ser.

O sr. Chen falou que minha redação sobre Macbeth foi uma das mais bem escritas que já tinha lido em *anos*, e esse é o tipo de elogio que tanto me esforço para receber, pelo qual anseio como um cão faminto, mas o professor não pareceu nem um pouco impressionado.

Só preocupado.

— Alice! Ei, amiga!

Levanto a cabeça e vejo Rainie vindo na minha direção do outro lado da mesa do refeitório, com um sorriso largo no rosto. Seus cabelos brilhantes estão presos em um rabo de cavalo alto e balançam com elegância sobre os ombros quando ela vem se sentar ao meu lado. Outra coisa que eu não esperava que acontecesse hoje.

— Então. Qual é a próxima aula? — pergunta ela, toda alegre.

— Você tem artes no quinto tempo — informo, pensando que deve ser por isso que Rainie veio aqui. Como adquiri há muito o hábito de memorizar o horário de Henry todos os anos letivos, sei de cor os horários das aulas de praticamente todo mundo. Mas ela só balança a cabeça e ri.

— Ai, meu Deus, *Alice* — brinca Rainie, naquele tom afetuoso e exasperado que as pessoas costumam usar com parentes próximos. —Amiga, eu sei qual é *minha* aula. Estou perguntando qual é a sua.

Pisco para ela.

— Hã… Tenho um tempo livre. Por quê?

— Porque sim. Só estou tentando ser sua amiga.

Ela fala como se fosse a coisa mais natural e óbvia de todas, quando eu poderia, facilmente, citar ao menos dois mil outros motivos para que alguém de sua posição social procurasse alguém como eu. Mas enquanto Rainie continua sorrindo, sem sair da cadeira, me dou conta de que mais pessoas *têm* se aproximado de mim nos últimos dias, às vezes acenando nos corredores ou puxando conversa do nada.

Acho que andar tanto com Henry e Chanel em público é o equivalente a ser verificada nas redes sociais, só que na vida real: envia um sinal claro ao mundo de que você é alguém em quem vale a pena prestar atenção.

Ou talvez seja também por causa do Pequimtasma. Mesmo que ninguém aqui saiba que sou eu quem está por trás do aplicativo, passei os últimos meses descobrindo os segredos de todos, seus maiores medos, desejos e inseguranças, desde as fotos de Rainie até as notas de Evie. Talvez seja esse o tipo de coisa que se pode *sentir* por instinto, que une as pessoas como um fio invisível, por mais que elas não saibam de toda a verdade.

Se você pudesse ver o sol 195

Em teoria, eu deveria sentir orgulho disso. Afinal, é tudo o que eu sempre quis: ser notada, ser abordada. Mas, assim como a observação do sr. Chen, de alguma forma parece errado.

Se Rainie percebe minha minicrise existencial, o jeito como aperto os palitinhos com mais força, não demonstra. Em vez disso, ela se recosta e começa a percorrer o que deve ser pelo menos uma centena de novas notificações em seu celular, parando e revirando os olhos de cílios grossos quando chega à última.

— Ainda não consigo acreditar que vão aumentar os preços de novo — comenta ela com uma risada irônica. — Precisa de coragem, viu.

Meu coração para.

— Calma. É o quê?

— As mensalidades — responde Rainie como quem não quer nada. — Você não sabia? Mandaram um e-mail falando disso faz alguns meses.

— Eu... eu não...

Todos os e-mails da escola vão direto para Mama e Baba, mas, entre as longas horas de trabalho, os celulares velhos e a conexão ruim no pequeno apartamento deles, por vezes algumas informações passam despercebidas. Meu coração bate mais rápido.

— Aqui. Tem um lembrete para o próximo prazo. O e-mail original está logo abaixo.

Rainie se aproxima, segurando a tela para eu ver.

A princípio não consigo ler nada, só olhar para os minúsculos números pretos, a forte luz branca, meu estômago se contorcendo. Então, o número entra em um foco doloroso. Trezentos e sessenta mil remimbis.

Não.

Isso é 30 mil remimbis a mais do que costumava ser, e isso tudo para um único ano letivo. É dinheiro demais. É mais do que eu tenho, mais do que poderia ganhar antes do prazo final para pagamento das mensalidades, em sete dias. Não conseguiria nem se eu completasse outra tarefa do Pequimtasma.

Tenho apenas uma vaga noção do que Rainie está dizendo.

— ... ouvi falar disso pela primeira vez. Ao que parece, várias outras escolas internacionais também vão aumentar as mensalidades a partir do próximo semestre, o que é um roubo. A empresa do meu pai quase teve um ataque quando ele enviou a nota fiscal.

— Entendi — consigo dizer. O refeitório de repente parece pequeno demais, ou talvez sejam apenas meus pulmões que encolheram. *Trezentos e sessenta mil remimbis.* É o tipo de número que deveria ser esmagador, apocalíptico, *ilegal*, que deveria levar todos nesta escola à histeria coletiva, mas Rainie parece, na melhor das hipóteses, um pouco irritada.

Mas, sim, é claro que é só isso. A maioria dos meus colegas de classe tem as mensalidades pagas pelas empresas em que os pais trabalham, isso sem falar nos motoristas particulares e apartamentos gigantescos. As empresas pagam tudo. Isso também explicaria por que não ouvi falar do aumento de preços até agora; não passa de um simples inconveniente para eles, e decerto não merece mais do que alguns segundos de indignação.

A prova disso é que Rainie já mudou de assunto. Agora está falando das provas de meio de semestre e de como deveriam ser avaliadas de acordo com os resultados gerais, e como aquela pergunta dissertativa de inglês era vaga, e...

— Ah, sim, você soube da Evie? — pergunta ela.

Se eu já não estivesse nervosa antes, agora com certeza ficaria. Minha coluna enrijece enquanto metade dos meus pensamentos ainda estão presos nas mensalidades escolares, tentando desesperadamente calcular quanto dinheiro a mais preciso ganhar na próxima semana.

— O que... o que tem a Evie?

— Parece que ela arrasou nas provas de história, ao menos levando em conta como costuma se sair. Tirou, tipo, oito ou coisa do tipo. Muito impressionante, né?

Se você pudesse ver o sol 197

Procuro na linguagem corporal de Rainie algum significado oculto e mais sombrio por trás daquelas palavras, mas ela apenas aperta o rabo de cavalo, joga o cabelo por cima do ombro e suspira.

— Fico feliz por ela, pra ser sincera — acrescenta. — A Evie passou por pelo menos dez professores particulares diferentes no ano passado, e nenhum deles ajudou em nada. Acho que agora ela encontrou o caminho certo.

— Hum — é tudo o que respondo, com medo de que minha voz falhe e me denuncie se eu tentar falar. O que eu poderia dizer? *Sim, também estou muito feliz por ela ter encontrado o professor particular certo. Com certeza foi por isso que tirou essa nota final, não porque literalmente recebeu as respostas para memorizar com dias de antecedência. Claro que sim.*

Então meu celular vibra de maneira quase violenta contra o tecido fino da minha saia, e todos os pensamentos sobre o sr. Chen, Evie e o aumento das mensalidades ficam em segundo plano enquanto leio a nova mensagem no Pequimtasma.

— Repita o que você acabou de dizer.

Henry está olhando para mim do outro lado do quarto com uma expressão que é o mais próximo de choque que já vi nele. Ele passa a mão agitada pelos cabelos e balança a cabeça, depois se senta na beira da cama, que está perfeitamente arrumada, como sempre. Às vezes me pergunto se ele sequer chega a desarrumá-la para dormir.

— Qual parte? — pergunto.

Henry não responde, mas seu olhar se dirige à porta. Ele não parou de fazer isso desde que entrei aqui e fechei a porta com firmeza atrás de mim, com medo de que as pessoas no corredor pudessem ouvir nossa conversa e chamar a polícia. Henry se encolheu como se eu estivesse nos trancando em uma prisão, parecendo quase *nervoso*. Tenso. As costas muito retas, os dedos inquietos. Quase daria para pensar que está mais incomodado com a porta fechada do que com o que acabei de dizer.

— Qual parte? — pergunto de novo, quando fica claro que ele não me ouviu.

— Tudo.

— Você tá falando sério?

— É muita coisa para absorver, não acha?

Reviro os olhos, mas Henry está certo. É informação demais para processar. Eu não teria vindo aqui logo depois da aula se não fosse por isso.

Então, repito tudo. Tudo, desde a última mensagem do Pequimtasma.

Conto sobre Andrew She e Peter Oh, como a rivalidade de seus pais na mesma empresa tem aumentado nas últimas semanas, como um deles deve ser promovido em breve, mas a empresa ainda não tomou uma decisão. Tudo o que Andrew sabe é que quem for promovido será o diretor de marketing de todas as filiais da Eurásia e receberá um salário de sete dígitos por ano, e o pai dele tem trabalhado duro por isso desde os vinte e poucos anos, mas não está tão confiante de que tem chances de vencer.

Na verdade, o homem está tão inseguro que está disposto a usar outros métodos. Métodos mais simples e cruéis que com certeza trarão resultados.

Como sequestrar o filho do outro cara.

A viagem Vivenciando a China será a oportunidade perfeita, escreveu Andrew She. Não mencionou o próprio nome, só o de Peter, mas já sei da rixa entre os pais deles há tempo o suficiente para adivinhar o restante pelo contexto. *Vamos ficar no Hotel Dragão do Outono durante quatro noites seguidas, e você sabe como são essas viagens: os professores terão dificuldade para supervisionar todos os alunos durante a noite. Todo o processo deve ser tranquilo. Fácil para alguém como você. Meu pai enviará alguns dos homens dele e os manterá escondidos em um quarto num andar separado. Tudo o que você precisa fazer é garantir que*

Peter vá até eles e leve o celular. Mas é fundamental que você não cause nenhum tumulto, para que, quando alguém perceber que ele sumiu, já seja tarde demais.

Depois, como se pudesse sentir meu horror através do celular, ele acrescentou: *Não se preocupe. Não vamos machucá-lo de forma alguma e, quando chegar a hora, iremos libertá-lo por conta própria. O que precisamos é só que o filho do sr. Oh desapareça durante um momento vital da campanha do pai, tempo suficiente para distraí-lo, perturbá-lo e afetar gravemente o seu desempenho. Então, as promoções serão anunciadas e o sr. Oh terá perdido, mas milagrosamente recuperará o filho, e todos ficarão felizes.*

— Ele escreveu isso mesmo? — pergunta Henry, erguendo as sobrancelhas, incrédulo. — Que *todos ficarão felizes?*

Eu assinto.

— Meu Deus! — exclama ele, sem conseguir respirar, ficando em silêncio por um tempo, processando aquilo tudo, embora seus olhos ainda pisquem para a porta a cada segundo. — Tem mais alguma coisa escrita?

— Não. Nada — minto depressa. O que não digo a ele é que, por alguma coincidência terrível, ou talvez algum sinal cruel do universo, Mama me enviou uma mensagem logo depois de Andrew. Ela também recebeu o e-mail de lembrete do Airington sobre a mudança nos preços, tendo deixado o primeiro passar.

Você já se decidiu?, perguntou ela, depois anexou três folhetos de escolas locais baratas e de baixo nível perto de casa, bem como um de uma escola no Maine. *Caso não tenha se decidido, está na hora de começar a pensar no próximo passo. O prazo final da mensalidade do Airington é em uma semana. Depois disso, sua matrícula na escola será automaticamente cancelada.*

Em outras palavras: preciso, de alguma forma, ganhar mais de 100 mil remimbis nos próximos sete dias ou aceitar que estou ferrada e começar a desocupar os armários da escola. Mas como vou conseguir esse dinheiro? Como, se não através de Andrew?

Enquanto luto contra outra onda de pânico, a voz de Henry interrompe meus pensamentos:

— Sabe, sempre achei que Andrew She era meio que uma cobra.

Franzo a testa.

— Sério? Mas o cara é tão... tão *legal*, fora que tem medo de tudo o tempo todo. Ele parecia prestes a fazer xixi nas calças quando o sr. Chen chamou a atenção dele na aula no outro dia.

Henry apenas assente como se eu o estivesse ajudando a provar algo.

— Faz sentido. Em geral são os covardes que recorrem a táticas tão cruéis e extremas.

Ou os desesperados, acrescento mentalmente, mas não falo em voz alta.

— Bem, covarde ou não, ele com certeza não está para brincadeira.

Vou até a cama de Henry e mostro a última mensagem que Andrew me enviou.

— Ele está nos oferecendo um milhão de remimbis só pra essa tarefa. — Quando vi pela primeira vez, o número nem parecia real. Ainda não parece. — *Um milhão*.

— Calma aí. — Henry volta toda a atenção para mim, e não consigo deixar de me remexer sob o peso de seu olhar. — Você não está pensando em fazer isso, está? Todo esse plano é absurdo, e nós dois sabemos que Andrew não é muito inteligente.

Mas ele é rico, e é isso que importa.

— Quer dizer, não estou dizendo que ficaria *feliz* em me envolver em uma rivalidade tóxica de empresa que dura uma década e sequestrar um menor...

— Essa é uma ótima maneira de começar uma frase — retruca Henry secamente.

Olho feio para ele e continuo:

— Mas se você pensar bem, um grande crime paga a mesma quantia que dez ou onze crimes de médio porte, então

Se você pudesse ver o sol 201

na verdade estamos só maximizando o lucro e minimizando o pecado.

Henry faz um barulho entre uma risada e uma bufada.

— E o que vem a seguir? Um assassinato?

— Claro que não, eu nunca...

— Sério? Nunca mesmo?

— Não — retruco. — Como você pôde *pensar* isso? O próprio Andrew disse que Peter não se machucaria. Isso é completamente diferente de tirar a vida de alguém.

— Não sei, Alice — diz ele, o olhar inescrutável me prendendo no lugar. — Há alguns meses, eu também não acharia que você sequer consideraria sequestrar um colega de turma.

A raiva explode dentro de mim, quente, aguda e repentina. Minhas palavras saem mordazes:

— Ai, meu Deus, Henry, não seja tão *hipócrita*. Você não disse nada quando eu contei sobre a missão da prova.

— Bem, estava claro que você já tinha se decidido.

— Então é tudo culpa minha. É isso?

— Não. — A voz dele está irritantemente calma, o que faz minha pele se eriçar. — Não, é óbvio que não estou dizendo isso.

— Ou você se arrepende?

— Eu me arrependo do quê?

— Disso aqui. — Aponto para ele, depois para mim. — Porque deixei bem claro desde o início que não seria um projeto de caridade divertido.

— Se não me falha a memória, concordei em criar um *aplicativo*, não uma organização criminosa.

— *Então cai fora.*

As palavras soam mais duras do que eu pretendia, e minha boca fica seca enquanto elas disparam em direção ao alvo. É tarde demais para retirar o que disse.

Um músculo se contrai na mandíbula de Henry, em um raro sinal de emoção.

— Até parece que você não me conhece — afirma ele após uma longa pausa. — Nunca desisto de nada.

Você desistiu do violino, quase retruco, mas a lembrança de Henry me contando sobre as aulas, com suas lindas feições iluminadas pelo luar, o hematoma que ainda se estendia por sua bochecha como uma sombra, de repente ameaça me sufocar. E ameniza a acidez na minha língua.

Mesmo agora, ainda consigo distinguir o leve contorno do machucado em seu rosto.

— Eu também nunca desisto de nada. — É o que acabo dizendo. — É por isso que acho que preciso levar essa tarefa até o fim. Estou tão perto de...

De ganhar dinheiro suficiente para mim e para a minha família. De me sentir segura pela primeira vez na vida. De nunca mais ter que me preocupar com aqueles folhetos escolares horríveis. Um milhão de remimbis. Você faz alguma ideia do que isso significa?

Mas a pergunta parece ridícula até para mim. Como ele saberia? Estamos falando de Henry Li.

— Estou tão perto.

— Perto de *quê*?

Ele parece genuinamente confuso.

— Você não entenderia — murmuro.

Desvio o olhar antes que Henry possa me questionar de novo, e os vestígios da minha raiva pesam no estômago, drenando toda a minha vontade de discutir.

— Eu sei que você me acha uma pessoa má — digo baixinho e, sem querer, deixo uma abertura no final da frase, um espaço para ele intervir e dizer *isso não é verdade*.

Mas Henry demora muito para responder.

— Eu não...

— Tanto faz. — Me endireito e vou até a janela. O céu está cinzento e pesado com a chuva que não cai e, de longe, os galhos pálidos e nus das árvores wutong plantadas ao redor do pátio parecem ossos. — Tudo bem se você pensa assim. De verdade. Eu...

Se você pudesse ver o sol 203

Por uma fração de segundo, minha voz falha, mas eu a forço a endurecer.

— Eu não estava tentando pagar de heroína, de qualquer forma.

— Mas você poderia ser uma — responde Henry calmamente.

— Não seja ingênuo.

— Por que não?

— *Porque não*. Porque não estamos em um filme da Marvel. Não é uma luta do bem contra o mal, é uma questão de sobrevivência. E mesmo que estivéssemos em um filme — acrescento, passando um dedo pela vidraça fria —, preferiria ser a vilã que vive até o fim do que a heroína que acaba morrendo.

Eu me viro bem a tempo de ver a expressão no rosto de Henry. Não é nojo, como eu esperava, nem mesmo choque. Seus lábios formam uma linha firme e inflexível, mas seus olhos estão gentis. Estranhamente afetuosos.

Como se eu tivesse revelado algo a meu respeito sem perceber.

— Olha, não preciso da sua aprovação, Henry — declaro, determinada a ignorar aquela expressão e a maneira com que faz meu peito doer, como se cutucasse uma ferida. — Só preciso saber se você está preparado pra entrar nessa missão comigo.

Os segundos se passam.

Depois os minutos.

Parece que ele está sentado ali há um século, sem dizer nada, me matando com seu silêncio. Mas quando estou prestes a desistir e sair pela porta, fingindo que nada disso de fato aconteceu, Henry assente. *Sim*.

— Bom — digo, e só quando a palavra sai dos meus lábios é que percebo o quanto estou aliviada. Isso me assusta. Me perturba. Talvez eu me importe mais com essa parceria do que quero admitir.

Afasto esse pensamento depressa.

— Tudo bem, então. Vamos começar a pensar em como vamos fazer toda essa coisa de sequestro agora, hein?

Pego uma caneta no bolso e aponto para o calendário pendurado acima da mesa dele, uma nota adesiva colorida marcando cada evento importante. Escrito com a caligrafia de Henry, de maneira tão elegante que parece ter sido digitada e impressa, estão as palavras *viagem Vivenciando a China*. Faltam apenas três dias.

— Não temos muito tempo.

13

Há uma energia estranha no ar quando entramos no trem na Estação Ferroviária de Pequim.

E não apenas por causa da grande quantidade de pessoas se deslocando conosco, nos empurrando para dentro das cabines estreitas: trabalhadores jovens e queimados de sol carregando panelas e sacos de plástico sobre os ombros, cada um ansioso por regressar à sua cidade natal no fim de semana; mães apertando as bolsas contra o peito, gritando e gesticulando sem parar para que os filhos as sigam; empresários de cabelos grisalhos negociando acordos ao celular a plenos pulmões enquanto procuram um carregador.

É emoção e expectativa, duas sensações que só os alunos do Airington sentem nesse instante. Todo mundo sabe que é nas viagens Vivenciando a China que as Coisas Acontecem. Afinal, a combinação de uma longa viagem de trem e ônibus, hotéis luxuosos em um lugar diferente e atividades não escolares, realizados próximos uns dos outros, parece quase a receita *perfeita* para o drama. Os círculos de amizade são quebrados e reorganizados. Casais de longa data se separam e ex-namorados voltam a ficar juntos. Segredos são revelados, escândalos acontecem. Como quando Vanessa Liu perdeu a virgindade atrás de um santuário budista em nossa viagem do nono ano para Guilin, ou quando Jake Nguyen conseguiu entrar furtivamente no bar do hotel durante a viagem da primeira série do ensino médio e ficou tão bêbado que começou um monólogo de uma hora dizendo o quanto se sentia inferior ao irmão, enquanto Rainie — que, na época, ainda namorava com ele — acariciava seus cabelos e o obrigava a beber alguns goles de água. Mas os mesmos escândalos que me chocaram no ano passado parecem agora tão pequenos, tão triviais. Tão *normais*. Comparados com o que pretendo fazer nos próximos dias, eles parecem quase uma piada.

— Esta dever ser a nossa cabine — comenta Chanel quando chegamos ao meio do vagão.

Ela empurra a mala gigante pelas portas abertas com uma facilidade que me surpreende.

— Viajo muito sozinha — explica, percebendo a expressão em meu rosto, e sem outra palavra, me ajuda a colocar minha mala para dentro também.

— Ah, obrigada.

Eu me pergunto se é óbvio para Chanel que não viajo com frequência. Na verdade, além das viagens de avião que me levaram para dentro e para fora dos Estados Unidos e das viagens Vivenciando a China dos anos anteriores, que só consigo frequentar porque estão inclusas nas mensalidades, não fui a nenhum lugar fora de Pequim.

Portanto, é com fascínio que observo nosso minúsculo compartimento do trem: a chaleira elétrica colocada sobre uma mesa dobrável, os beliches idênticos projetando-se das paredes, o espaço entre eles tão estreito que só cabe uma pessoa por vez ali no meio.

— Esse lugar não é nada bom pra claustrofóbicos — diz Chanel enquanto se espreme atrás de mim, sentando-se em uma das camas de baixo. — Ou pra qualquer um, na verdade.

Ainda é maior que o quarto dos meus pais. Sinto uma leve pontada na barriga ao pensar nisso, mas me limito a sorrir e concordar. Afinal, eu estava preparada para que isso acontecesse; é

Se você pudesse ver o sol 207

mais fácil fingir que todos são iguais quando estamos dentro do Airington. Mas aqui fora, bom...

— Qiqi! Guolai, kuai guolai. Zai zhe'er!

As exclamações altas e rápidas em mandarim interrompem meus pensamentos. Eu me viro em direção ao barulho.

Uma mulher baixa e de meia-idade está empurrando duas malas para dentro da nossa cabine, uma delas coberta com um desenho rosa-choque da Barbie que faz os olhos de Chanel tremerem.

Segundos depois, uma garotinha de não mais de seis anos entra pulando com uma boneca agarrada ao peito, as tranças altas balançando a cada passo. Presumo que essa seja a Qiqi que a mulher chamava aos gritos.

— Ah! — A garotinha para quando olha para mim e para Chanel. Então, ela abre um sorriso enorme, apontando para nós com a mão livre. — Jiejie! Da jiejie!

A mulher olha em nossa direção pela primeira vez e também faz uma pausa. Espero pelo lampejo de assombro que costuma surgir quando estranhos veem nossos uniformes, mas então me lembro de que estamos com roupas casuais: Chanel está vestindo uma blusa rendada que vai até logo acima de sua barriga pálida e lisa, e eu, um suéter desbotado e uma calça jeans que Mama comprou no Mercado Yaxiu há alguns anos.

Em vez de surpresa, uma ruga aparece entre as sobrancelhas desenhadas da mulher, como se ela não soubesse dizer se Chanel e eu estamos viajando juntas ou não.

— Jiejie hao — cumprimenta Chanel com educação, e só então as feições da mulher se suavizam. Os lábios dela se erguem em um sorriso diante da lisonja sutil de ser chamada de *jiejie*, irmã mais velha, em vez de *ayi*, para mulheres mais velhas.

Copio rapidamente a saudação, mas a mulher já está com a cabeça em outro lugar, com o olhar fixo em Chanel, como se já tivessem se conhecido antes. Então, naquele mesmo mandarim enérgico e com sotaque, ela diz:

— Não sei se já te falaram isso, mas você se parece muito com aquela modelo famosa... Qual é o nome dela mesmo?

— Coco Cao? — sugere Chanel.

— Isso! — A mulher bate palmas e sorri. — Isso, ela mesma!

— Ah, sim, bom... — Chanel ajeita uma mecha de cabelo atrás da orelha e, com um ar de indiferença praticada, comenta:

— Ela é minha mãe.

A mulher arregala os olhos.

— É sério?

— É sério.

— Qiqi! — grita a mulher de repente para a filha, que está ocupada colocando a boneca na cama, com o rostinho franzido de concentração. — Qiqi, adivinha só? Ela é *modelo de verdade*. Não é linda?

— Sou filha da modelo — corrige Chanel, mas parece um pouco satisfeita com toda a atenção, com o evidente espanto que dominou o rosto da mulher.

E fico feliz por ela também. Claro que fico. Mas quando o trem entra em movimento e a mulher se senta ao lado de Chanel como se fossem velhas amigas, falando animada da última aparição de sua mãe no *Happy Camp*, tenho a mesma sensação que os figurantes devem ter em grandes sets de filmagem: como se minha presença pudesse contar para alguma coisa, mas não fizesse diferença *de fato*.

Observando-as com o canto do olho, faço uma promessa silenciosa a mim mesma de que um dia estranhos como aquela mulher também me notarão. Não vou ficar nos cantos, me sentindo triste, boba e pequena, com meu orgulho se desfazendo.

Não, farei algo maravilhoso e todos saberão meu nome.

Mas, até lá, decido usar meu tempo de formas mais eficientes do que para ouvir os detalhados conselhos de cuidados com a pele que Chanel está dando. Recuo até o final de minha beliche, tiro o mapa impresso e cheio de anotações do Hotel Dragão do Outono da bolsa e me forço a estudá-lo.

Se você pudesse ver o sol 209

Já passei os dois dias anteriores memorizando todas as rotas possíveis para o vigésimo andar — onde os homens de Andrew She estarão esperando —, marcando os locais mais movimentados e os corredores e recantos onde provavelmente haverá o menor número de câmeras de segurança. Ainda assim, refaço as rotas repetidas vezes com a ponta dos dedos, tento visualizar na cabeça como será a noite e me preparo para os piores cenários: onde parar, para onde fugir, onde me esconder.

O mundo ao meu redor começa a desaparecer, como sempre acontece quando entro nesta zona de intensa concentração; na verdade, se me esquecer de todo o aspecto ilegal da missão, é quase como estudar para uma prova.

Em algum momento, o ar-condicionado atinge a temperatura mínima. Eu tremo com o frio repentino e implacável e, com os dedos dormentes, envolvo o corpo com cobertores. Mas o frio só aumenta; a temperatura cai o que parecem ser dez graus por segundo, e quando meus dentes começam a bater com força, eu me lembro, vagamente, de que estamos no final do outono. Não teria por que o sistema de ar-condicionado do trem estar ligado.

Percebo o exato instante em que fico invisível.

Percebo porque a garotinha, Qiqi, está olhando em minha direção, com os olhos ficando mais redondos que os da própria boneca. Ela cobre a boca aberta com a mão pequena e depois bate freneticamente no ombro da mãe.

— Mama! Mama! — grita Qiqi. — Nikan! Kuaikan ya! *Olhe*.

Mas é claro que não há nada para a mãe ver. Enfiei o mapa bem fundo no bolso e pulei da cama, apagando todas as evidências de que ainda pudesse estar na cabine.

A mãe de Qiqi faz um barulho discreto de exasperação.

— Olhar para o quê? Já falei pra não me interromper quando eu estiver conversando, Qiqi.

— Ta… ta shizong le! — insiste Qiqi, apontando para o local onde eu estava agora há pouco.

Ela desapareceu.

— Sim, eu sei, a outra garota saiu daqui — responde a mãe, impaciente, antes de lançar um olhar de desculpas para Chanel.

— Desculpe, minha filha gosta muito de conversar quando está entediada. Diz todo tipo de bobagem.

O rosto de Qiqi se contrai. Sua frustração rivaliza com a da mãe.

— Mama, ta zhende. Qiqi meiyou hushuo.

Ainda consigo ouvi-la discutindo com a mãe enquanto saio do compartimento e entro no corredor lotado.

Os passageiros andam de um lado para o outro, pegando pacotes de macarrão instantâneo e torta de chocolate dos vendedores do trem ou enchendo suas chaleiras de água. Depois que uma mulher tropeça em meu pé e quase derrama água quente em mim, fica bastante evidente que não posso continuar aqui até que fique visível mais uma vez.

Sem que eu me dê conta de para onde vou, acabo indo parar na cabine de Henry.

Para economizar o tempo e a energia dos professores, as cabines no trem e os colegas de quarto do hotel foram organizados com base em nossos dormitórios, o que significa que Henry está sozinho.

Fico assustada ao pensar nisso.

Mas quando outro passageiro tromba comigo por trás, xingando e puxando meus cabelos com uma força insuportável enquanto tenta recuperar o equilíbrio, meus nervos rapidamente se acalmam. Abro a porta e entro.

De certa forma, eu estava errada: Henry é o único aluno do Airington aqui, mas ele não está *completamente* sozinho. Há dois empresários roncando nos beliches superiores, um usando o terno como cobertor, o outro encostado na parede, a cabeça balançando para a frente e para trás cada vez que o trem sacode.

Abaixo deles, Henry está sentado ereto, com as mãos cruzadas no colo e o olhar fixo na parede oposta. É estranho vê-lo

Se você pudesse ver o sol 211

assim: sem o uniforme escolar e vestindo uma camisa branca lisa com decote em V, os cabelos escuros caindo sobre as sobrancelhas em ondas suaves e bagunçadas.

Ele está lindo, o que é irritante.

E também parece... apreensivo.

À medida que me aproximo, percebo o ritmo irregular de sua respiração, a tensão muscular nos braços, como se Henry estivesse pronto para brigar ou para pular do trem a qualquer momento.

Então ele se vira na minha direção. Há uma emoção que não consigo decifrar brilhando em seus olhos.

— Alice?

Ele diz meu nome como uma pergunta.

— Você consegue me ver? — indago, surpresa.

— Não. Senti sua presença.

Franzo a testa.

— Bem, isso não é bom. Se as pessoas conseguem sentir minha presença, preciso dar um jeito nisso antes de amanhã. Tentar mascarar melhor meus passos, me mover mais devagar, ou...

Mas Henry está balançando a cabeça antes mesmo de eu terminar a frase.

— Não foi isso que eu quis dizer — retruca ele. Depois faz uma pausa, aparentemente procurando as palavras certas. — É só porque... tenho andado muito com você nos últimos dias. Duvido que mais alguém consiga perceber.

— Ah — digo, apesar de não ter certeza do que ele quer dizer. Tudo o que sei é que, se Henry está sendo tão pouco eloquente, talvez esteja ainda mais estressado do que eu imaginava, ainda que eu não faça ideia do *porquê*. — Tudo bem, então. Já que vim do meu vagão até aqui, você vai fazer a gentileza de me oferecer um lugar para sentar?

— Ah, sim. Claro.

Henry se mexe para abrir espaço e eu me sento, mas na mesma hora um alerta se acende em minha mente. Ele nunca foi tão cortês antes. Com certeza tem alguma coisa de errado.

Ainda assim, ficamos ambos em silêncio por um tempo, ouvindo os roncos constantes dos dois empresários e o rangido dos trilhos do trem abaixo, antes que eu enfim crie coragem para apontar o óbvio.

— Não que eu queira dar uma de psicóloga da escola nem nada do tipo, mas você não parece seu eu de costume hoje.

— Meu eu de costume? — repete Henry, erguendo as sobrancelhas.

— Sabe, seu eu meio pretensioso, desnecessariamente formal, tão arrogante que chega a irritar, uma propaganda ambulante do SYS.

O que deveria ser um insulto acaba soando mais afetuoso do que eu pretendia, então acrescento, para garantir:

— Você até gaguejou quando estava falando agora há pouco. O horror fica aparente em seu tom.

— *Não* gaguejei.

— Gaguejou, sim — digo, fingindo seriedade. Depois comento, mais sincera: — Então. Consegue entender por que estou preocupada?

— Acho que sim. Eu só... — Henry alisa um amassado inexistente na camisa. Em seguida ele explica, com todo o tom de quem admite algo terrível e humilhante: — Eu... não sou muito fã de espaços fechados.

— Tá bom — concordo devagar, tentando pensar no que dizer a seguir.

Porque se ele estiver realmente admitindo isso, significa que está me confiando algo privado, algo precioso. E que Deus me ajude, mas, sabe-se lá por que razão, a última coisa que quero é estragar tudo.

— Tá — repito. — Você quer falar sobre isso?

— Na verdade, não.

— Ah. — Eu limpo a garganta. — Bem, tudo bem, então.

Segue-se um silêncio longo e constrangedor, e estou começando a me preocupar que a conversa tenha acabado (não que

Se você pudesse ver o sol 213

eu goste de conversar com Henry Li ou algo assim, é mais pelo princípio da coisa toda) quando ele respira fundo, do jeito que se faz antes de arrancar um curativo, e começa a me contar:

— É... bobagem, sério. E isso foi há muito tempo. Eu não devia ter mais do que quatro ou cinco anos. Mas...

Eu espero.

— Na nossa antiga casa em Shunyi, tinha um quarto no porão. Bom, era mais um armário do que um quarto. Não tinha janelas, nada, a não ser uma porta que só dava para abrir pelo lado de fora. Eu me lembro... só me lembro que lá dentro era sempre frio e escuro, como a entrada de uma caverna. Minha mãe queria deixar aquele quarto para a ayi guardar materiais de limpeza, mas meu pai achou que seria melhor utilizá-lo como... espaço de estudo. — A mandíbula de Henry tensiona. — Então, todos os dias, exatamente às cinco da manhã, ele me deixava lá só com um livro de exercícios e um lápis durante horas.

Ele faz uma pausa e esfrega a nuca. Força uma risada.

— Assim, não foi *tão* terrível quanto parece. Ao menos não no começo. Hannah, minha irmã mais velha, trazia lanches e livros escondidos para mim, quando meu pai estava ocupado com o trabalho, ou então ficava sentada do lado de fora da porta para me fazer companhia. Mas aí as notas dela começaram a cair, ela foi mandada para uma escola nos Estados Unidos e eu fiquei sozinho naquele quarto por horas a fio...

A voz de Henry fica cada vez mais baixa a cada palavra que ele fala, até ser completamente abafada pelo barulho do trem e pelos gritos de um bebê em outra cabine.

E eu sei que deveria dizer algo neste momento. Eu sei. Mas tudo o que sai da minha boca é:

— Meu Deus.

— É. — Henry muda um pouco de posição, então não consigo mais ver seu rosto. Apenas a curva pálida do pescoço. — Pois é.

— Sinto muito — sussurro. — De verdade. Não imagino o quanto deve ter sido difícil.

214 Ann Liang

E não estou falando da boca para fora. Apesar do que todos gostam de presumir com base nas minhas notas e na minha personalidade, Mama e Baba nunca me forçaram a estudar. Na verdade, eles estavam sempre me mandando relaxar, largar os livros e ver TV, sair mais. E quando eu tinha cinco anos, Mama deixou claro que só queria duas coisas de mim: que eu fosse uma boa pessoa e que eu fosse feliz. Foi também por isso que ela e Baba decidiram vender o carro e o antigo apartamento para usar todas as suas economias para me mandar para o Airington, mesmo sabendo que eu resistiria à ideia a princípio. Eles esperavam me proteger da intensa pressão do gaokao.

— Eu estou bem agora. De verdade — acrescenta Henry, com a voz rouca. — E não teria chegado aonde cheguei se não fosse...

— *Não.* — A raiva me corta como uma faca: raiva do pai dele, por ter feito isso; raiva do universo, por deixar isso acontecer; raiva de mim mesma, por presumir que a competência dele estava enraizada em uma infância fácil, uma infância sem dor.

— Eu odeio isso. *Odeio* quando as pessoas justificam uma coisa claramente desumana e a usam como uma espécie de modelo de sucesso só porque gostam dos resultados.

— Mas não é isso que você está fazendo? Com o Pequimtasma?

— Eu... — gaguejo, pega de surpresa não apenas pela pergunta, mas pela verdade dela. Sinto o estômago revirar. — Acho que você está certo. Mas a questão é que não sei viver de outro modo.

Calmamente, Henry diz:

— Eu também não.

Então ele se vira para mim. O espaço entre nós diminui para apenas alguns poucos e perigosos centímetros. O olhar de Henry se fixa no meu e algo mais se fixa em meu peito.

— Você está visível de novo.

Se você pudesse ver o sol 215

— Sério? — digo, mas nenhum de nós se mexe.

Percebo que estamos sentados perto um do outro. Muito perto. Mas não é perto o suficiente.

Respiro fundo. Henry tem um cheiro caro, como as caixas fechadas de sapatos de grife que Chanel mantém empilhadas em nosso quarto. Mas por baixo há outro aroma, algo fresco e levemente doce, feito grama recém-cortada na primavera ou lençóis limpos aquecidos pelo sol.

Poderíamos nos beijar. O pensamento traiçoeiro surge, de forma espontânea, na superfície da minha consciência. Mas sei, é claro, que não vamos fazer isso. Que Henry é muito disciplinado e eu sou muito teimosa. Só que a possibilidade ainda paira no ar, nos espaços que não tocamos. O pensamento está estampado no rosto dele, na boca entreaberta, no olhar profundo e ardente.

— Alice — diz Henry, com aquele sotaque.

Meu Deus, esse sotaque. Essa voz.

Ele.

Estou prestes a dizer algo inteligente, algo que não permitirá que Henry veja as intensas palpitações em meu peito ou o quanto estou distraída com as gotas de suor em seu pescoço, algo que ainda assim o fará me querer, quando a mão pesada de alguém dá um tapa em meu ombro. Com força.

Eu recuo com um grito assustado e olho para cima.

O empresário que ainda ronca acima de nós mudou de posição durante o sono e um de seus braços está agora pendendo inocentemente sobre a grade da cama.

— Você está bem? — pergunta Henry, parecendo engasgar. Não de preocupação, mas enquanto tenta reprimir a risada. É incrível quão rápido passo de querer beijá-lo a querer matá-lo.

Lanço um olhar fulminante em sua direção, esfregando o ponto dolorido em meu ombro.

— Você poderia ao menos fingir estar um pouco preocupado? Ele poderia ter batido na minha cabeça. Eu poderia ter sofrido uma *concussão*.

216 Ann Liang

— Tudo bem, tudo bem, me desculpe — responde Henry, embora os cantos dos lábios continuem se contorcendo para cima. — Deixa eu tentar de novo: quer que eu traga um pouco de gelo para esse ferimento potencialmente mortal? Talvez alguns analgésicos? Ou uma massagem?

— Cale a boca — resmungo.

Henry sorri para mim e, apesar do aborrecimento, apesar do ombro latejando, fico aliviada. Prefiro passar o restante da viagem de trem brigando com ele do que deixá-lo ficar sozinho com os próprios pensamentos e medos de novo.

14

Quando chegamos a Suzhou, sem ter conseguido dormir e morrendo de fome devido à longa viagem de trem, a primeira coisa que os professores fazem é nos levar para comer.

É mais quente aqui no sul, úmido, como o interior de uma sauna, e a maioria de nós está suando quando nosso ônibus alugado para em frente a um restaurante chique que ficou em primeiro lugar no site de recomendações Dazhong Dianping. Como o único professor aqui que fala chinês, Wei Laoshi rapidamente assume o papel de guia turístico. Observamos através dos vidros escuros enquanto ele se aproxima da garçonete à porta, apontando para a identificação da escola e depois para nós. Alguns alunos nos bancos da frente acenam; a garçonete franze a testa.

Então ela e Wei Laoshi parecem entrar em uma discussão acalorada, ambos balançando a cabeça e abanando o rosto, e mesmo que não possamos ouvir uma única palavra do que estão dizendo, a mensagem é clara: não há mesas para todos no restaurante.

— Ah, se foder — resmunga Jake Nguyen da fileira atrás de mim. — Estou morrendo de fome.

— Olha a boca — retruca Julie Walsh com rispidez.

— Merda. Foi mal — responde Jake.

— *Olha a boca!*

— Certo, entendi, sra. Walsh.

— É dra. Walsh.

— É, que seja — murmura ele.

Alguém ri.

— A escola não pensou em nos reservar alguns baojian? — questiona Vanessa, levantando-se de repente da poltrona. Sua longa trança francesa quase me acerta no rosto.

— Nem todos os restaurantes têm salas privadas, sabia? — comenta outra pessoa, que parece ser Peter Oh.

— O quê? — Vanessa vira a cabeça com uma expressão de choque genuíno. Até suas bochechas ficam rosadas. — Isso é zoeira sua.

— Não seja tão esnobe.

— Eu não sou...

Ao meu lado, Henry suspira. É um som suave, quase inaudível em meio às reclamações de Vanessa e aos xingamentos de Jake, mas, e eu não estou brincando, todos se acalmam ao mesmo tempo.

Então, Henry pergunta:

— O nome do restaurante é Dijunhao, certo?

— É — digo, olhando de soslaio para a caligrafia dourada escrita ao contrário na porta dupla do restaurante. — Por quê?

Mas Henry não responde; ele já está ao telefone. Eu o ouço cumprimentar quem está ligando em um chinês impecável, perguntar educadamente se já almoçaram, recitar o nome do pai, dois outros nomes que não reconheço, confirmar a localização do restaurante e desligar.

Poucos minutos depois, o próprio gerente vem nos cumprimentar com um sorriso tão largo que parece doloroso.

— *Claro* que temos mesa para vocês! São nossos convidados de honra — diz ele quando Wei Laoshi questiona a mudança repentina. O gerente lança um olhar penetrante para a garçonete, e a ela sai correndo como se sua vida dependesse disso, retornando com cardápios e mais cinco atendentes que oferecem ajuda para carregar nossas malas.

Se você pudesse ver o sol 219

Recebemos as melhores mesas com descansos de talheres sofisticados, toalha de mesa vermelha e uma vista deslumbrante dos lagos lá fora, e nos oferecem chá de jasmim gratuito (*escolhido a dedo nas montanhas*, segundo o gerente) e biscoitos de camarão. Até os professores estão olhando para Henry boquiabertos, cheios de admiração, como se ele estivesse brilhando.

— Eu me pergunto como deve ser essa sensação — murmuro, quando Henry se aproxima para se sentar perto de mim e de Chanel.

— Perdão? — diz Henry.

— Nada. — Tomo um longo gole de chá, deixando o líquido quente queimar minha língua. — Deixa pra lá.

Chanel, que não parece tão impressionada quanto os outros, talvez porque também esteja acostumada a receber tratamento semelhante, enfia a cabeça entre nós e pergunta:

— Como foi a viagem de trem, Henry? Você dormiu bem?

— Dormi, sim, obrigado — responde ele baixinho, com um meio sorriso rígido. Estou tão acostumada a ver o lado de Henry que ri alto, que me provoca e me desafia, que ouve Taylor Swift sem parar, que me esqueço de que ele não é próximo dos outros, nem mesmo de pessoas que conhece.

— Hum, foi o que imaginei — comenta Chanel. Os olhos dela estão cintilando. — Já que a Alice não voltou mais para a nossa cabine.

Quase engasgo com o chá.

— Nós não... eu não estava... — balbucio, tão alto que a conversa na mesa vizinha para e os garçons deixam de colocar os pratos e passam a olhar na minha direção. Coro e continuo sussurrando: — A gente só estava repassando alguns detalhes comerciais. *É sério*.

Chanel apenas pisca para mim, enquanto Henry olha, extremamente focado, para o único pão de gergelim em seu prato. As pontas de suas orelhas estão rosadas.

Mais garçons logo aparecem trazendo bandejas com pratos locais populares: peixe frito coberto com molho de tomate espesso, a carne tão macia que se solta dos espinhos sem esforço; delicados bolos de pasta de tâmaras vermelhas cortados em forma de diamantes; wontons redondos flutuando em tigelas de caldo dourado.

É tudo de dar água na boca, mas do outro lado da mesa Julie Walsh torce o nariz para o peixe e pergunta, bem devagar:

— O que é *isso*?

Há uma pausa. Ninguém parece querer responder, mas quando o silêncio se prolonga por muito tempo, Chanel revira os olhos e diz:

— É peixe-esquilo mandarim.

Julie leva a mão ao peito.

— *Esquilo...*

— Não é um esquilo de verdade. — Não consigo me interromper. — É só o nome.

— Ah. Bem, que bom — responde Julie, embora ainda não faça nenhum movimento para tocar no peixe. Em vez disso, para meu total espanto, ela tira um pacote de frutas secas da bolsa e despeja o conteúdo no prato.

Sou inundada por uma onda de irritação e percebo que Henry estava certo no outro dia: minha raiva me torna corajosa.

— Com licença, *dra.* Walsh — digo, levantando um pouco a voz. — Achei que essa viagem se chamasse Vivenciando a China?

Julie pisca para mim, a meio caminho de levar uma amêndoa salgada até os lábios com batom.

— Sim?

— Então com certeza provar a culinária local faz parte da experiência, não é? Ainda mais quando se espera que os professores sejam bons exemplos. — Sem dar chance a ela de protestar, eu continuo: — E não era você que estava dizendo outro dia, na nossa aula de ética social, que a harmonia mun-

Se você pudesse ver o sol 221

dial poderia ser alcançada se as pessoas estivessem dispostas a praticar a empatia e a explorar novas culturas?

A amêndoa cai silenciosamente e rola sobre a toalha de mesa. Julie não a pega; está muito ocupada olhando para mim como se eu fosse um inseto que ela quisesse esmagar.

Acho que um professor nunca olhou para mim com outra coisa senão carinho ou preocupação. Por outro lado, também não me lembro de ter falado com um professor dessa forma antes.

De repente o sr. Murphy se levanta da mesa ao lado e bate palmas duas vezes para chamar a atenção de todos, quebrando a tensão no ar e convenientemente evitando que Julie tenha que me responder.

— Escutem, pessoal — ele grita, usando a mesma voz que reserva para assembleias escolares. — Como temos uma tarde bem cheia planejada e só vamos para o hotel tarde da noite, decidimos poupar alguns aborrecimentos e fornecer os números e cartões dos quartos agora, tá bem? — O sr. Murphy nos olha como se estivéssemos todos sentados diante de um palco. — Posso confiar em vocês para manter os cartões em segurança por oito horas?

Ele recebe apenas alguns acenos sem entusiasmo em resposta, mas parece considerar bom o suficiente.

— Ótimo. — O professor puxa uma pasta de papel amassada, parecida com aquela de onde roubei as respostas da prova de história. A culpa começa a dar as caras, e eu a sufoco depressa. — Vou chamar seus nomes um por um, e eu agradeceria se você ou seu colega de quarto pudesse vir até aqui de forma ordenada. Vamos ver… Scott An.

Há uma discrepância evidente entre a ideia de "forma ordenada" do sr. Murphy e a nossa interpretação das palavras, porque logo todos estão de pé e se acotovelando enquanto tentam chegar à frente.

— Em ordem! — grita o sr. Murphy por cima do barulho das cadeiras sendo arrastadas e das inúmeras vozes falando ao mesmo tempo. — Eu disse *em ordem!*

Em meio ao caos, consigo me aproximar o suficiente para ver o papel na mão estendida do professor. Há dezenas de nomes impressos em fileiras organizadas. Mas não é o meu nome que estou procurando.

Peter Oh e Kevin Nguyen: Quarto 902.

Gravo o número na memória. Se tudo correr bem, é para lá que eu vou esta noite. Quando retornamos aos assentos e os pratos estão limpos, Wei Laoshi assume o comando, levando-nos de volta para o ônibus. Acho que ele está de fato começando a assumir o papel de guia turístico, porque coloca um chapéu vermelho, agita uma bandeirinha com o logotipo da escola no alto da cabeça e diz, com sincero entusiasmo:

— Bom, quem está pronto para passear?

Os bairros antigos de Suzhou são lindos.

Tipo um segredo mágico mantido em segurança e escondido do mundo exterior. Uma névoa suave e leitosa se espalha pelos rios sinuosos, pelos becos tortuosos e lotados e pelas casas brancas desbotadas, borrando os limites entre a terra e o céu. Há mulheres torcendo a roupa lavada nas margens, homens de pele grossa feito couro puxando redes de peixes dos canais verdes e escuros, garotas em idade universitária posando e tirando fotos perto dos salgueiros, com lindas sombrinhas de papel apoiadas nos ombros.

— Ah, é como a versão chinesa de Veneza! — exclama Julie Walsh quando saímos do ônibus. Seus saltos altos estalam contra a calçada centenária.

Mas o lugar não parece Veneza. Não parece com nenhum outro lugar do mundo.

Começamos a caminhar pela beira de um canal, com Wei Laoshi à frente, mostrando o caminho. De vez em quando, ele

Se você pudesse ver o sol 223

para e aponta para alguma coisa — uma estátua de um oficial de aparência solene, uma pousada inclinada, um barco à deriva nas águas — e cita fatos aleatórios, como a vez em que o imperador Qianlong ficou em Suzhou por dez dias e não suportou ir embora; o professor chegou até a recitar alguns versos da poesia do imperador.

Tenho certeza de que Qianlong é um ótimo poeta, mas tudo que consigo lembrar é algo sobre um pássaro, uma montanha e sangue. Não, era neve. Não, era…

— Calma, Wei Laoshi — pede Chanel. — Eu sempre esqueço, quem foi Qianlong e quem foi Qin Shihuang mesmo? Tipo, quem foi o cara que enterrou aqueles estudiosos vivos?

Wei Laoshi para e se vira, olhando para Chanel com uma expressão que parece dizer: *sua porca inculta.*

— Que foi? — protesta Chanel, na defensiva. — Eu estudava na Austrália. Não é como se eles ensinassem muito sobre a história da China lá.

Wei Laoshi só suspira e olha para os céus, como se estivesse se desculpando com o próprio espírito do imperador Qianlong.

Graças ao trânsito no horário de pico, a viagem de ônibus demorou o dobro do tempo previsto pelos professores, e logo todos estão com fome de novo. Como resultado, a visita de Wei Laoshi é interrompida e, com outro olhar sofrido, ele desiste de dar uma aula sobre a história das sombrinhas de papel para nos levar a um passeio espontâneo ao mercado noturno.

O lugar está cheio de vida e tudo parece mais nítido aqui. Mais vívido.

As crianças perseguem umas às outras pelos degraus íngremes e pelas pontes em arco, contornando a beira do canal, flertando com o perigo e a emoção, enquanto os pais gritam para que tomem cuidado. Uma mulher levanta a tampa de uma wok gigante e vapor branco exala das carnes assadas e dos pães fritos. Luzes de néon exibem infinitas imagens de comida em intervalos curtos, algumas dispostas em cestos de bambu e outras em bandejas fundas e cheias de molho: espetos de cordeiro grelhado e ovo de codorna, bolinhos de arroz verde glutinoso recheados com pasta de feijão doce e bolos da lua de massa esfarelenta estampados com caracteres vermelhos. Há etiquetas discretas de desconto e QR codes impressos abaixo deles, provavelmente para pessoas que usam o WeChat Pay.

— Pe-ter, o que você está *fazendo*?

A voz de Wei Laoshi surge em meio aos gritos dos vendedores e do barulho distante de remos batendo em água.

Eu me viro.

Uma mulher em situação de rua que parece ter pelo menos setenta anos está grudada em Peter Oh, com as mãos enrugadas agarrando o tecido de seu novo moletom da Supreme. Eu esperava que Peter se afastasse dela — Baba está sempre me alertando sobre como algumas dessas pessoas não passam de golpistas que escondem iPhones sob suas roupas —, mas, para minha surpresa, ele está oferecendo-a uma nota de 100 remimbis. Analiso a expressão dele; não há nenhum traço de zombaria ou malícia em seus olhos, apenas sinceridade. Até uma pitada de timidez.

Os olhos da velha se arregalam, como se ela também não conseguisse acreditar no que está vendo. Isso faz meu coração doer. Mas antes que ela possa pegar o dinheiro dele, Wei Laoshi se coloca entre os dois e arrasta Peter pela manga, ignorando seus balbucios indignados.

— Não seja tão ingênuo — ralha Wei Laoshi, pegando a nota rosa e enfiando-a com firmeza no bolso de Peter.

— Não é ingenuidade — retruca Vanessa enquanto avança de repente, igualando seus passos aos de Peter. De alguma forma, aquela garota consegue aparecer em todos os lugares. Ou talvez eu a tenha notado muito mais desde o escândalo artístico. — Ele estava só sendo gentil. Não é, Peter?

Não fico por perto para ouvir o restante da conversa. Não quero ouvir isso, nem começar a pensar em Peter como o garoto legal que confia em estranhos e dá dinheiro aos necessitados. Ele é um alvo para esta noite e nada mais.

Meu coração não pode amolecer.

— Você está bem? — pergunta Henry, caminhando mais devagar conforme se aproxima de uma ponte pequena. Percebo, então, que durante todo o tempo em que estive assistindo Peter e Wei Laoshi, Henry estava me observando.

— Claro — respondo. Tento sorrir. — Acho que só quero acabar logo com isso, sabe?

Não preciso dizer mais nada; ele assente.

Wei Laoshi pede que todos parem e nos diz que estamos livres para passear e comprar todos os lanches que quisermos, mas que devemos nos encontrar ali em duas horas, então, *por favor, sejam pontuais e não sejam sequestrados nesse meio--tempo*. Todo mundo ri disso, mas minha garganta trava e preciso tentar três vezes antes de conseguir me lembrar de como engolir de novo.

Quando a multidão se dispersa, Henry e eu ficamos perto da ponte e acabamos encontrando um banco velho para sentar. Passamos algum tempo olhando para os canais e becos lotados, ambos em silêncio. Então ele se aproxima de mim — apenas alguns centímetros, talvez menos, mas isso de alguma forma faz toda a diferença no mundo — e o silêncio se transforma, crepitando com eletricidade, exigindo ser preenchido. Os cílios de Henry abaixam. De súbito, ele olha para minha boca.

Entro em pânico e deixo escapar a primeira coisa que consigo pensar:

— Seu pai.

Henry se afasta com uma careta.

— Perdão?

— Seu pai — repito devagar. É tarde demais para voltar atrás. — Hã, você não terminou de contar a história. No trem. De como as coisas terminaram com ele.

Sinto vontade de me chutar enquanto falo essas palavras. Que tipo de pessoa estraga um possível momento romântico trazendo à tona um trauma de infância?

Mas Henry parece mais surpreso do que ofendido.

— Você quer mesmo saber?

— Sim — respondo, e mesmo que essa não seja a conversa que eu esperava ter com ele esta noite, estou falando sério.

A princípio, Henry não diz nada. Seu olhar se volta para um barco a remo deslizando debaixo da ponte. Dentro dele há uma família de quatro pessoas amontoadas nos assentos, com o filho mais novo gritando toda vez que o barco balança com as ondas. Então, Henry suspira e diz:

— Eu contei como as coisas funcionavam quando eu tinha mais ou menos cinco anos. Mas logo depois de completar dez anos, durante outra longa sessão de estudo, eu meio que... — Ele inclina a cabeça, como se estivesse relembrando o vocabulário de uma língua estrangeira. — Como é que se diz mesmo? Quando as emoções tomam conta do seu lado racional e de todo o respeito pela etiqueta?

— Explodiu? — sugiro, com dificuldade para imaginar Henry fazendo isso. — Surtou? Perdeu a cabeça?

Ele me dá um sorriso discreto e tímido que faz meu coração bater mais forte.

— Bom, sim. Algo nesse sentido. Meu pai ficou chocado, é claro, mas acabou se desculpando. Prometeu que nunca mais usaria medidas tão... extremas. — Henry olha de volta para a família no barco, para os rostos brilhando com o luar e as risadas. — E ele nunca mais fez isso.

— Uau. — Balanço a cabeça. — Simples assim?

— Acho que o fato de eu estar indo tão bem na escola e de já ter demonstrado interesse em dirigir a empresa deve ter ajudado. Mas também imagino que ele nunca deve ter percebido que existem formas alternativas de ser um bom pai. O pai *dele*

Se você pudesse ver o sol 227

tinha sido ainda mais rígido em relação aos estudos, e então, quando ele entrou em Harvard, fundou a SYS e teve sucesso...

— Os resultados pareceram validar o processo — concluo por ele, lembrando da nossa conversa anterior.

— Exatamente.

Henry esfrega os olhos e, por um momento bizarro, acho que está chorando. Mas então ele deixa as mãos caírem de volta no colo. A luz da lanterna das lojas ao nosso redor realça suas feições, e de repente me dou conta da verdade, tão simples que quase rio: ele está *cansado*.

Ele mentiu hoje, quando Chanel perguntou se dormiu bem. Nenhum de nós dormiu no trem; ficamos acordados finalizando os planos, depois os planos B, e então um de nós — não me lembro quem — desviou do assunto e ficamos conversando. Falamos da escola, da breve passagem de Henry pela Inglaterra, das brincadeiras que ele costumava inventar com a irmã quando eram crianças, dos pratos de Xangai que a mãe preparava sempre que ele ficava doente. Falamos sobre tudo e nada ao mesmo tempo, e risadas e pensamentos só meio coerentes escapavam dos meus lábios antes que eu pudesse impedi-los de sair. Acho que nenhum de nós esperava que a noite fosse correr dessa forma.

— Você pode dormir agora, sabe — digo a Henry.

— O quê?

A perplexidade faz as sobrancelhas dele se unirem e seu queixo se erguer, um movimento familiar que já confundi com arrogância, mas que acabei percebendo que não passava de um truque para mascarar sua confusão.

— Estou falando sério. Você deveria descansar um pouco — comento. — É óbvio que está cansado, e vai saber quando vamos conseguir dormir no hotel?

Se conseguirmos dormir, acrescento na minha cabeça, sentindo uma onda de culpa me atingir.

Henry examina meu rosto por um instante, os olhos estreitados.

— Você está sendo gentil demais — diz ele, enfim. — É um tanto suspeito.

— Estou sendo prática. Preciso que você esteja alerta e acordado para o trabalho desta noite.

Ainda assim, ele hesita.

— Você tem certeza absoluta de que isso não faz parte de algum plano elaborado para tirar fotos minhas nem um pouco graciosas enquanto estou dormindo pra depois me chantagear?

— Se fosse fazer isso, poderia literalmente entrar no seu quarto enquanto estivesse invisível e tirar quantas fotos suas eu quisesse.

— Uau, que reconfortante.

Mas Henry fecha os olhos, apesar de estar com a cabeça em uma posição tão desconfortável que ofereço meu ombro como travesseiro. Bastam alguns minutos para a respiração dele ficar mais lenta e os músculos de seu corpo relaxarem.

Eu sorrio e olho para cima. Listras de um rosa escuro e um azul reluzente tingem o céu feito aquarela derramada, enquanto lanternas flutuantes se erguem com suavidade no horizonte como fantasmas. Uma brisa leve sopra em minha pele, trazendo consigo a fragrância de crisântemos e doces recém-assados das barracas de lanches abaixo.

E também tem Henry.

Henry, cuja cabeça está apoiada em meu ombro, os cachos macios de seus cabelos roçando meu rosto, as feições tranquilas e vulneráveis durante o sono. Tudo neste momento é tão lindo e tão frágil em sua beleza que quase tenho medo de segurá-lo. Com medo de que o encanto se quebre.

Se não fosse pelo sequestro, penso comigo mesma, *hoje poderia ter sido um dia perfeito.*

Se você pudesse ver o sol 229

15

Chegamos ao hotel por volta das 22h30.

Às 22h48, já desfiz as malas e disse à Chanel que iria até o quarto de Henry. Ela deu uma piscadinha e fez um comentário nada discreto sobre eu me proteger. Deixei que acreditasse no que quisesse; na pior das hipóteses, pelo menos terei um álibi decente.

Às 23h, visitei o vigésimo e o nono andares, subindo as escadas para verificar duas vezes se havia câmeras de segurança escondidas e medindo com precisão quanto tempo levava para ir de um lugar a outro.

Às 23h15, procurei o quarto de Henry, ainda totalmente visível, e entrei quando não tinha ninguém por perto.

Às 23h21, comecei oficialmente a entrar em pânico.

— Já estou invisível? — questiono enquanto ando na frente de Henry, mesmo sabendo que é improvável que esteja. Ainda não sofri com aquela onda de frio familiar e, na verdade, sinto muito calor. Minha pele está queimando, e o quarto está abafado e sufocante, apesar de ser enorme.

— Nem um pouco — responde Henry, cruzando as pernas sobre o sofá macio ao lado da cama, um gesto tão casual que tenho vontade de gritar. Como ele consegue manter a calma em um momento como este?

— E agora?

— Não.

— *Agora?*

— Não.

— Que tal...

— Você pretende continuar assim pelo resto da noite? — Henry me interrompe, erguendo uma sobrancelha.

— Bem, o que mais devemos fazer? — retruco, irritada. — Ficar na cama de bobeira?

Ele ergue ainda mais as sobrancelhas.

De repente, também sinto o rosto queimar. Acrescento, depressa:

— Eu quis dizer no sentido literal, é claro.

— Claro que sim.

A conversa morre e, por alguns instantes, o único som no quarto vem de meus passos frenéticos no chão acarpetado e do barulho baixo e persistente do frigobar. De repente...

— Tá, tudo bem, então. — Pressiono a mão nas têmporas latejantes. Esta é a terceira dor de cabeça causada pelo estresse que tenho desde que saímos do mercado noturno. — Se você conseguir pensar em alguma maneira de me distrair da sensação de desastre iminente, vá em frente. Me distraia.

Henry parece encarar isso como um desafio. Ele endireita a postura, ficando com os olhos escuros pensativos, e diz:

— Na verdade, tem uma coisa que eu queria perguntar há algum tempo.

— Não, não fui eu quem sabotou seu projeto de ciências no nono ano — digo na mesma hora. — Se bem que, sendo bem sincera, cogitei fazer isso por um tempo, só porque você estava sendo tão presunçoso por ter recebido conselhos do próprio Jack Ma.

— Isso... Não era o que eu ia perguntar, mas bom saber — responde Henry. Depois ele pigarreia. — O que eu queria mesmo entender é por que você me odeia tanto.

Pisco para ele, surpresa.

Se você pudesse ver o sol 231

— Só para constar, eu não odeio mais você — falo devagar, com a mente travando uma guerra para formular uma resposta adequada.

O lampejo de um sorriso surge no rosto de Henry, tão rápido que quase não percebo. Mesmo assim, ele não deixa a pergunta passar.

— Mas odiava antes.

Assinto uma vez, então suspiro.

— Você se lembra daquela competição da Copa Acadêmica de que nós dois participamos, no oitavo ano? Aquela que aconteceu na frente da escola toda?

— Vagamente.

— Bom, eu me lembro muito bem.

A pressão das luzes quentes do auditório contra minhas pálpebras, o peso dos olhares de todos sobre mim, o zumbido alto em meus ouvidos enquanto eu me atrapalhava com a última pergunta. A expressão triunfante no rosto de Henry quando ele respondeu; o olhar de quem já nasceu destinado a vencer.

— Depois que perdi a rodada final para você, depois que você foi pegar o troféu e receber todos os elogios dos professores, eu fui levada para fora do palco. Saí correndo para o meu quarto e *chorei sem parar*. Eu nem comi nada naquele dia, estava com tanta raiva de mim mesma...

Engulo em seco. A lembrança ainda faz a vergonha surgir como um nó em minha garganta.

— E sei que parece ridículo, já que era... quer dizer, vamos ser sinceros, era o *oitavo ano* e a competição nem era obrigatória. Mas tinha um prêmio em dinheiro, quinhentos remimbis, e eu passei meses me preparando pra isso. Mas, pouco antes de subirmos ao palco, ouvi você comentar que se inscreveu de última hora, por capricho, que de qualquer forma tinha coisas mais importantes para fazer do que estudar e... Não sei. Tudo sempre foi tão *fácil* pra você. — Respiro fundo. — Estar perto de você fazia com que eu me sentisse péssima. E eu me odiava por isso. Com o tempo, acho que esse ódio cresceu tanto que não tinha contra quem se voltar, a não ser...

— ... contra mim — conclui Henry, com tensão na voz. — Certo?

— Mas não é mais assim que eu me sinto — digo, sentindo uma necessidade inexplicável e avassaladora de deixar isso bem claro. — Prometo. Juro do fundo do meu coração.

Alguma emoção que não consigo nomear passa pelo rosto dele. Henry estende a mão. Seus dedos formam um círculo quente em volta do meu pulso, e eu paro de andar. Paro de me mexer.

— Então me conte — pede ele, bem baixinho. — O que exatamente você sente por mim agora?

— Eu... — A confusão faz minha língua embolar e acelera meus batimentos. Penso, distraidamente, que ele é mesmo bom nessa coisa de distrair as pessoas. — Por que isso importa?

— Você não sabe mesmo?

Fico olhando para Henry. Consigo sentir que algo está acontecendo, mas é impossível decifrar o que é, assim como é impossível decifrar a expressão dele.

— Não sei... não sei do quê?

Henry solta meu pulso, passando a mão pelos cabelos.

— Meu Deus — comenta ele com uma risadinha. Depois balança a cabeça. — Para uma das pessoas mais inteligentes que já conheci, às vezes você pode ser muito desligada.

E talvez seja o jeito como ele está olhando para mim, de alguma forma atormentado e cheio de carinho ao mesmo tempo; ou talvez o meio elogio estranho, ou cada pequeno e sutil momento que deixei passar ao longo do caminho. Agora que estou recuperando o atraso em uma explosão de clareza induzida pela adrenalina, de repente...

— *Ah.*

Ah. Uau.

Eu me sento no tapete, a compreensão me deixando tonta.

Depois de alguns minutos do mais puro silêncio, percebo que

Se você pudesse ver o sol 233

Henry está me observando, os olhos aguçados e o queixo tenso, à espera de uma resposta. Acho que nunca o vi tão nervoso antes. — Bom — consigo dizer, por fim. — Que bom. Eu também.

Não espero que ele entenda alguma coisa com meu jeito confuso de falar, mas ele entende mesmo assim.

Henry se mexe e nossos joelhos quase se encostam. Eu pergunto sem pensar:

— Essa é a parte em que você me beija?

Ele se aproxima e, mesmo sob a luz fraca do hotel, consigo distinguir a risada silenciosa em seu olhar.

— Não era isso que eu ia fazer. — Henry faz uma pausa provocadora. — Por quê? Você queria?

— O quê? N-não, claro que não — gaguejo, me virando no mesmo instante. Então, já que sou incapaz de ficar de boca fechada, balbucio: — É só que, sabe, no cinema… Quando chega nesse tipo de cena, com esse tipo de iluminação…

Há uma batida forte na porta.

Nós dois congelamos.

O clima no quarto muda tão rápido que parece que levei um soco na cabeça, como se um filme emocionante sobre animais de fazenda fosse interrompido por um anúncio alegre do McDonald's.

Há outra batida, ainda mais alta que a primeira.

A parte irracional e já aterrorizada do meu cérebro está convencida de que a polícia nos encontrou de alguma forma, de que estão esperando para nos prender neste exato momento, de que acabou, minha vida está arruinada. Mas então ouço a risada de uma garota. Alguém sussurra algo que não consigo entender, e o risinho se transforma em uma risada abafada.

Henry e eu trocamos um olhar rápido e silencioso, e, pela tensão de sua mandíbula, sei que chegamos à mesma conclusão. As luzes do quarto estão acesas; não adianta fingir que ele não está aqui dentro.

— Quem é? — pergunta Henry.

234 Ann Liang

— Adivinha! — fala uma voz que é obviamente de Rainie.

Henry vai em direção à porta em passos lentos e cuidadosos, com as mãos levantadas, como se abordasse um animal na natureza.

— Hã... Rainie? O que você está fazendo aqui?

— Vim visitar você, é óbvio — responde ela.

Ao mesmo tempo, outra pessoa grita:

— A gente ouviu dizer que você ficou com a melhor suíte, cara! Abre a porta aí, queremos ver!

Nesse ritmo, eles vão acordar o hotel inteiro.

E para piorar tudo, pelo menos mais duas vozes (meu Deus, quantas pessoas estão do lado de fora da porta agora?) começam a entoar:

— *Abre a porta! Abre a porta! Abre a porta!*

Henry olha para mim com uma expressão que deixa transparecer que não temos outra opção e, apesar do peso em meu estômago, concordo.

— Tá bom, fiquem quietos — responde ele enquanto abre a porta. No mesmo instante, Rainie Lam, Bobby Yu, Vanessa Liu e Mina Huang entram aos tropeços, rindo, trazendo consigo o cheiro forte e inconfundível de álcool.

— Que maravilha — murmura Henry baixinho.

Mas mesmo bêbados como estão, nossos quatro convidados indesejados param e me encaram quando percebem que estou aqui também. Vanessa quase deixa a garrafa meio vazia de Jack Daniel's cair. A boca de Bobby se abre tanto que fico tentada a perguntar se ele não está com dor no maxilar.

Rainie chega a engasgar.

— *Alice?*

— Oi — digo.

Após se recuperarem do choque inicial e expressarem suas suspeitas de que Henry e eu estamos namorando em segredo, os

Se você pudesse ver o sol 235

quatro ficam bem à vontade, descansando no sofá cor de ameixa e na cama *king size*. Eles não dão nenhum sinal de que planejam voltar para seus quartos nem tão cedo esta noite.

Eu quero vomitar.

Quero gritar e forçar todos a saírem porta afora.

Mas, em vez disso, sorrio e continuo sorrindo conforme Vanessa revira o frigobar em busca de um pacote de Pringles e Rainie pega uma caixa de som e começa a tocar um dos singles de sucesso da mãe, se balançando e cantando a letra como se estivéssemos em um karaokê, e Bobby Yu começa a fazer flexões no tapete.

O sorriso permanece congelado em meu rosto. Apenas meus olhos se movem, verificando meu reflexo na janela, acompanhando o tempo. O alarme néon ao lado da cama de Henry mostra o horário: 23h59.

Ainda não estou invisível.

Em algum momento, Rainie se cansa de cantar e abaixa o volume da música, começando a reclamar de Julie Walsh. Todos participam com entusiasmo, até Mina, que quase nunca fala, e Rainie faz uma imitação de Julie que é tão perfeita que Vanessa se joga no chão, chorando de tanto rir. Então, eles começam a especular quem tem a maior probabilidade de se pegar até o fim da viagem, em seguida conversam sobre como Jake Nguyen é um babaca ("Não acredito que eu gostava dele, tipo, *gostava mesmo*", lamenta Rainie, e Bobby reclama que a maioria das garotas tem mau gosto, enquanto Mina dá uns tapinhas solidários no ombro da amiga), depois começam a falar sobre que tipo de bêbado Henry seria.

— É engraçado imaginar — comenta Rainie entre risadas. Então aponta para Henry, que, durante todo esse tempo, estava parado no canto da sala, ao meu lado. — Porque você é tão, tão... Qual é a palavra?

— Distante? — sugere Vanessa.

— Sereno? — propõe Mina.

— Gato? — admite Bobby, e todos nos viramos para olhar para ele. Bobby faz uma careta. — Que foi? O cara é bonito, não tem o que dizer. Não me julguem por falar em alto e bom som. Mas *perfeitinho* é o termo escolhido por Rainie.

— Meu Deus, você é tão perfeitinho — diz ela com um soluço. Então, para minha surpresa, ela olha para mim. — E você também, Alice. Vocês dois. O Rei Henry e a Máquina de Estudar. Nossos modelos de perfeição estudantil.

Eu me forço a rir com eles, mas tudo me parece esquisito. O elogio desce queimando como ácido.

Se ao menos você soubesse o que os dois modelos de perfeição estudantil do Airington vão aprontar hoje.

Mas por trás do pânico, apesar de toda a culpa, tem algo martelando meu peito. Ressentimento. Porque se não fosse pelas mensalidades escolares, o Pequimtasma e a terrível tarefa em minhas mãos, esta noite teria sido... incrível.

Eu teria conseguido fazer parte daquele grupinho, teria fofocado com eles e rido com Rainie. Talvez criasse coragem para me sentar perto de Henry, para continuar exatamente de onde paramos, entrelaçar meus dedos nos dele. Eu seria apenas uma adolescente boba em um hotel chique em uma cidade linda e desconhecida, com velhos colegas de classe e novos amigos em potencial: Rainie, que se entregou mais do que devia a um garoto que exigiu demais; Mina, cujos pais voltaram a ficar juntos recentemente após um divórcio complicado e estão se esforçando para consertar as coisas; Bobby, cuja irmã mais velha fugiu há três anos, mas que, ao olhar para ele agora, seria impossível suspeitar disso.

Eu estaria *feliz* de verdade com essas pessoas, despreocupada, sem olhar para o maldito relógio a cada dois segundos e esperar que uma estranha onda de frio tomasse conta do meu corpo.

Quase sinto tontura ao pensar na enorme diferença entre essas realidades, entre o que vai acontecer e o que poderia ter acontecido. Mas esse é o tipo de diferença criada pela riqueza.

Se você pudesse ver o sol 237

Quando volto à conversa, o assunto mudou para o Pequim-tasma.

— ... me pergunto quem está por trás disso — diz Vanessa. Irritada e interpretando mal minha expressão de espanto, ela acrescenta: — Ah, para com isso, Alice, não aja como se nunca tivesse ouvido falar do aplicativo.

— Já ouvi falar do Pequimtasma — respondo, escolhendo as palavras com cuidado. Meu coração está batendo tão forte que não ficaria surpresa se todos conseguissem ouvir. — Mas não sei quem está por trás dele.

— Bom, isso é *óbvio* — retruca Vanessa, revirando os olhos, e o alívio toma conta de mim. — Ninguém sabe. Mas tem muitas teorias rolando por aí.

Bobby assente e depois estremece, como se o movimento fizesse sua cabeça doer.

— Algumas pessoas acham que o aplicativo é administrado por um grande espião do governo que só quer ganhar dinheiro rápido. Meio que faz sentido, se você parar pra pensar. Eles teriam todas as conexões certas e a tecnologia para fazer isso funcionar.

— Bobby! — exclama Rainie, com ar de um adulto que fala com uma criança ingênua. — Grandes espiões do governo não precisam criar um aplicativo próprio e ilegal dentro de uma escola para ficarem ricos da noite pro dia. É pra isso que existe o suborno.

— Quem você acha que é, então? — desafia Bobby.

— Não sei — responde Rainie, pegando a garrafa de uísque de Vanessa e engolindo o resto do líquido marrom de uma só vez. Então ela limpa a boca com força usando a parte de trás da manga. — Mas quem quer que seja... é um herói.

Herói.

Outro elogio, e esse vindo justamente de Rainie Lam, mas a palavra só serve para arrasar com a minha consciência. Não consigo olhar nos olhos dela.

— Eu vou fazer — anuncia Vanessa abruptamente, levantando-se com uma firmeza surpreendente.

Apesar de ter ingerido mais álcool do que o restante do grupo, ela também parece a mais sóbria (o que, considerando que Bobby agora está equilibrando o cardápio do serviço de quarto na cabeça como um chapéu, não quer dizer muito).

— Fazer o quê? — pergunta Mina.

— Confessar — responde Vanessa, que talvez esteja mais bêbada do que eu achava, porque não faço a mínima ideia do que ela está falando.

Mas Rainie sabe.

— Deixa ela — fala Rainie para todos, enquanto Vanessa cambaleia em direção à porta, se atrapalhando duas vezes para girar a maçaneta. — Ela está apaixonada por esse cara há anos.

O cardápio desliza da cabeça de Bobby com um som alto quando ele se vira, os olhos arregalados.

— Quem?

Mas seja qual for a resposta, não ouço. Um arrepio começa a subir pela minha coluna e, antes de ser forçada a provar em primeira mão que a teoria da conspiração do governo de Bobby está errada, levanto-me de um salto, murmuro algo sobre verificar se Vanessa está bem e corro.

16

Bato uma vez na porta de Peter e tento acalmar minha respiração irregular.

Pegar o elevador era arriscado demais; sempre há câmeras de segurança nessas coisas, e seria impossível explicar um botão acendendo sozinho se alguém estivesse lá dentro. Em vez disso, subi correndo as escadas. Toda a parte de trás da minha camisa está encharcada de suor, mas é difícil dizer se é por causa do esforço físico ou da preocupação abrindo um buraco em minha barriga.

Depois do que parece uma vida inteira, ouço o clique metálico da fechadura e a porta se abre.

Jake Nguyen aperta os olhos para a luz do corredor, com os cabelos bagunçados e um daqueles roupões brancos de hotel caído sobre os ombros nus como a capa de um vilão. O quarto atrás dele está escuro, e as cortinas estão fechadas. Ao lado da cama de solteiro vazia perto da janela, consigo distinguir a silhueta adormecida de Peter Oh.

— Que caralho — resmunga Jake, olhando diretamente através de mim. Ele coça a cabeça. — Tem alguém aí?

Ele espera dois segundos inteiros antes de fechar a porta de novo, e eu entro bem a tempo. Mas, à medida que entro no quarto, tropeço em algo duro: o pé de Jake. Ele fica tenso. A luz fraca do banheiro delineia a ruga entre suas sobrancelhas.

Meu coração para.

— Quem era? — resmunga Peter, a voz embargada de sono e abafada pelo travesseiro.

Jake volta a olhar para o local onde tropecei e depois balança a cabeça.

— Ninguém. Deve ter sido a faxineira ou alguém que errou de porta.

Fico imóvel enquanto ele volta para a cama de chinelos, caindo nas cobertas com um bocejo alto.

Espero até que comece a roncar e só então vou até a cama de Peter. Ele está encolhido de lado feito um garotinho, com a ponta do cobertor cobrindo a barriga e um braço apoiado sob a cabeça. Parece tranquilo. Ele não suspeita de nada.

Nem merece o que está prestes a acontecer.

Me desculpe, Peter, penso, enquanto coloco o bilhete já preparado no travesseiro, a centímetros do nariz dele.

Foi digitado em papel brilhante, como um cartão de visitas, e contém apenas os seguintes dizeres:

Peter.
Por favor, venha me encontrar no
quarto 2005 assim que achar isto.
Tenho algo importante a dizer
e quero falar pessoalmente.

Andrew queria ter certeza de que a mensagem não poderia ser rastreada até chegar a ele, para que não houvesse registros virtuais, impressões digitais ou a caligrafia dele. Decidir o que estaria escrito na mensagem foi um desafio por si só. Eu debati se deveria ser um aviso falso de algum professor, um bilhete mais romântico ou uma menção a alguém que ele ame.

No fim das contas, decidi que seria melhor escrever algo vago. Algo que, com sorte, desperte seu interesse o suficiente para que ele siga as instruções.

Agora, Peter só precisa ler.

Se você pudesse ver o sol 241

Respiro fundo. Flexiono os dedos trêmulos. Percebo que esta é a última chance de voltar atrás, de mudar de ideia, mas já estou aqui, o bilhete foi entregue e nunca deixei nada pela metade antes, não se eu tivesse escolha.

Então, em vez disso, sacudo os ombros de Peter com gentileza e espero até ele acordar.

Peter abre os olhos devagar.

Pisca algumas vezes para se acostumar com a escuridão, a confusão tomando conta de seu rosto como as sombras das cortinas.

Eu o vejo esfregar a mão sonolenta na bochecha. Observo quando se vira alguns centímetros no travesseiro e congela no lugar. Seu olhar pousa no bilhete. Vejo quando o pega com cuidado, ainda um pouco desorientado, e lê o que está escrito.

Ele faz uma pausa. Liga o abajur.

Por instinto, me agacho para me esconder, por mais que, como é de se esperar, ele não consiga me ver.

— Jake? — chama Peter, com a voz rouca. — Você... Você viu alguém entrar aqui?

Mas Jake ainda está roncando. Ele não se moveu nem um pouquinho.

Peter olha de novo para o bilhete em suas mãos, virando-o várias vezes como se quisesse ter certeza de que é real, e meu coração bate tão forte que tenho certeza de que vai me denunciar. Mas Peter não me ouve. Apenas estuda o bilhete por mais algum tempo, depois se levanta, vestindo a jaqueta jeans que estava na mesinha de cabeceira. Seus olhos estão mais alertas agora, e o corpo está tenso.

O ar parece estranhamente parado.

Não me atrevo a respirar até Peter colocar o celular e o bilhete no bolso e sair pela porta.

Eu sigo logo atrás dele.

No corredor iluminado do hotel, Peter vai direto para os elevadores. Sabia que ele faria isso, mas ainda assim é inconveniente. Assim que ele aperta o botão quadrado brilhante para subir, eu o pressiono também para desligar. Para que tudo corra bem, Peter precisa usar as escadas. Depois de inspecionar a área mais cedo, tive a certeza de que ali é o único lugar sem câmeras de segurança para capturar seus movimentos.

Peter franze a testa. Tenta de novo.

E, mais uma vez, aperto o botão logo depois dele, tomando o cuidado de não encostar em sua mão durante o processo. Ele franze ainda mais a testa. Vai até o elevador do outro lado do corredor, onde repito o movimento o mesmo número de vezes até que, por fim, Peter desiste e solta um xingamento baixinho.

— Vamos de escada, então — murmura.

A função de Henry era ficar de vigia por ali para garantir que nenhum aluno ou professor veria Peter, mas é óbvio que ele ainda está preso no quarto com Rainie e os outros. *Não importa*, digo a mim mesma enquanto sigo Peter até a esquina. Só preciso evitar Vanessa, onde quer que ela esteja agora, e torcer para que ninguém saia para dar um passeio noturno pelos corredores.

Embora o restante do hotel tenha superfícies de mármore imaculadas, decorações florais elaboradas e corredores bem-iluminados e acarpetados, as escadas são escuras, íngremes e ligeiramente irregulares; tudo está coberto por uma fina camada de poeira. Os cantos sombrios fedem a lixo e desinfetante.

Peter sobe os degraus com uma facilidade surpreendente e invejável; preciso me apressar só para acompanhá-lo, mas logo sinto uma pontada horrível na lateral do corpo e milhares de pequenas dores nas pernas e nos pulmões.

Momentos como este quase me fazem desejar ter dedicado tanto esforço às aulas de educação física quanto às demais matérias.

Ainda assim, duvido que fazer sabe-se lá quantos *burpees* ou exercícios de aquecimento torturantes do basquete pudesse ter

Se você pudesse ver o sol 243

me preparado para uma operação secreta de sequestro em um dos hotéis mais altos de Suzhou.

Quando chegamos ao vigésimo andar, uma quantidade obscena de suor já escorreu pelas minhas costas e fez minha camisa grudar na pele. Não sei dizer se é pelo esforço físico da subida ou pelos nervos à flor da pele.

Estamos muito perto agora. A porta está logo ali, posso vê-la no primeiro corredor. Peter não faz a menor ideia do que está prestes a acontecer.

Não.

Eu me repreendo mentalmente. Isso não difere em nada de uma pegadinha. Só tem valores maiores envolvidos... e executivos de grandes corporações.

Além disso, os homens de Andrew She *não vão* prendê-lo para sempre, nem abusar dele ou matá-lo. Andrew até me prometeu que Peter seria bem-alimentado e cuidado até que as promoções fossem anunciadas, o que deve acontecer em menos de uma semana.

Vai ficar tudo bem. Peter vai ficar bem. Estou fazendo a coisa certa.

Não estou?

Peter está parado do lado de fora do quarto. O número 2005 brilha dourado sob a luz, como uma espécie de sinal. Um convite. Os homens de Andrew She estão esperando por ele do outro lado da porta.

E um milhão de remimbis me espera. Um futuro no Airington. Um futuro melhor, ponto final.

Tudo o que tenho que fazer é acompanhar Peter.

Ele pigarreia com suavidade e ajusta a gola da jaqueta. Eu me pergunto se consegue sentir que tem algo errado, se ele está pensando em dar meia volta, fugir para a segurança de seu próprio quarto de hotel.

Não percebo o quanto quero que ele faça exatamente isso até que Peter bata na porta uma vez, com os ombros empertigados.

E tudo acontece rápido.

Muito rápido. Tão rápido que é quase decepcionante. A porta se abre e acho que vejo a mão enluvada de alguém se estendendo, puxando Peter para dentro. Consigo pegar o celular do bolso dele logo antes de a porta se fechar de novo, com Peter preso atrás dela.

Ouve-se um farfalhar lá dentro, uma série de pancadas e a voz de Peter, mais confusa do que com medo:

— O que vocês estão...

Então ele fica em silêncio. Simples assim.

Não foi violento. Não foi nada.

Se eu não estivesse segurando o celular de Peter com tanta força que todo o sangue se esvaiu dos nós dos meus dedos, pensaria que ele nunca esteve aqui.

Fico encarando a porta por um longo tempo, como se estivesse em um sonho, um pesadelo, até que uma vozinha no fundo da minha cabeça me pede: *Vá embora.*

Caia fora daí. Você já fez sua parte.

Desvio o olhar e me mexo, mas no segundo em que viro o corredor, minhas pernas cedem.

Afundo no chão como se alguém tivesse removido todos os ossos do meu corpo. Tento puxar o ar que parece não existir, esperando que o enjoo na boca do estômago passe porque estou segura, fiz o que tinha que fazer, consegui.

Mas a sensação de mal-estar só aumenta. A náusea sobe pela minha garganta, enchendo minha boca de saliva, com o gosto amargo do arrependimento.

Meu Deus, devo ser a pior criminosa do mundo.

Eu deveria comemorar. Deveria pensar em todo o dinheiro que vai cair na minha conta bancária. *Um milhão de remimbis.* O suficiente para eu nunca mais ter que me estressar por ser mandada para o Maine ou para uma escola local de novo. Não terei nem que me preocupar com a faculdade.

Mas, em vez disso, só consigo pensar no que quer que esteja acontecendo do outro lado da porta. Peter parou de falar no

Se você pudesse ver o sol 245

meio da frase. Isso significa que eles o amordaçaram? Bateram nele? Decerto eu teria ouvido se tivessem feito isso.

O celular de Peter vibra.

Eu levo um baita de um susto. Minhas mãos tremem enquanto ergo a tela, à espera de ver algum tipo de alerta de crime, aviso de fraude ou uma mensagem da polícia.

Mas não é nada disso. É pior.

É uma mensagem da mãe dele no Kakao.

Vc tá se divertindo em Suzhou??

Vc já deve estar dormindo (se não, vá para a cama agora mesmo!!! seu corpo ainda está em fase de crescimento), mas seu pai e eu estamos com saudades. Ele queria ligar antes, mas vc sabe como o trabalho tem sido intenso pra ele. Tudo vai valer a pena quando ele ganhar a campanha.

Ah! Fizemos um peixe delicioso hoje. Vou mandar foto.

Vejo uma foto um tanto borrada de um prato de peixe grelhado pela metade, com um par de palitinhos ao lado do prato e a silhueta curvada de um homem ao fundo. Deve ser o pai de Peter.

Sinto um aperto no peito, a ponto de quase não conseguir respirar. A parte de trás dos meus olhos está ardendo.

Mas mais mensagens chegam.

É uma receita nova que seu pai diz ser muito boa. Assim que vc estiver em casa, vou fazer de novo (e seu macarrão com molho de feijão favorito também)

Se cuide, meu filho. Se certifique de comer bem, de ficar seguro e de usar roupas quentes! Dei uma olhada na previsão e diz que vai fazer frio em Suzhou ama-

**nhã. Lembre-se de que sua saúde é mais importante
do que a "moda"**

**Seu pai está me repreendendo por ficar incomodando
você, então vou parar**

Amamos você, hoje e sempre. Ligue assim que puder!

Desligo a tela, com um nó na barriga.

Eu deveria jogar o celular de Peter longe. Agora mesmo. Esmagá-lo e destruir todas as evidências, me certificar de que ninguém vai conseguir rastreá-lo ou entrar em contato, como me disseram para fazer. Essa é a última etapa do nosso plano. Assim que me livrar do celular dele, poderei voltar para o quarto e esquecer toda essa tarefa para sempre. Mas...

Meu Deus, os pais dele vão ficar tão preocupados. E têm todos os motivos para isso.

A pior parte é que já *conheci* os pais dele antes. Eles se ofereceram para ajudar no festival de trocas culturais, há um ano. O pai se gabava para todos que estavam em um raio de um metro e meio de distância, falando de quanto o filho era genial e trabalhava duro, sorrindo tanto o tempo todo que o rosto devia estar doendo. A mãe tinha a língua afiada e um corpo franzino; a maneira como repreendia Peter por não colocar um casaco mais quente me lembrou de Mama.

E se alguém ligasse para Mama no meio da noite para contar que eu tinha desaparecido em uma cidade longe de casa...

Não.

Pare com isso.

É tarde demais. Eu só tenho que me levantar. Ir embora. Colocar o máximo de distância possível entre mim e este lugar, estas lembranças, o quanto antes.

Depois de sabe-se lá quanto tempo, por fim consigo me levantar. Meus pés se movem obedientemente em direção à esca-

Se você pudesse ver o sol 247

da, o mesmo lugar de onde vim. Dou um passo. Então outro. De alguma forma, é mais cansativo do que subir uma montanha.

Não consigo parar de pensar em Peter naquele quarto.

Na mãe dele, esperando para recebê-lo em casa com seu prato favorito. No fato de que ela não vai conseguir dormir direito quando descobrir que o filho desapareceu.

Pense o que quiser, mas não volte, ordeno a mim mesma, mesmo enquanto meus pés arrastam contra o tapete. *Não volte. Não volte, porra.*

Eu volto.

Sem sequer me dar conta do que estou fazendo, corro de volta para o quarto 2005 e bato na porta.

— S-serviço de quarto para dois. — Minha voz sai em um guincho terrível e ofegante. Tarde demais, me dou conta do quanto estou despreparada. A bateria do meu celular está acabando e Henry não faz ideia do que planejo fazer. A única arma que tenho comigo é uma faca que peguei no meu quarto de hotel. Mas agora também já é tarde demais para voltar atrás. — Sanduíche de três andares e batatas fritas trufadas.

Andrew e eu combinamos esse código caso eu precisasse falar com os homens dele. Só me resta rezar para que funcione.

A princípio, não há nada além de um silêncio ensurdecedor do outro lado. Então passos se aproximam, lentos e cautelosos. Depois de alguns segundos de murmúrios audíveis e movimentos arrastados, a porta se abre com um rangido.

Eu olho para cima.

Três homens se assomam sobre mim. Eles estão usando ternos idênticos, gravatas listradas retas e bem-passadas, máscaras escuras contra poluição que cobrem a maior parte de seus rostos e luvas cirúrgicas ajustadas. Não se parecem em nada com os sequestradores que eu estava imaginando. Se eu não soubesse a verdade, julgaria que tinha ido parar em uma reunião de negócios privada por acidente.

O mais alto dos três olha para o espaço atrás de mim.

— Olá? — Ele estica o pescoço e abre mais a porta. — Tem alguém aí?

Eu passo por ele.

A primeira coisa que noto é que a televisão está ligada, o som está no mudo e os olhos dos outros homens estão grudados em um jogo de basquete sendo exibido na grande tela plana. Acho que manter uma criança como refém pode acabar ficando um tanto tedioso depois de certo tempo.

A próxima coisa que noto é Peter, e meu coração quase vai parar nos pés.

Ele foi jogado para o canto mais distante da sala e está vendado e amordaçado; seus pulsos, pés e cintura, firmemente presos com cordas. Andrew She fez parecer que Peter estaria descansando em um belo resort até o fim da campanha da empresa, mas isso é demais.

Não o deixarei aqui assim, de jeito nenhum.

Enquanto corro em direção a Peter, ouço o homem alto murmurar:

— Que estranho. Quem foi que o filho do She Zong contratou para este trabalho mesmo?

O homem que está mais perto da televisão dá de ombros.

— Uma pessoa de algum tipo de aplicativo do mercado clandestino. Ao que parece, alguém que construiu uma reputação e tanto em torno da escola por fazer o que as pessoas querem.

— Mas ninguém sabe quem é? Ou como essa pessoa conseguiu fazer esse garoto vir parar na nossa porta? — O mais alto aponta um dedo para Peter, e eu congelo, tomando cuidado para não revelar minha presença

— Não.

Quando os três se viram para a televisão, eu me arrasto para a frente, tremendo sem parar. Meus dedos procuram as cordas atrás da cadeira, e sinto Peter enrijecer.

Por favor, aja normalmente. Estou tentando ajudar você, penso, desesperada.

Se você pudesse ver o sol 249

Se ao menos eu também soubesse fazer telepatia.

Enquanto Peter vira a cabeça, puxo com força o nó final, ignorando como as cordas queimam minha pele.

Por favor, por favor.

As cordas caem no chão com um baque suave, feito uma cobra morta, e mal tenho tempo de respirar, aliviada, quando três coisas acontecem quase ao mesmo tempo:

Um: Peter arranca a venda, sai quase cambaleando da cadeira e olha ao redor, atordoado, antes de me encarar. *Olhando bem nos meus olhos.* Ele abre a boca e depois a fecha com a palavra não dita: *Alice?*

Dois: os homens de Andrew She olham para mim e para Peter com expressões variadas de choque. O mais alto se move primeiro, saltando sobre a cama e gritando para ficarmos onde estamos.

Três: jogo a primeira coisa que vejo para detê-lo, que, infelizmente, é um travesseiro.

Uma porra de um travesseiro.

O travesseiro bate no ombro do sequestrador de mais de dois metros de altura enquanto ele rosna e nos ataca, implacável. Empurro Peter à minha frente e tento correr atrás dele até a porta, mas sou muito lenta. A mão áspera de alguém se fecha em meu pulso, me puxando para trás com tanta força que eu não ficaria surpresa se descobrisse que desloquei o braço.

Eu arfo. Lágrimas saltam aos meus olhos.

— De onde você surgiu, garotinha? — questiona o homem. Sua mão se fecha com mais força, transformando meus ossos em pó. A dor é insuportável, mas ainda assim tento me soltar, chutando sem parar, passando os olhos pelo quarto.

De canto de olho, vejo Peter passar pelos outros dois homens, destravar a fechadura com uma velocidade chocante e abrir a porta no mesmo momento em que eles o atacam por trás. Ouve-se um *estalo* terrível quando sua cabeça bate na parede.

O mundo parece sair dos eixos. Meu estômago revira junto.

— *Não!* — grito.

O homem alto segue meu olhar e, na fração de segundo em que se distrai, afundo os dentes em sua mão.

Ele me solta com um berro esganiçado e eu saio correndo. Os outros dois ainda estão com a atenção voltada para Peter, que está encostado na parede. Entro em pânico pensando em como diabos vou fugir deles quando me lembro...

A faca.

Enfio os dedos nos bolsos, encontrando o cabo frio e liso na mesma hora.

— Para trás, ou... ou eu vou cortar vocês — aviso aos homens enquanto dou um passo à frente, brandindo a faca de frutas diante de mim como uma espada de verdade. Estou rezando para que eles não vejam o quanto minhas mãos estão tremendo, o quanto me sinto como uma criança brincando de faz de conta.

Os dois homens vacilam, mais por surpresa do que por medo, ao que parece, mas tanto faz, desde que funcione.

Aproveito a oportunidade para agarrar Peter e sacudi-lo. Seu rosto ficou assustadoramente pálido e tem sangue no couro cabeludo, mas seus olhos estão abertos. Com um gemido baixo, Peter se afasta da parede. Acho que nunca senti um alívio tão grande em toda a minha vida.

— A-Alice — gagueja ele. — Você não estava... o que...

Não é possível que esse garoto ache que agora é o melhor momento para conversar.

— Falamos depois — vocifero, agarrando-o pela manga e puxando o mais forte que consigo. Meu Deus, ele é pesado. — *Levante. Vamos.*

Mas antes que Peter consiga se mexer, percebo um movimento pelo canto do olho. Demoro muito para reagir. Com um grunhido, o primeiro sequestrador se lança sobre mim, me derrubando de cabeça no chão.

A dor explode pelo meu corpo.

Se você pudesse ver o sol 251

Tento me mover, lutar, mas um joelho pontudo atinge minhas costas, e todo o peso do sequestrador me prende no lugar. A faca é arrancada da minha mão.

Não, não, não.

Isso não pode estar acontecendo.

Um som estridente enche meus ouvidos, tão alto que mal consigo ouvir o que o sequestrador está esbravejando para os outros dois homens. Alguma coisa sobre levar Peter embora. O carro. Transferir.

Os homens obedecem no mesmo instante. Juntos, prensam Peter entre eles e o erguem pelos braços sem a menor delicadeza. Peter nem ao menos resiste; parece estar em estado de choque, com os olhos arregalados e o queixo caído enquanto os sequestradores o arrastam em direção à porta.

Isso não pode estar acontecendo. Isso *não pode estar...*

Mas está acontecendo.

Tudo o que consigo fazer é assistir, horrorizada, enquanto o carpete do hotel arranha minha bochecha.

E justo quando acho que as coisas não poderiam piorar, o primeiro sequestrador começa a amarrar minhas mãos com o mesmo tipo de corda que deve ter usado para amarrar Peter antes. Porra, quantas corda essas pessoas *têm?* Ele está todo atrapalhado com as pontas — deve saber que não tem muito tempo — e está distraído, mas também é forte. Sinto-o enrolar a corda uma, duas vezes, puxando-a com força suficiente para interromper minha circulação.

Meus braços ficam dormentes.

Então a pressão diminui nas minhas costas e o sequestrador vai embora. Ele está saindo com os dois mascarados e Peter, que está sangrando, e eu ainda estou no chão com as mãos amarradas, e tudo dói, e não consigo acreditar que me meti nesta situação.

Conto os passos do sequestrador à medida que eles se afastam cada vez mais de mim.

Um. Dois. Três.

A porta abre e fecha, deixando-me sozinha na escuridão total.

Não é hora de entrar em pânico. Assim que os sequestradores vão embora, começo a rolar e a me contorcer pelo chão até esbarrar em algo duro. O canto da mesa, talvez.

Deve servir.

Eu me viro, toda desajeitada, sem conseguir enxergar, até que minhas mãos amarradas estejam pressionadas com força no que quer que seja essa superfície afiada. Então, começo a movê-las para cima e para baixo como uma serra, torcendo para que as cordas cedam.

— Anda — murmuro, e o som da minha própria voz, baixa e muito mais firme do que me sinto por dentro, ajuda a me estabilizar um pouco. — Anda, *anda logo*.

Acho que está funcionando, ou ao menos é o que espero. Já não sinto que as cordas estão tão cravadas na minha pele quanto antes. Talvez se eu aplicar mais pressão aqui e torcer os pulsos assim...

Deu certo.

As cordas se soltam após a nona tentativa; foi uma combinação de encontrar o ângulo certo, a quantidade nojenta de suor escorrendo pelas minhas mãos e a sorte de o sequestrador não ter tido tempo de dar um nó duplo.

Jogo as cordas de lado e corro em direção à porta, ignorando a fraqueza nos joelhos e o formigamento nos dedos. O aperto nos pulmões.

Salvar Peter é tudo o que importa agora.

Ao abrir a fechadura e passar pela porta, cerrando os olhos por causa da luz repentina, tento descobrir para onde os sequestradores podem ter ido.

Se você pudesse ver o sol 253

Parece improvável que ficassem perambulando por uma área onde Peter pudesse ser facilmente reconhecido. E eles mencionaram alguma coisa sobre transferi-lo, sobre um carro. *O estacionamento.*

Mas não qualquer estacionamento. Um local isolado, conectado às escadas em vez do elevador, um local sem câmeras de segurança para detectar atividades suspeitas.

Desço as escadas às pressas, dando dois passos de cada vez, a mente girando. Passei tanto tempo memorizando o mapa do hotel que consigo vê-lo com tanta nitidez que é como se alguém o estivesse segurando diante de mim: todas as etiquetas marcando câmeras e saídas, as linhas que se cruzam nos corredores e escadas... e o diagrama do lote abandonado dois níveis abaixo do solo.

É para lá que eles vão levar Peter. Só pode ser.

Agora, só preciso encontrá-los antes que fujam.

Corro com ainda mais velocidade. Meus pés martelam o concreto e meu coração bate tão forte que tenho medo de que exploda. Queria ser mais atlética. Queria ter desatado as cordas mais rápido ou escapado com Peter quando tive a chance. Queria nunca ter concordado em sequestrar Peter.

Números passam por mim enquanto desço lance após lance de escada.

Décimo quinto andar.

Décimo segundo andar.

Décimo andar.

Sétimo andar.

— Alice!

Eu tropeço e paro. Viro a cabeça, certa de que é uma alucinação.

Mas lá está Henry, parado a apenas alguns passos acima de mim, com o letreiro néon da saída de emergência lançando um brilho vermelho sobre suas feições. Seus olhos estão escuros de preocupação.

— Estava procurando você por toda parte — diz ele, vindo em minha direção, dando passos leves e rápidos. — Consegui me livrar da Rainie e...

Ele faz uma pausa, percorrendo meu rosto com o olhar.

— O que aconteceu? Eles machucaram você?

Faço que não com a cabeça, sem fôlego para falar. Meus pulmões e pernas parecem chumbo, e sinto uma pontada horrível e afiada como uma faca na lateral do corpo. Preciso me esforçar muito para não cair.

— Eles, eles levaram o Peter... — explico, por fim, com a voz parecendo um grasnado seco. — Temos que... salvá-lo...

Espero pela enxurrada de perguntas, pela expressão de incredulidade, mas Henry não parece nem um pouco surpreso com essa reviravolta dramática. Ele só arregaça as mangas e fala:

— Tudo bem. Vamos.

Não acredito que já quis empurrar esse garoto para fora do palco antes. De alguma forma, com Henry ao meu lado, é um pouco mais fácil descer correndo os andares que restam. E quando digo mais fácil, quero dizer que não parece tanto que estou *quase* morrendo de forma lenta e dolorosa. Mesmo assim, pontos brancos estão dançando na minha visão quando chegamos à entrada do estacionamento.

O ar é mais frio no subsolo, úmido e denso com o fedor da fumaça da gasolina. Tento não engasgar enquanto nos escondemos atrás de uma porta entreaberta, de costas para a parede, e apuramos os ouvidos. Tento não cogitar a possibilidade de que, talvez, seja tarde demais.

Mas então eu ouço algo.

O rangido furioso dos sapatos, da borracha contra o concreto. Vozes masculinas ecoando nas paredes, amplificadas pelo espaço aberto. A forte batida do porta-malas de um carro.

Henry e eu trocamos um rápido olhar.

Já fizemos tantas tarefas do Pequimtasma juntos que sabemos o que precisa acontecer a seguir.

Se você pudesse ver o sol 255

Observo enquanto Henry muda a postura, endireitando-se para parecer ainda mais alto do que o normal, ajeita o colarinho da camisa e alisa os cabelos com uma das mãos. Em um instante, ele não é mais apenas Henry, mas *Henry Li*, filho de um bilionário que construiu, sozinho, a própria fortuna, alguém que usa sua educação privilegiada e conexões poderosas como um distintivo. Alguém intocável.

Mas isso não impede que meu estômago se revire de preocupação quando ele sai pela porta.

— Ei — grita Henry em um mandarim impecável. Até a voz dele soa mais profunda, mais velha, o que é bom. Se os sequestradores não o levarem a sério, estaremos ferrados.

Assim que ele aparece, o mais absoluto silêncio paira no estacionamento.

A tensão faz minha pele coçar.

Prendo a respiração e conto até catorze antes que alguém resmungue:

— Quem é você?

Os homens parecem mais próximos do que eu esperava, a menos de seis metros da porta.

— Eu quem deveria perguntar — responde Henry, a voz suave. — Por que estão com essas máscaras?

— Não é da sua conta.

— Na verdade, é da minha conta, sim — retruca Henry, e eu o imagino inclinando a cabeça para o lado, com as sobrancelhas erguidas, a condescendência estampada em seu rosto. — Veja bem, meu pai é o dono deste hotel, e tenho certeza de que gostaria de saber por que três homens estranhos e mascarados estão rondando o estacionamento desativado no meio da noite. Se não quiserem *me* contar, talvez eu possa convidar ele ou o gerente do hotel para…

— *Tudo bem* — diz o homem. — Se você precisa *mesmo* saber, vamos para uma balada aqui perto, é só isso. A gente não queria que nossas esposas nos vissem.

Quase reviro os olhos, apesar de tudo. Até mesmo essas desculpas os fazem parecer verdadeiros idiotas.

— Podemos ir agora? — questiona outro dos sequestradores.

— Não, não podem — responde Henry. — Como o carro de vocês está aqui, precisam pagar pelo estacionamento.

— Mas...

— O pagamento não é negociável. Claro, você pode usar o WeChat Pay se preferir, é só escanear este QR code no meu celular, ou obter um desconto fazendo login na sua conta do hotel e registrando-se através de um de nossos cinco afiliados.

Enquanto Henry divaga sobre políticas de hotéis, patrocinadores de bancos e opções de assinaturas, eu saio furtivamente pela porta. Sou recebida por uma cena típica de filme de ação de baixo orçamento: o estacionamento está vazio, exceto por uma velha van coberta de poeira apodrecendo no canto mais distante e um elegante veículo preto cercado por três homens. Todos eles estão de costas para mim, com a atenção voltada para Henry.

Henry, que posicionou o corpo bem na frente do carro e apoiou as duas mãos no capô. Para sair, eles teriam que atropelá-lo.

É uma boa estratégia, penso comigo mesma, lutando contra a enorme vontade de tirar Henry do caminho, de protegê-lo. *Eles não iriam querer — não ousariam — matar o filho do dono do hotel. Causaria confusão demais.*

Só preciso resgatar Peter antes que os sequestradores percam a paciência e a capacidade de pensar de forma racional.

Com cuidado para não fazer barulho, abaixo a cabeça e rastejo para mais perto do porta-malas do carro, com o coração batendo na garganta. Então, dou uma boa olhada na placa: N150Q4. Gravo em meu cérebro.

Henry ainda está falando.

— ... O Banco da China está, na verdade, oferecendo uma promoção por tempo limitado no aplicativo.

Se você pudesse ver o sol 257

— Calma aí — reclama o homem da frente, e a mudança em seu tom, indo de irritação para algo mais parecido com suspeita, faz minha boca ficar seca. Eu levanto o olhar.

Henry não se move, apesar de haver cautela em sua expressão.

— O que foi?

— Acho que reconheci você — protesta o homem, e tudo parece congelar. Minha visão perde o foco. As luzes piscam acima da minha cabeça, o teto baixo do estacionamento ameaçando desabar sobre mim. — Você estava na matéria daquela revista. Aquela entrevista do *China Insider*. Você é filho do fundador do sys, não é?

Por uma fração de segundo, a expressão de Henry é do mais puro pânico. Só por um segundo. Mas é o suficiente.

— Quem mandou você vir aqui? — vocifera o sequestrador, contornando os faróis resplandecentes do carro, sua sombra se estendendo ameaçadoramente no concreto. Ele avança sobre Henry. — Quem?

Antes que eu possa reagir, Henry levanta o punho e acerta o rosto do homem. *Com força.* Juro que ouço o estalo de um osso quando o sujeito sibila e tropeça para trás, com as mãos cobrindo o nariz, e todos os meus pensamentos se dispersam.

Henry deu um soco em alguém.

Henry deu um soco em alguém.

Henry Li acabou de dar um soco em alguém.

Nada nesta noite parece real.

Henry parece quase tão atordoado quanto eu; ele olha para o homem curvado e depois para o próprio punho cerrado, como se alguma força desconhecida pudesse tê-lo possuído. O que, para ser sincera, faria mais sentido do que o que acabou de acontecer; duvido que Henry já tenha dado um soco em alguém antes.

Mas então os outros dois homens disparam em sua direção e Henry derruba o primeiro sequestrador no chão com um baque retumbante e tudo se transforma no mais puro caos.

Não consigo ver o que está acontecendo de onde estou escondida, só consigo ouvir os grunhidos abafados de dor e repetidas colisões de membros, de corpos sendo jogados no chão, e a voz de Henry quando ele grita:

— *Toma.*

Algo pequeno e prateado voa pelo ar em um arco perfeito. Eu nem penso; só me levanto e o pego. Meus dedos se fecham ao redor do objeto metálico. As chaves do carro.

É óbvio.

Com os batimentos acelerados, destranco o carro e abro a porta.

Peter está encolhido no banco de trás, ao lado de uma garrafa de água aberta. Horror e alívio invadem meu peito ao vê-lo. *Ele está vivo.* Ele está vivo e acordado e me encara como se eu fosse um fantasma enquanto solto seus braços e o ajudo a sair do carro. Ainda que seus joelhos estejam oscilando, ele consegue ficar em pé.

À nossa frente, os sons da luta se intensificam.

Henry.

— Entre — ordeno a Peter. — Nos espere na porta.

Ele não discute.

Enquanto Peter sai correndo, pego uma das garrafas de água do porta-malas e a seguro como um bastão, sentindo seu peso na mão. *Não é pesada o bastante para matar alguém*, concluo, o que é tudo de que preciso saber antes de seguir em frente.

Os homens não me notam. Estão muito ocupados formando uma espécie de sanduíche humano: Henry prendeu dois dos sequestradores embaixo dele, mas o mais alto conseguiu segurá-lo. O mesmo que me amarrou.

Agora estou mais puta da vida do que apavorada, e deixo a raiva me guiar.

A garrafa de plástico bate na nuca do homem com um baque animador.

Se você pudesse ver o sol   259

Enquanto o sujeito cambaleia para o lado, me abaixo e agarro a mão de Henry. Os nós dos dedos dele estão vermelho--escuros; há sangue escorrendo de um corte fino que desce pelo polegar. Sinto um aperto no peito, mas sei que não é hora de pedir desculpas, de agradecer ou de expressar as milhões de outras coisas que estou sentindo neste momento.

— Corra! — É tudo o que Henry diz enquanto se levanta.

E é o que fazemos. Corremos pela saída estreita, onde Peter está esperando, trancamos a porta atrás de nós e disparamos escadas acima em um borrão alucinado de corações e pés batendo forte. Henry chega ao próprio andar primeiro, e logo somos apenas Peter e eu. Estou segurando-o pelo pulso para impedi-lo de cair. Continuamos. Temos que continuar. Não sei se os homens de Andrew conseguiram entrar ou alertaram outra pessoa, se algum dia conseguiremos sair dessa confusão. Tudo o que posso fazer é forçar as pernas a se moverem cada vez mais rápido, com a boca ressecada e os joelhos doloridos, os pulmões doendo, tão necessitados de ar, enquanto viro a esquina, puxo Peter para o corredor aberto do nono andar...

E trombamos com o sr. Murphy.

17

Pela primeira vez nos quarenta anos da história do Airington, a viagem Vivenciando a China acaba mais cedo.

E a culpa é minha.

Bom, *em teoria*, Vanessa Liu também tem certa responsabilidade pela súbita mudança do cronograma. Dentre todos os caras do nosso ano, a paixão secreta dela era Peter. Então, quando ela foi até o quarto dele confessar o que sentia — só para encontrar Jake meio adormecido e a cama de Peter vazia —, temeu que o pior tivesse acontecido e avisou o sr. Murphy. Não poderia ter sido um momento pior, para ser sincera. Se Vanessa não estivesse tão bêbada, ela nunca teria entrado no quarto de Peter *depois* de eu já tê-lo sequestrado, nem o sr. Murphy teria aparecido de roupão para procurá-lo no exato momento em que Peter e eu subíamos as escadas.

Tudo foi ladeira abaixo bem rápido depois disso.

O sr. Murphy deu uma olhada na minha expressão, depois no rosto atordoado de Peter e no fino rastro de sangue escorrendo do couro cabeludo dele, e o mandou para o hospital por suspeita de concussão. Então, ele informou os pais de Peter, que gritavam tanto que eu conseguia ouvir a ligação a dois metros de distância. Depois de ameaçarem processar a escola e o hotel por negligência, enviaram um jatinho particular para levar Peter para casa, provavelmente para ser tratado em um hospital melhor.

Se você pudesse ver o sol 261

Os demais alunos receberam a ordem de fazer as malas e o check-out antes do amanhecer, para que pudéssemos pegar o primeiro trem de volta a Pequim. Ninguém explicou o porquê.

Mas, a essa altura, tenho certeza de que todos já devem ter criado as próprias teorias; a causa por trás das ligações frenéticas do sr. Murphy às quatro da manhã, o barulho da sirene da ambulância cortando a noite, a expressão terrível no rosto de Wei Laoshi desde então.

E, claro, por que fui separada do meu grupo e proibida de falar com qualquer outra pessoa, forçada a viajar na cabine dos professores. Eu nem pude ver como Henry estava, saber se ele estava bem. Nenhum dos professores o mencionou até agora, o que significa que, ao menos, não suspeitam dele, mas não consigo parar de pensar na briga da noite passada: todos os possíveis ferimentos de Henry, o corte fino no punho.

Não consigo parar de me preocupar com ele.

— Alice, quero dar uma chance para que você possa se explicar — diz o sr. Murphy. Ele está sentado bem na minha frente, encolhido de maneira estranha para evitar bater a cabeça no beliche de cima.

Também estou abaixada, mas é o medo que mantém minha coluna curvada e meus olhos baixos, e não a falta de espaço.

— Explicar o quê? — murmuro, para ganhar tempo.

— Falei com Peter antes que ele fosse levado para o hospital, e ele disse que você estava lá no quarto do hotel com ele.

Cerro os dentes. Está muito quente aqui, as paredes ameaçam se fechar e as luzes baixas do teto atordoam feito a lanterna de um policial. Uma gota de suor escorre pelo meu pescoço.

— Ele também disse — acrescenta o sr. Murphy, parecendo incerto — que parecia que você tinha surgido... do nada. Que não fazia ideia de como você entrou no quarto.

O professor faz uma pausa.

— Isso lhe soa familiar?

Um ruído abafado e gorgolejante escapa dos meus lábios quando abro a boca, indignada. Engulo em seco e tento de novo.

— Ele sofreu uma *concussão*, sr. Murphy — falo, por fim.

— Não pode ser... Quer dizer, você já ouviu falar de alguém que apareceu do nada antes? Fora dos filmes e histórias em quadrinhos? É... é ridículo.

O sr. Murphy balança a cabeça de um lado para o outro.

— Embora a ideia em si pareça absurda e, obviamente, desafie as leis básicas da física, temo dizer que as outras partes da história fazem sentido.

A expressão dele fica severa e sinto um aperto no peito.

— Por exemplo, quando perguntei a Vanessa Liu de você, ela afirmou se lembrar de vê-la no quarto de Henry Li por volta da meia-noite. Mas Mina Huang me disse que você saiu logo depois de Vanessa, em um momento que coincide com uma batida misteriosa na porta de Jake Nguyen... e que você não voltou mais. Como outro exemplo — continua ele, listando cada ponto com os dedos —, entrei em contato com o hotel para obter imagens de segurança e eles notaram algo bastante... peculiar. Não há nenhum registro de você entrando no quarto 2005, mas, de alguma forma, você foi vista *saindo* de lá.

Se eu não estivesse tão preocupada em ser expulsa ou presa, poderia me deixar impressionar com o trabalho de detetive do sr. Murphy neste momento.

Ele suspira.

— Sabe, eu não acredito em habilidades sobrenaturais, Alice, e não quero acreditar que você seria o tipo de pessoa que cometeria tal crime. Também é preciso mencionar que, independentemente do que tenha acontecido antes, você ajudou Peter a escapar no final.

Há um *mas* em seu tom. Eu posso sentir.

Então me preparo.

— ... mas as evidências que temos até agora não parecem boas. Mesmo que ignoremos as anomalias, o fato é que Peter

Se você pudesse ver o sol 263

foi levado à força, ferido e, a julgar pelas marcas nos pulsos, amarrado, e você desapareceu ao mesmo tempo que ele. Se os pais de Peter decidirem investigar mais a fundo, entrar com uma ação judicial...

Eu estava pronta para isso. Mas, ainda assim, sinto um aperto na garganta. Um ruído alto preenche meus ouvidos.

— Claro — diz o sr. Murphy —, seria diferente se alguém tivesse armado pra voc...

— Não — deixo escapar, rápido demais.

As sobrancelhas dele se juntam.

— Tem certeza, Alice?

— Eu... tenho certeza.

E tenho mesmo. Passei a noite pesando os prós e os contras de contar aos professores ou à polícia sobre Andrew, e ficou claro, mesmo com toda a angústia que sentia, que pagaria muito caro se o fizesse. Não posso oferecer nenhuma prova escrita sem expor o Pequimtasma e tudo o que está associado a ele: o envolvimento de Henry, os segredos dos meus colegas, a conta bancária privada, as respostas do teste que roubei.

Na verdade, confessar só aumentaria as chances de eu ser punida de acordo com a lei.

Sem mencionar todas as dúvidas que isso levantaria a respeito de um poder para o qual não tenho explicação.

O rosto do sr. Murphy se contrai de decepção durante o meu silêncio prolongado. Ele parece afundar ainda mais no assento.

— Muito bem — diz, esfregando a mão cansada nos olhos. — Suponho que discutiremos isso com mais profundidade quando eu encontrar seus pais.

— Calma. Meus pais?

O sr. Murphy me encara como se eu tivesse ignorado uma informação óbvia.

— Sim. Liguei para eles assim que desliguei com o pai de Peter. Pedi que nos esperassem em meu escritório.

E, nesse instante, todo o ar em meus pulmões se esvai. A pouca compostura que eu parecia manter se parte ao meio como um ovo, e minha ansiedade se espalha em uma confusão feia e incontrolável.

— Você... você chamou... — Minha voz também falha, e tenho dificuldade para terminar a frase. — Você chamou...

— Eu tive que fazer isso, Alice — responde o sr. Murphy. Ele solta outro suspiro. — É importante que saibam. Afinal, você ainda é só uma criança.

As palavras soam estranhamente familiares, e levo um momento para lembrar a última vez em que as ouvi: sr. Chen, depois de elogiar minha prova de inglês, me dizendo com tanta sinceridade que eu merecia sonhar e construir meu próprio futuro.

Agora, a lembrança parece ter um milhão de anos.

Tirando o dia da visita à escola e da entrevista para a bolsa de estudos, meus pais nunca pisaram no campus antes. Sempre dizem que é porque o transporte público não ajuda, o que é verdade — a maioria dos alunos tem motorista particular, então a escola nunca se preocupou em investir em algo mais acessível —, mas desconfio de que seja porque têm medo de me envergonhar. Porque eles não querem se destacar pelos motivos errados ao aparecer ao lado dos pais típicos do Airington, todos proprietários de empresas, executivos de TI e estrelas nacionais.

Seja qual for o motivo, não consigo imaginá-los percorrendo os cinco andares do prédio de humanas até o minúsculo escritório no final do corredor sem nunca terem chegado perto do local antes.

Então, quando saio correndo do ônibus, passo pelos outros estudantes que demoram para descarregar as malas no pátio e esperam que os motoristas venham pegá-las e entro no escritório do sr. Murphy, não fico tão surpresa por encontrá-lo vazio.

Mas isso não me impede de entrar em pânico.

Se você pudesse ver o sol 265

— Eles... eles devem ter se perdido — balbucio para o sr. Murphy, sentindo o peito apertado ao pensar em meus pais vagando atordoados pelo campus, procurando por mim. — Tenho que ir procurar os dois, eles não falam inglês muito bem. Meu Deus, é como estar nos Estados Unidos de novo.

— Eles são adultos, Alice — retruca o sr. Murphy com um olhar confuso, como se eu estivesse exagerando sem motivo. Ele não entende. — Tenho certeza de que não precisam de um guia turístico só para encontrar...

Alguém bate na porta e eu me viro.

Minha boca fica seca.

Um aluno do último ano que reconheço, mas com quem nunca falei antes, está encostado no batente da porta. Meus pais estão parados logo atrás dele, com expressões igualmente contraídas e fechadas. Com uma pontada de dor, noto que Baba está usando seu macacão de trabalho azul e que Mama está vestindo a mesma camisa floral desbotada com a qual a vi pela última vez naquele restaurante.

Ambos parecem mais velhos do que eu me lembrava. Mais frágeis.

— Encontrei essas pessoas andando pela escola primária. Dizem que estão procurando por uma tal de Sun Yan no escritório do sr. Murphy — comenta o garoto, me olhando com pena e curiosidade ao mesmo tempo.

— Ótimo. Obrigado por trazê-los aqui, Chen.

O sr. Murphy sorri.

— De boa.

O menino olha para mim uma última vez antes de desaparecer atrás da porta.

No segundo em que ficamos sozinhos, Baba se aproxima.

Ainda tenho uma última gota de esperança de que ele e Mama não reajam tão mal quanto eu temia, não sem antes ouvir meu lado da história, pelo menos. Mas então vejo a fúria no olhar dele.

— No que você estava *pensando?* — grita meu pai, com saliva voando da boca e uma veia escura saltando em sua têmpora. Ele está tremendo de tão bravo. Nunca o vi com tanta raiva antes, nem mesmo naquela vez em que, por acidente, derrubei água no computador que ele passou anos economizando para comprar. Sua voz está ensurdecedora no espaço fechado, e sei, pelo silêncio repentino que cai sobre o pátio lá fora, que todos devem estar ouvindo. Que todos os meus colegas e professores podem ouvir cada palavra. Chanel. O sr. Chen. Rainie. Vanessa. Henry.

Pela primeira vez, me pego rezando para poder ficar invisível para sempre. Desaparecer neste exato instante, afundar no vazio profundo sob o horrível tapete do escritório e nunca mais ressurgir.

— Você está tentando se rebelar? — continua Baba, sua voz ficando cada vez mais alta. — Como você pôde... Sua mãe e eu, a gente não conseguiu acreditar quando a escola ligou, não para falar sobre algum prêmio, mas dizendo que você é *criminosa.*

O sr. Murphy mantém o olhar fixo em um ponto aleatório da parede, parecendo terrivelmente desconfortável. Quando Baba dá uma pequena pausa nos gritos para respirar, reúno toda a coragem que me resta e sussurro:

— Baba, podemos, por favor, *por favor,* falar disso em outro lugar? Todo mundo está ouvindo.

Mas essa é a coisa errada a se dizer.

Uma expressão horrível e implacável passa pelo rosto do meu pai.

— Você só vive para os outros? — questiona ele. — Por que se importa tanto com o que eles pensam?

Não sei como responder sem enfurecê-lo ainda mais, então fico quieta. E rezo para que tudo isso acabe logo.

— Sun Yan. Estou *falando com você.*

Então ele estende a mão para pegar o sapato e eu recuo, certa de que virá voando em minha direção, mas Mama intervém no mesmo instante.

Se você pudesse ver o sol 267

— Laogong, agora não é o melhor momento para isso — murmura ela para Baba em mandarim, com um olhar penetrante para o sr. Murphy.

— Tá bom. — Baba agarra meu pulso, não com força suficiente para deixar uma marca, mas com força suficiente para machucar. — Vamos.

Eu finco os calcanhares, puxando o braço com dificuldade.

— A-onde você está me levando? — indago. Há um zumbido baixo crescendo em meus ouvidos, uma pressão dolorosa subindo pelo meu peito e minha garganta feito bile. — Ainda tenho aula...

Baba dá risada.

— Aula?

Sem avisar, ele bate a mão na mesa com um baque forte. Todo mundo pula, inclusive o sr. Murphy. Então meu pai muda abruptamente para o inglês, e suas palavras já desconexas se misturam ainda mais em sua raiva.

— Você sabe pra que educação serve, né? Por que essa escola cobra 350 mil remimbis...

O sr. Murphy limpa a garganta.

— Bem, na verdade, são 360 mil remimbis agora, um preço razoável, se você considerar nossas novas instalações de última geração.

Baba o ignora.

— Ajuda você a crescer, a se conectar, a ver o mundo, a um dia retribuir à sociedade. Não a adorar o dinheiro. O que sua mãe sempre diz? Se você não é boa pessoa, você não é nada. *Nada*.

Após suas palavras, um silêncio pesado cai feito o golpe de um machado. Não consigo parar de tremer; meus dentes estão rangendo e fazendo um barulho alto. Acho que vou morrer, vomitar ou ambos.

Então Baba balança a cabeça de um lado para o outro, com os olhos fechados. Ele solta um suspiro profundo. Quando olha para mim, parece ter envelhecido dez anos em dez segundos.

Ele diz, em mandarim:

— Independentemente do que acontecia, sua Mama e eu sempre tivemos muito orgulho de ter uma filha como você. Mas agora...

Ele para de falar.

Minha pele queima de vergonha.

— Eu... me desculpe — falo, quase engasgando, e quando as palavras saem da minha boca, não consigo parar de repeti-las. — Desculpa, Baba, desculpa de verdade, eu também não queria que fosse assim.

Mas a expressão de Baba não se suaviza.

— Vamos embora.

O sr. Murphy escolhe este momento para falar.

— Na verdade, dadas as circunstâncias atuais... Um tempo longe da escola pode ser o melhor para Alice.

Ao perceber minha expressão de horror, ele acrescenta depressa:

— Não estou dizendo que ela foi expulsa, é claro. Vai demorar algum tempo até que os pais de Peter e a diretoria tomem uma decisão. Mas até lá... Bom. — O olhar do professor se volta para a janela, como se também soubesse que toda a minha turma está escutando a conversa. Ele suspira. — Acredito que um pouco de distância faria bem. Para termos tempo de refletir e, talvez, consertar as coisas. O que você acha, Alice?

Todos os três adultos se voltam para mim e percebo que não importa o que eu penso, a decisão já foi tomada.

Engulo em seco.

— Posso ao menos ir buscar minhas coisas? No quarto?

O sr. Murphy parece visivelmente aliviado. Acho que, se eu decidisse resistir, ia lhe causar muitos problemas. Ou, quem sabe, ele esteja evitando que Baba comece a gritar de novo.

É Mama quem responde primeiro:

Se você pudesse ver o sol 269

— Sim — diz ela baixinho. Sua voz soa tão distante que ela poderia estar falando com um completo estranho. E, quando pensei que não poderia me sentir pior, ela acrescenta: — Vai. Rápido. Mama cruza as mãos. A cicatriz branca aparece sob a ponta dos seus dedos.

— Ainda temos que pegar o metrô.

A curta caminhada do escritório do sr. Murphy até meu quarto é uma tortura.

Todo mundo se dispersa no segundo em que saio, mas ainda sinto os olhares fixos na minha nuca, ainda vislumbro a suspeita, a preocupação e o julgamento estampados em seus rostos. Sinto um aperto na barriga. Sempre odiei atenção negativa.

Eu me pergunto quantas dessas pessoas conseguiram juntar as peças e entender que a noite passada estava, de alguma forma, relacionada ao Pequimtasma. E quantos descobriram que o Pequimtasma sou eu.

A caminhada começa a parecer uma marcha fúnebre.

Meus olhos doem pela vontade de chorar enquanto subo os degraus do Salão Confúcio, mas me recuso a deixar as lágrimas caírem. A mostrar fraqueza. Mantenho a cabeça erguida e jogo os ombros para trás, olhando para a frente, como se não estivesse a um passo errado de desmoronar na frente de todos.

Um vento forte sopra, uivando em meus ouvidos e, acima do barulho, ouço uma voz fraca.

— Alice! — chama alguém atrás de mim.

Eu ignoro e ando mais rápido. Não quero falar com ninguém agora, quer tenham boas intenções ou não. Não faço ideia do que vão dizer.

Quando chego ao meu quarto, coloco tudo o que tenho em uma mochila de aparência triste. Na verdade, não tenho muita coisa para levar; uma pilha de certificados e alguns troféus, alguns itens de higiene pessoal e um uniforme que talvez nunca mais tenha a chance de usar.

— Ai, meu Deus. *Alice*.

Eu me sobressalto e levanto a cabeça. É Chanel, com os olhos arregalados enquanto observa o guarda-roupa aberto e a mochila aberta aos meus pés.

Então, sem dizer mais nada, ela atravessa o cômodo e me puxa para um abraço apertado. A princípio fico tensa, surpresa com o súbito gesto de carinho, depois, com certa hesitação, descanso a cabeça em seu ombro ossudo, deixando o cabelo dela fazer cócegas em minha bochecha. Por um momento, todo o terror, incerteza e culpa dos últimos dias me atingem.

Você não pode chorar, lembro a mim mesma, enquanto lágrimas quentes ameaçam transbordar.

— Cara. Eu estava tão preocupada — sussurra Chanel. Ela dá um passo para trás para me olhar nos olhos. — O que *aconteceu?* Achei que você estava com Henry ontem à noite, mas aí eu ouvi as sirenes da ambulância e o sr. Murphy começou a chamar todos nós para fazermos as malas às quatro da manhã, e ele parecia estar assustado pra cacete, fora que os professores não deixaram ninguém ir falar com você no trem. E agora isso?

Ela aponta um dedo em direção à mochila, cujo escasso conteúdo está exposto.

— O que está acontecendo?

— Estou indo embora — digo, sem conseguir demonstrar nenhuma reação.

Chanel me encara.

— *Embora?* Para onde? Por quanto tempo?

Tudo o que consigo fazer é balançar a cabeça. Se eu falar outra palavra, tenho medo de desmoronar.

Mas Chanel não vai deixar para lá.

— A escola está obrigando você a ir embora? — questiona ela, irritada, duas manchas coloridas surgindo em suas bochechas. — Porque o que quer que você tenha feito, não pode ser

Se você pudesse ver o sol 271

tão ruim assim. Além disso, você é uma das melhores alunas daqui. Eles não podem fazer isso. Não vou deixar.

Ela se afasta de mim, já pegando o celular.

Com enorme esforço, consigo reencontrar minha voz.

— O que... o que você está fazendo? — pergunto.

— Vou contar para o meu pai — responde Chanel. Sua boca se contorce em uma careta meio amarga e meio presunçosa.

— Ele tem sido muito gentil comigo desde que descobri... *você sabe o quê.*

Os cantos dos lábios dela se abaixam ainda mais, mas ela continua:

— Aposto que se eu perguntar, ele pode mexer alguns pauzinhos e fazer a escola reconsiderar.

— Não. — Eu a agarro pelos ombros e a forço a guardar o celular. — Não, Chanel, não. Por favor. Quer dizer, agradeço por você sequer pensar nisso, mas não é a escola. Bom, não é *só* a escola. Eu só... não posso ficar aqui agora.

Minha voz falha na última palavra, e os olhos de Chanel anuviam de preocupação.

Nós duas ficamos em silêncio por um tempo: eu tentando respirar com os dentes cerrados e reprimir minhas emoções; ela parada, completamente imóvel, com o olhar fixo no chão.

Então Chanel suspira.

— Meu Deus, que merda.

O enorme eufemismo arranca uma risada trêmula e ligeiramente histérica dos meus lábios, e eu concordo.

— Posso ajudar você a fazer as malas, pelo menos? — pergunta ela, olhando de novo para a mochila. — Ou pedir um carro de aplicativo? Meu motorista deve chegar em breve. Ele poderia dar uma carona para você e seus pais.

A bondade dela me aquece feito o sopro forte de um aquecedor em um dia de inverno. Aperto a mão de Chanel de leve, emocionada demais para falar.

— Não, não, está tudo bem. Eu já estou quase acabando — consigo dizer, por fim pegando meus últimos pertences. — E minha casa fica a quase duas horas de carro daqui. Seria muito longe para o seu motorista.

Antes que Chanel possa protestar, jogo os braços em volta de seu pequeno corpo, esperando que isso possa transmitir tudo, toda a culpa e gratidão, que não sei como colocar em palavras. Então me viro e saio pela porta, deixando de lado o terrível pensamento de que esta pode ser a última vez que verei estes corredores.

Mama e Baba não falam absolutamente nada durante toda a viagem de metrô para casa. É melhor, suponho, do que ouvir gritos em público de novo. Mas não muito.

Quando enfim chegamos ao apartamento deles — *nosso* apartamento, fico me relembrando —, ele parece ainda menor do que eu me recordava. O teto arranha a cabeça de Baba. As paredes estão manchadas de amarelo. Quase não há espaço suficiente para todos nós ficarmos de pé na sala sem esbarrarmos na mesa de jantar ou nos armários.

Mama pega minha mochila e minha mala em silêncio e, por um terrível segundo, tenho a impressão de que vai me expulsar de casa. De que vai me forçar a ir viver nas ruas. De que serei deserdada para sempre.

Mas então ela joga minhas coisas no quarto dela e de Baba, o único quarto do apartamento.

— Você dorme aí — instrui Mama, sem olhar para mim.

— Onde você e Baba vão dormir? — pergunto.

— No sofá.

— Mas...

— Não questione — retruca ela com firmeza, com um tom tão definitivo que só consigo engolir minha indignação e obedecer.

Se você pudesse ver o sol 273

— Obrigada, Mama — sussurro, mas ela já se virou. Se me ouviu, não demonstra.

Engulo o nó na garganta. Só quero que minha mãe me abrace, que me tranquilize como fazia quando eu era criança, mas sei que isso é impossível. Ao menos por enquanto. Então, em vez disso, desfaço as malas, troco os lençóis e tomo banho, fazendo todos os movimentos como uma máquina. Disciplinada. Insensível.

E só quando estou sozinha no quarto deles, com a porta bem fechada, é que cubro a cabeça com as cobertas finas e me permito chorar.

18

Quando acordo na manhã seguinte, minha cabeça está latejando de tanta dor e tenho marcas do travesseiro na bochecha. Por alguns breves e felizes segundos, esqueço que estou de volta em casa. Esqueço por que minha garganta está tão seca, como se eu não bebesse água há dias. Por que meus olhos estão quase fechados de tão inchados.

Então ouço o barulho das panelas, o *clique-clique-clique* do fogão sendo ligado na cozinha — a *cozinha* —, e tudo volta à minha mente numa onda avassaladora e nauseante.

Merda.

Meus pulmões paralisam enquanto as lembranças dolorosas surgem, uma após a outra, me forçando a reviver cada segundo da reunião de ontem, a rever a expressão de profunda decepção no rosto de Baba, a maneira como Mama manteve os lábios franzidos durante a longa viagem de metrô para casa, como se estivesse tentando conter as lágrimas.

Não consigo me lembrar da última vez em que ferrei tudo de uma forma tão catastrófica. Eu nunca fiquei *de castigo* antes; sempre que fazia algo de errado quando criança, como rabiscar nas paredes por acidente ou quebrar um prato, eu era tão dura comigo mesma que Mama e Baba acabavam me confortando em vez de me punir.

Mas dessa vez é diferente. O que fiz foi muito errado de todas as formas possíveis, não tem como negar. Um prato quebrado

Se você pudesse ver o sol 275

pode ser consertado ou substituído, mas quando se machuca *uma pessoa,* não há como voltar atrás.

É isso sem considerar as implicações legais. Se a família de Peter decidir processar... O que, convenhamos, é bem capaz que façam, porque ele é filho único, eu não tenho qualquer poder e eles estão acostumados a fazer o que quiserem. Se a escola decidir me expulsar, colocar "atividade criminosa" em meus registros acadêmicos permanentes ou, pior, se isso acabar indo para o tribunal... Nem tenho certeza de quanto custam os advogados, mas sei que são caros, mil vezes mais caros do que poderíamos pagar, fora que, se alguma das novelas judiciais a que assisti tiverem um fundo de verdade, um caso como esse pode se arrastar por anos. Mas quais seriam as alternativas? Prisão? Será que meus pais seriam forçados a ir para a cadeia em meu lugar, já que sou menor de idade? Ou será que eu seria enviada para algum tipo de centro de detenção juvenil, onde as crianças escondem facas debaixo dos travesseiros e atacam os que têm constituição física mais fraca, como eu?

Um chiado terrível enche a sala, como o de um animal moribundo preso em uma armadilha, e levo um momento para perceber que vem de mim. Estou encolhida na cama em posição fetal, o pânico ameaçando esmagar meus ossos.

Não sei quanto tempo passo assim, tentando sem sucesso me lembrar de como respirar e me odiando, odiando tudo.

Então a voz da Mama atravessa a porta fechada do quarto:

— Sun Yan. Vem comer.

Meu coração parece parar de bater. Agarro-me ao tom de sua voz e tento dissecar cada palavra. Mama só me chama pelo meu nome chinês completo quando está com raiva, mas pelo menos ainda está disposta a me alimentar. A *falar* comigo.

Talvez eu ainda não tenha sido renegada.

Esfrego os olhos para afastar o sono, respiro fundo e saio na ponta dos pés para a minúscula sala de estar, me sentindo uma criminosa em minha própria casa. Quase espero encontrar um advogado, um policial ou talvez um dos assistentes dos pais de Peter sentado em nosso sofá surrado, pronto para me levar embora a qualquer momento. Mas a sala está vazia, exceto por mim e por Mama. Ela não ergue o olhar de sua cadeira à mesa de jantar quando me aproximo. Só empurra meu café da manhã para mais perto de mim.

É o tipo de comida que ela costumava fazer quando eu estava no fundamental: uma tigela de leite de soja fumegante (não daquele tipo sedoso e superdoce que se compra em caixas no supermercado, mas o tipo caseiro que precisa ser filtrado com uma peneira), um ovo cozido já descascado, duas travessas de molho de pimenta Laoganma, legumes em conserva e meio pedaço de mantou branco.

Por mais que eu não esteja com apetite, meu estômago se contrai de fome. Percebo que não comi nada nas últimas 24 horas.

Arranco um pedacinho do mantou e mastigo. O pão macio e um pouco doce ainda está quente. Se ao menos eu não estivesse com tanta dificuldade para engolir a comida...

— Baba vem tomar café com a gente? — pergunto baixinho, com cautela, estremecendo enquanto as palavras sobem pela minha garganta.

Mama não diz nada por um longo tempo. A sala fica em um silêncio mortal, a não ser pelo barulho suave das cascas de ovo e pelo tilintar da colher dela contra a tigela. Então ela enfim responde, ainda sem olhar na minha direção:

— Ele já foi trabalhar.

Sinto uma tristeza profunda.

— Me desculpe, Mama — sussurro, olhando para uma mancha na mesa. — Eu só... Eu queria...

Minha garganta se fecha e fico quieta, lutando contra a súbita pressão das lágrimas. No fundo, sei que não há nada que eu possa dizer para mudar a situação; mesmo que eu esteja passando mal

Se você pudesse ver o sol 277

de arrependimento, mesmo que me desculpe mil vezes, de mil maneiras diferentes, é tarde demais. O passado é permanente.

— Estamos sem ovos de pato.

Levanto a cabeça, certa de que ouvi mal. Não é como se eu esperasse que Mama respondesse às minhas desculpas, mas...

— O quê?

— Preciso ir ao mercado antes do trabalho.

Mama vira a tigela de leite de soja, limpa a boca com as costas da mão e se levanta. Então, pela primeira vez em meses, ela olha para mim. Seu olhar é mais gentil do que eu ousaria imaginar, mais cansado do que irritado.

— Você vem ou não?

Anos se passaram desde a última vez em que vim ao supermercado local com Mama. Depois que me mudei para os dormitórios do Airington, estava longe demais para visitar minha casa com frequência. Mas mesmo durante as férias de verão, recusava os convites de Mama para fazer compras (se é que tentar encontrar o maior repolho possível pelo preço mais acessível pode ser chamado de fazer compras) e, em vez disso, preferia começar os trabalhos escolares para o ano seguinte ou adiantar a lição de casa das férias.

Pouca coisa mudou por aqui desde os meus doze ou treze anos.

As mesmas prateleiras com frutas maduras ainda estão ali: peras-nashi redondas embaladas em espuma branca, melancias cortadas em quatro partes e pitaias inteiras; as mesmas bandejas transbordando dos mesmos doces que costumam ser distribuídos em casamentos: doces de amendoim embrulhados em papel alumínio vermelho brilhante, copinhos plásticos de geleia translúcida, marshmallows grossos com rodelas de morango; as mesmas vitrines da padaria asiática, exibindo os rolinhos de salsicha feitos na hora, os pastéis de nata e os pãezinhos de inhame roxos recheados com chantilly.

Até as pessoas parecem iguais: a menina olhando ansiosamente para a fileira de bolos de frutas, as velhas nainais apertando os olhos para as diferentes marcas de molho de soja.

E enquanto vou de corredor em corredor como um peixe em água doce, seguindo Mama enquanto ela bate numa melancia para verificar se está doce e pesa um saco de sementes de girassol torradas com precisão, uma sensação estranha toma conta de mim.

Paz.

Porque além de não vir ao supermercado há anos, também faz muito tempo que não faço algo que não seja relacionado à escola ou, mais recentemente, ao Pequimtasma. Anos desde a última vez em que não estava tão ocupada, sempre com pressa, me esforçando para ir mais longe e melhorar, que mal conseguia respirar.

A liberdade repentina é vertiginosa. Faz com que eu me sinta… bom, *humana* de novo.

Todo esse tempo, pensei que o apelido Máquina de Estudar fosse uma espécie de elogio. Que isso significava produtividade, níveis de disciplina acima dos humanos, que fui programada para o sucesso.

Agora me pergunto se descreve alguém dedicado só a fazer e não a sentir. Alguém que quase não vive.

As palavras do sr. Chen ressurgem em minha mente:

O que você quer?

A resposta parecia tão óbvia para mim: quero tudo o que as outras pessoas querem, tudo aquilo a que atribuem mais valor. Mas parada aqui no meio de um supermercado lotado, como uma cena de um sonho de infância, a primeira coisa que penso é no programa de inglês que o sr. Chen me recomendou. Bem, não tanto naquele programa em específico, mas na ideia de passar dois meses inteiros só *escrevendo*, ou até mais tempo, para que isso seja o que eu faço de melhor.

— Pronta para ir embora? — pergunta Mama, me arrancando dos meus pensamentos. A cesta que ela segura pela alça com

Se você pudesse ver o sol 279

suas mãos pálidas e rachadas está cheia apenas pela metade com legumes e frutas. O inverno sempre faz com que a pele dela fique mais seca, a cicatriz mais visível.

Estou prestes a dizer que sim, quando vislumbro a pequena farmácia ao lado da seção de temperos.

— Espere aqui — peço, esquivando-me da prateleira mais próxima. — Só preciso ver uma coisinha antes.

Ao longo da semana seguinte, faço tudo o que está ao meu alcance para me distrair.

Acompanho todas as novelas de fantasia mais populares dos últimos anos, do tipo que dura mais de setenta episódios e envolve relacionamentos tão complicados que seria preciso um diagrama para entendê-los. Leio livros que não são *Macbeth* ou clássicos engessados ou textos obrigatórios para o diploma escolar internacional, mas fantasias divertidas com magia e mitologia. Ajudo Mama a cozinhar quando ela está trabalhando, ajudo Baba a dobrar as roupas, por mais que ele ainda não esteja falando comigo. Faço longas listas de tarefas, metas com o critério SMART, planos para daqui cinco anos, depois jogo tudo no lixo por saber que isso é inútil quando meu futuro agora está por um fio tão tênue.

E não importa o que aconteça, tento não pensar em Peter, ou em Andrew She, ou no fato de que a escola deveria ligar a qualquer momento para anunciar qual será exatamente minha punição.

Tento não pensar em Henry Li.

Mas então, uma tarde, quando Baba ainda está no trabalho e eu estou assistindo ao último episódio de *Palácio Yanxi* sozinha no meu quarto, ouço uma batida na porta da frente.

— Alice — chama Mama do lado de fora, e na mesma hora percebo que tem algo de errado. Ela está usando sua voz falsa e educada, que costuma reservar para bate-papos com os vizinhos no parque local ou em grandes reuniões familiares.

Eu me levanto da cama, o coração já acelerado, e respondo:

— Eu?

— Tem alguém aqui que veio te visitar.

Henry Li está parado na nossa sala.

Há algo de tão surreal na cena que parte de mim acredita que não passa de uma alucinação. Henry — com sua postura perfeita, camisa de botão passada e sapatos engraxados, a própria definição de riqueza e privilégio — está ao lado do nosso sofá surrado, das paredes manchadas de amarelo com pedaços de jornal velho colados sobre os buracos.

Ele parece grande demais para o cômodo. Radiante demais. É como um daqueles jogos de "Qual destas coisas não faz parte do conjunto?", mas com uma resposta tão óbvia que chega a doer.

Então Henry olha para mim e me dou conta da minha aparência nesse instante. Estou vestindo o pijama xadrez folgado de Mama, que tem um rasgo enorme nas mangas, meus olhos ainda estão inchados de tanto chorar e faz quatro dias que não lavo os cabelos.

Uma sensação quente e pegajosa preenche meu estômago. A humilhação se transformando em raiva e vice-versa. De repente, quero arrancar a minha própria pele.

— Oi, Alice — cumprimenta ele, a voz esmagadoramente suave.

— Tchau — respondo em um rompante.

E fujo.

Nosso apartamento é tão pequeno que levo apenas alguns segundos para voltar correndo para o quarto, batendo a porta atrás de mim com tanta força que as paredes tremem. Não sentia esse tipo de pânico, essa onda enorme, sufocante e nauseante de adrenalina, desde a última tarefa do Pequimtasma. Desde que tudo deu errado.

Se você pudesse ver o sol 281

Minha mente está em polvorosa quando me jogo na cama, puxando os cobertores para cima da cabeça, como se de alguma forma pudesse fingir que esse pesadelo acabou. Não faço ideia do porquê de Henry estar aqui, mas preciso que ele vá embora. Agora. *Talvez eu possa dizer que desenvolvi algum tipo de alergia rara, mas muito severa, a outros humanos*, penso, desesperada. *Uma alergia que causa asfixia intensa e que pode até matar se alguém chegar a um metro de distância. Ou talvez eu diga que tenho um cachorro aqui que tem pavor de estranhos. Ou quem sabe...*

— Alice?

Ele bate na porta uma vez. Duas vezes. Ouço o leve farfalhar de tecido e o imagino enfiando as mãos nos bolsos, inclinando a cabeça para o lado. A imagem é tão vívida, tão terrivelmente familiar, que sinto uma dor no peito.

— Posso entrar?

Abro a boca para dar uma das minhas desculpas esfarrapadas, mas engasgo com as palavras. Mesmo depois de tudo o que aconteceu, continuo sendo uma péssima mentirosa. Talvez seja melhor assim.

— Hã, só um segundinho — respondo, me levantando da cama.

Em um único movimento, recolho a roupa suja, os pacotes vazios de salgadinhos e as pilhas de lenços de papel dos lençóis e coloco tudo em uma cesta, me encolhendo ao pensar em Henry testemunhando tamanha bagunça. Quando tenho certeza absoluta de que não há mais sutiãs ou meias imundas por aí, abro a porta.

— Obrigado — diz Henry. Seu tom e sua expressão estão tão formais que sinto vontade de rir.

Ele entra e examina cuidadosamente o minúsculo quarto, como se estivesse procurando algo para elogiar. Sempre tão educado. Por fim, Henry aponta para uma estátua de plástico de um tigre ao lado da cama que foi um presente de Xiaoyi para

Mama no Festival Lunar, o único objeto no quarto que não é uma necessidade básica.

— Isso é muito legal — comenta.

— Obrigada. É da minha mãe.

Ele abaixa a mão depressa.

Penso se, por cortesia, devo oferecer um lugar para que Henry possa se sentar, mas aqui mal tem espaço para ele ficar em pé.

— Desculpe, esse lugar é tão pequeno — murmuro, depois percebo com quem estou falando. E me lembro de como ele costuma agir em espaços tão apertados. — Calma. Você não está com...

— Estou bem — responde Henry, apesar de não *parecer* bem. Agora que está tão perto, consigo distinguir as linhas familiares de tensão em seu ombro e sua mandíbula.

Deus. Como se eu precisasse de outro motivo para achar tudo isso uma péssima ideia.

— É melhor você sair — sugiro. — Quer dizer, não que eu esteja expulsando você ou coisa do tipo, mas se não estiver se sentindo confortável...

— Eu *quero* estar aqui — retruca ele, como se isso resolvesse tudo. Depois acrescenta, baixinho: — Já faz muito tempo desde a última vez em que nos vimos. Eu...

Ele limpa a garganta.

— Senti falta de brigar com você na escola.

Meu coração para.

— Digo o mesmo. — Eu me permito mais dois segundos para pensar nas últimas palavras que Henry disse, na expressão em seu rosto enquanto ele falava, antes de perguntar: — E por falar em escola... Como andam as coisas por lá?

— Bom, Peter ainda não recebeu alta do hospital.

Todo e qualquer pensamento relacionado aos olhos escuros e lábios entreabertos de Henry se esvaem em uma onda esmagadora de náusea. Não consigo deixar de imaginar o rosto pálido e quase sem vida de Peter, completamente imóvel, preso a um

Se você pudesse ver o sol 283

monitor de frequência cardíaca e a uma bolsa de soro, com os pais chorando ao lado dele.

— Ai, meu Deus. Ele está…

— Não — responde Henry depressa. — Não, não é tão ruim assim. Ele sofreu uma leve concussão, mas, em teoria, já deve conseguir ficar tranquilo agora. São os pais dele que querem que continue lá. Estão paranoicos, com medo de que ele se machuque de novo. O que é de se entender, claro.

— Claro — repito, abraçando um travesseiro. Meus batimentos ainda não voltaram ao normal.

— Sabe, para ser sincero — acrescenta Henry, de repente —, parte de mim esperava que você voltasse para buscar Peter.

— Você… esperava?

Eu me inclino para trás, sem saber como responder. Não sei se quero continuar falando disso.

Mas Henry prossegue:

— Porque no fundo…

Eu o encaro.

— No fundo, bem, *bem* lá no fundo — ele se corrige —, você não é tão terrível quanto tenta parecer.

— E olha onde vim parar — digo com amargura, embora não seja de propósito, não *de verdade*. Tive tempo para me arrepender de muitas coisas, mas, de alguma forma, voltar para buscar Peter não é uma delas.

— Viu? — Henry gesticula em minha direção, com as sobrancelhas erguidas. —É disso que estou falando.

Ele faz uma pausa.

— Nunca entendi direito por que você insistia em criar um aplicativo assim, em se forçar a ser alguém que não é.

— Não é tão simples assim.

— Mas eu…

— *Você não entende* — retruco. Quero parecer irritada, afastá-lo, mas minha voz sai tão fina e frágil quanto uma casca de ovo. — Você, você e todos os alunos do Airington… Tudo o que vocês têm é luz. Luz, glória, poder e o mundo inteiro na palma da mão, para que peguem tudo o que quiserem.

Respiro fundo, trêmula, abraçando o travesseiro com mais força e enterrando o queixo nele.

— É pedir demais que pessoas como eu também tenham um pouco dessa luz?

Henry fica em silêncio por um longo tempo. Observo o leve movimento em seu pescoço, a tensão aumentando em seus ombros. Seu olhar se fixa no meu.

— Não — responde ele baixinho. — Claro que não.

— Então por quê... — Minha voz falha. Eu inspiro, tento de novo. — Por que me sinto tão cansada o tempo todo, caramba?

Ele abre a boca. Fecha.

E, apesar de tudo, reprimo uma risada.

— Nunca vi você tão sem palavras antes.

— Sim, bem... — Henry desvia o olhar. — Admito que realmente não sei o que dizer.

— Olha, você não precisa falar nada.

— Preciso, sim. — Ele muda um pouco de posição. Sua atenção se volta mais uma vez para o tigre de plástico e depois para mim, com uma expressão de dor. — Eu não sabia que sua família vivia assim. Quer dizer, eu suspeitava, mas...

— Sim — murmuro, me obrigando a engolir aquela mesma sensação horrível e incômoda de antes: o desejo de correr, de me esconder, de me transformar em outra pessoa, *qualquer* pessoa, menos eu.

O desejo fica ainda mais forte quando Henry pergunta, com ar de quem acabou de compreender algo tão óbvio que mal consegue acreditar que levou tanto tempo para chegar a esta conclusão:

— Foi por *isso* que você teve a ideia do Pequimtasma? Para pagar... para pagar as contas?

Acho que não adianta mais negar.

Se você pudesse ver o sol 285

— Não as contas. — Cravo as unhas mais fundo no travesseiro. Nesse ritmo, é bem capaz que eu abra um buraco no tecido. — Só as mensalidades escolares e umas outras coisas.

— Se eu soubesse... Alice, você sabe que não me importo com minha parte dos lucros, não é? Não entrei nessa por causa do dinheiro.

— Bem, que bom, porque você com certeza não vai receber sua parte — respondo, uma brincadeira com fundo de verdade.

— Não é justo — declara Henry após uma pausa, e fico surpresa com o tom de raiva em sua voz. — Você é, sem sombra de dúvidas, a pessoa mais inteligente da nossa turma. Não, de toda a escola. Não deveria ter que usar poderes sobrenaturais para ganhar dinheiro só para estudar no Airington com todos nós. Sério, isso é...

Ele passa a mão agitada pelos cabelos.

— É ridículo, é isso. Você merece estar lá mais do que pessoas como Andrew She. Você merece estar lá mais do que eu.

Fico olhando para ele.

— Henry... Você acabou de admitir que sou mais inteligente que você?

Ele me lança um olhar meio exasperado e meio afetuoso.

— Não me faça dizer isso de novo.

Sinto os cantos dos meus lábios se contraírem, e a tensão entre nós parece diminuir um pouco.

— Mas falando sério. Me desculpe por não ter notado nada antes — diz Henry depois de um instante. Ele está falando devagar, como se primeiro avaliasse cada palavra em sua cabeça. — Você não deveria estar envolvida nessa confusão e com certeza não deveria ser a única a assumir a culpa pelo que aconteceu.

— Não deveria, mas estou — lembro a ele. — É assim que o sistema funciona. Não tenho os contatos certos, nem dinheiro para contratar um bom advogado, nem pais que doaram milhões para a escola.

286 Ann Liang

— Mas você tem a mim — afirma Henry, com um olhar intenso. — Sou responsável pelo Pequimtasma também e farei tudo o que puder para ajudar. Na verdade, esse é um dos motivos por que vim até aqui.

— Como assim?

Ele tira o celular do bolso e o segura para eu ver. O familiar logotipo do Pequimtasma pisca para mim.

— Achei que seria mais seguro para todos os envolvidos se desativássemos o aplicativo antes que os pais de Peter ou a polícia decidam investigar mais a fundo.

Eu já tinha pensado nisso antes, mas ainda assim parece muito repentino.

— Desativar agora mesmo?

— Você prefere fazer uma festa de despedida primeiro? Ter um tempinho para escrever um discurso comovente? — ironiza Henry, mais parecido com seu eu normal. — Ou talvez esperar até o décimo dia do calendário lunar, quando o Sol e a Lua se alinharem?

— Tudo bem — resmungo, mudando de posição para poder ver a tela do celular dele com mais clareza. — O que precisamos fazer?

— Para sua sorte, já configurei tudo. — Ele sai do aplicativo e uma página preta aparece, repleta de pequenas linhas de código multicoloridas que não consigo compreender. — Tudo que preciso é da sua permissão e o aplicativo desaparecerá. Será apagado para sempre. Removido permanentemente.

— Tá, já entendi — respondo.

Sei que Henry estava brincando sobre a festa de despedida e que o aplicativo me causou mais dor do que qualquer outra coisa nos últimos meses, mas ainda sinto uma leve pontada de tristeza. Já passamos por muita coisa juntos. E, no final das contas, o Pequimtasma me deixou com mil remimbis mais rica, isto é, se a polícia não se envolver e me obrigar a devolver o dinheiro.

— Só… anda logo.

Se você pudesse ver o sol 287

Ele encosta o dedo na tela. Olha para mim.

— Tem certeza?

Reviro os olhos, mas concordo.

— Três...

Abraço o travesseiro com mais força. Passo a língua pelos lábios rachados.

— Dois...

É *melhor assim*, lembro a mim mesma. Quanto menos provas, mais leve será a punição.

— Calma — pede Henry, franzindo a testa.

Uma notificação apareceu na página: *Rede móvel indisponível*.

— Bom, e lá se foi o clima — murmuro, pegando o celular dele e erguendo-o em diferentes ângulos. — Desculpe por isso. Eu deveria ter avisado, às vezes a conexão é uma bela porcaria por aqui.

— Talvez eu possa tentar um dos meus outros celulares — sugere ele.

— Não sei, geralmente não... — Paro quando uma ideia surge em minha mente. Deixo cair o celular e me viro para encarar Henry. Meu coração está batendo forte só de imaginar as possibilidades. Se funcionar... — Na verdade, não vamos desativar o aplicativo.

— Perdão?

Eu sorrio.

— Tenho uma ideia melhor.

Quatro horas depois, Henry e eu estamos olhando para um artigo recém-concluído de cinco páginas, um rascunho de e-mail e o aplicativo Pequimtasma.

Embora o logotipo do fantasma de desenho animado e o nome ainda sejam os mesmos, todo o resto do aplicativo mudou. A página inicial não promete mais total confidencialidade e anonimato, nem informa o método de pagamento preferido, mas, em vez disso, incentiva os alunos do Airington a "se manterem em dia com os estudos".

Todas as mensagens privadas anteriores também foram apagadas, substituídas por perguntas inócuas de diferentes contas — graças aos muitos celulares de Henry e Chanel — sobre resultados de testes, o mais recente trabalho de química e diferentes interpretações de *Macbeth*.

Bem, nem *todas* as mensagens. As longas instruções de Andrew She para sequestrar Peter ainda estão lá, em negrito, bem como sua oferta original de um milhão de remimbis em troca da tarefa.

— Tá, vamos repassar a história mais uma vez — digo a Henry, que agora está sentado de pernas cruzadas na cama ao meu lado. — Como acabei aceitando a oferta do Andrew no Pequimtasma?

Henry assente e se endireita como se estivéssemos prestes a fazer uma prova, depois recita a resposta com uma velocidade impressionante:

— No início do ano letivo, decidi criar um aplicativo de estudo para praticar design de experiência do usuário. A ideia principal era que, por meio do aplicativo, qualquer pessoa no Airington pudesse ajudar uns aos outros a responder perguntas relacionadas à escola, ao mesmo tempo em que ganhava algum dinheiro extra como incentivo. Todas as contas são anônimas, mas existe um sistema de pontuação que atribui pontos extras àqueles que ofereceram mais ajuda e, portanto, têm mais credibilidade. E como você era, de longe, a conta com a melhor classificação, tinha a fama de enfrentar quaisquer problemas que surgissem, independentemente do assunto ou da dificuldade...

— Andrew percebeu que eu precisava muito do dinheiro, o que me tornava a pessoa com maior probabilidade de aceitar sua oferta e realizar o trabalho — termino, batendo palmas. — Isso parece plausível, não é? Tipo, específico, mas não muito específico?

Se você pudesse ver o sol 289

— É — responde Henry. — E se isso não convencer a escola, seu artigo fará isso.

Espero que sim, penso comigo mesma. Escrever o artigo foi estranhamente catártico. Coloquei tudo de mim — tudo o que vivenciei nos últimos cinco anos, todas as grandes injustiças e pequenas decepções, todos os meus medos ruidosos e esperanças silenciosas, todo o tempo que passei dentro e fora do círculo de elite do Airington — naquelas palavras. Agora, só tenho que fazer valer.

— Então. — O dedo de Henry paira sobre o botão de enviar na tela. — Está pronta?

Mordo o interior da bochecha e tento agir como se não me sentisse enjoada só de pensar em enviar um e-mail para a diretoria da escola.

— Estou.

Antes que eu tenha tempo de me arrepender, o e-mail sai da minha caixa de entrada com um som alto e sibilante.

Agora, não tem como voltar atrás.

No silêncio que se segue, ouço passos altos, misturados com as vozes de Baba e Xiaoyi; algo sobre tirar os sapatos. Devem ter acabado de chegar.

Henry também os ouve. Ele penteia rapidamente os cabelos com as duas mãos, como se já não estivessem perfeitos, ajeita o colarinho da camisa e se levanta. Então, percebe que estou olhando para ele.

— Que foi?

— Onde... onde você acha que vai? — gaguejo.

— Vou me apresentar pro seu pai, é óbvio — responde Henry, agora se dirigindo à porta. — É o mínimo de educação.

Eu o agarro pela camisa e puxo na minha direção.

— Não. Nananinanão. Você não pode ir lá.

— Por que não?

— Mal estou falando com meu pai no momento — sibilo, me recusando a soltar a manga dele. — Se ele me vir saindo do quarto com você, vai pensar... vai pensar...

— O quê? — Henry ergue uma sobrancelha, me testando. Me provocando. — O que ele vai pensar?

Meu Deus, me ajude.

— *Você sabe o quê* — vocifero. Sinto todo o meu rosto queimar. — A questão é que é uma péssima ideia.

Mas, em vez de se deixar desencorajar, Henry abre um daqueles sorrisos presunçosos e atraentes que costumavam me irritar tanto. Ainda irritam, mas mais porque me fazem olhar por tempo demais para a boca dele.

— Não se preocupe. Todos os pais me amam. Com certeza vou causar uma boa impressão.

Enquanto considero os riscos de esconder Henry debaixo da cama em vez de apresentá-lo à minha família, a voz de Xiaoyi atravessa a porta.

— ... Yan Yan está lá dentro?

— Ela está com visita — responde mamãe.

Bom, acho que tomaram a decisão por mim.

Com um rápido olhar de advertência para Henry, solto a camisa dele e entro na sala.

Xiaoyi, Mama e Baba estão todos sentados no sofá, com um prato de maçã descascada e cortada em cubos diante deles, um conjunto de palitos de dente ao lado.

—Yan Yan! — me cumprimenta Xiaoyi toda alegre, levantando-se e arrastando os chinelos. — Ouvi dizer que agora você é uma criminosa!

Tanto Baba quanto Mama fazem uma série de ruídos de desaprovação.

— Por favor, não a encoraje — murmura Mama em chinês.

Mas Xiaoyi já voltou a atenção para Henry, parado ao meu lado. Não estou exagerando quando digo que seus olhos literalmente se iluminam, tão boquiaberta que o queixo quase encosta nos pés. Seria de se pensar que ela nunca viu um garoto alto, bonito e bem-vestido da minha idade antes.

Tudo bem, tudo bem. Ela nunca viu mesmo.

Se você pudesse ver o sol 291

Ainda assim, não precisava parecer *tão* surpresa.

— Ah! — exclama, olhando Henry de cima a baixo pelo menos cinco vezes. — *Ah!* Quem é esse?

— É um prazer conhecê-la — declara Henry antes que eu possa responder, trocando para o mandarim com naturalidade para se dirigir a Baba e a Xiaoyi. Seu sorriso é brilhante e sincero, a cabeça inclinada em um ângulo respeitoso. — Meu nome é Henry Li, estudo na mesma escola que Alice. Eu só queria ver como ela estava.

Minha tia está toda derretida.

Baba parece menos entusiasmado com a presença de Henry. Suas sobrancelhas estão franzidas.

— Você veio da escola só para ver nossa Alice?

Henry assente.

— Sim, shushu.

É o termo educado e apropriado a ser usado, mas a carranca de Baba só se aprofunda. Ele se levanta, se aproxima para ficar frente a frente com Henry e pergunta, falando devagar:

— Você está namorando minha filha?

Meu. Deus. Com certeza teria sido melhor esconder Henry debaixo da cama.

— Não, não, claro que não — respondo depressa para Baba.

Ao mesmo tempo, Henry diz:

— Sim.

Viro a cabeça tão rápido que ouço meu pescoço estalar e meu coração disparar em frenesi. *Não é possível.* Henry responde meu olhar incrédulo com um sorriso, e não sei se quero estrangulá-lo ou abraçá-lo.

É tudo muito confuso.

— Mas não oficialmente — acrescenta Henry, voltando-se para Baba. — Como ainda somos estudantes do ensino médio, precisamos primeiro nos concentrar nos estudos, é claro. Mas fico feliz em esperar e torço para que, no futuro...

— O futuro de Alice está muito incerto agora — interrompe Baba, com uma expressão severa. — Não é hora de brincar com isso.

Henry não vacila. Nem pisca.

— Eu sei, e estou falando cem por cento sério. Aconteça o que acontecer, ela é inteligente o bastante para superar tudo isso, e eu estarei lá para apoiá-la.

Há uma longa pausa enquanto Baba encara Henry. Meu coração continua batendo forte.

— Humph — diz Baba por fim, o que na verdade é uma resposta muito melhor do que eu esperava. Vindo dele, é quase um convite para entrar para a família.

Solto um suspiro discreto e silencioso. Henry dá uma piscadinha para mim.

— Espera aí! — Xiaoyi de repente dá um tapa na coxa como se tivesse acabado de ter uma grande epifania, fazendo todos, exceto Henry, pularem. — Este é o Henry Li? O garoto de quem você fala sem parar desde o oitavo ano? Seu — ela faz grandes aspas no ar com as mãos — *maior rival acadêmico*? Aquele com quem você sempre tem que dividir os prêmios?

Eu coro.

— Hã...

Henry se inclina com grande interesse.

— Ah? Então ela fala muito de mim?

— *Muito* — confirma Xiaoyi generosamente, e eu cogito fugir da cidade.

— O que mais ela disse? — pergunta Henry com um brilho no olhar. — Ela mencionou alguma coisa sobre o...

— Quer saber? — Entro no meio dos dois, furando um pedaço de maçã com um palito e enfiando-o na boca de Henry. — Talvez seja melhor comermos primeiro, sabe como é. E ficarmos as próximas três horas sem falar. Ou quem sabe pra sempre.

Xiaoyi olha para mim toda alegre.

— Yan Yan, seu rosto está muito vermelho.

Se você pudesse ver o sol 293

— Eu... Muito obrigada por ressaltar isso.

Henry emite um som que parece uma risada abafada. Faço uma careta e o forço a comer outro pedaço de maçã, me esforçando para não reagir quando seus lábios roçam meus dedos, para não notar o quanto sua pele está quente.

A sala fica em silêncio por três maravilhosos segundos antes de Xiaoyi começar a falar de novo.

— Diga lá, qual é o seu shengchen bazi? — pergunta ela para Henry como quem não quer nada.

Shengchen bazi: Os Quatro Pilares do Destino. Por exemplo, a hora exata do nascimento de uma pessoa é usada para calcular seu destino e sua disposição para o casamento. A julgar pela expressão de Henry, ele sabe exatamente o que Xiaoyi quer dizer.

Enquanto procuro alguma maneira de dissuadir minha tia de planejar nosso casamento, meu celular vibra. Eu o pego e atualizo a caixa de entrada: *Uma nova mensagem*. Abro o e-mail e...

Meu coração vai parar na boca.

Por mais que isso estivesse nos planos, ainda é um pouco desconcertante receber um e-mail vago e passivo-agressivo da diretoria do Airington concordando com uma reunião o quanto antes.

— O que aconteceu?

Eu me assusto com a voz da Mama e, quando ergo o olhar, todos estão olhando para mim: Henry, com uma expressão sombria e cúmplice; Baba e Mama, preocupados; e Xiaoyi, com grande curiosidade. Eu me pergunto que destino ela poderia prever para mim se eu desse meu shengchen bazi neste exato instante, para que direção os eventos de hoje podem levar.

— É a escola — declaro, feliz porque, tecnicamente, não estou mentindo. Então me viro para Henry. — Temos que ir pra lá agora mesmo.

294 Ann Liang

19

— **Andrew.** Que bom que você recebeu minha mensagem. Andrew She quase cai da cadeira ao me ver entrar na sala de reunião da escola. Ele está sentado em uma mesa oval gigante com espaço para pelo menos oito pessoas, mas no momento somos só nós dois aqui. Do jeitinho que eu queria. O lugar é perfeito para conversas particulares; estamos longe das salas de aula, a porta está fechada, não há nenhuma janela no recinto e o aquecedor no teto faz barulho o bastante para mascarar o que com certeza será uma conversa muito interessante.

— Alice — resmunga Andrew, passando a língua pelos lábios. — O quê... o que você está fazendo aqui? Achei que tivesse saído da escola.

Não digo nada. Pego a cadeira em frente a ele, cruzo os braços e espero até que entenda minha frase. Olho com atenção enquanto ele parece ficar sem graça.

Um, dois, três...

— Calma aí. — As sobrancelhas dele se juntam até praticamente formarem uma única linha, feito um corte escuro na testa.

— Foi *você* que me mandou a mensagem? Achei que Henry...

— Bom, é óbvio que você não teria vindo se soubesse que eu queria falar com você.

Minhas palavras pairam pesadas no ar entre nós, e estou, ao mesmo tempo, surpresa e empolgada ao perceber como soo ameaçadora. Para ser sincera, não é nem atuação: a raiva que

Se você pudesse ver o sol 295

estou sentindo é natural. Só preciso pensar na solicitação de sequestro que Andrew enviou e no fato de que ele tem andado pela escola como se estivesse tudo bem, como se fosse *inocente,* enquanto eu passo os dias chorando sozinha no quarto.

— Você também recebeu um e-mail da escola?

Andrew arregala bem os olhos, depois os estreita.

— Sim, recebi. A escola me contou sobre as suas acusações. — Ele balança a cabeça de um lado para o outro. — Não acredito que você mentiu sobre o aplicativo.

— Não foi bem uma mentira — argumento, me inclinando para a frente e apoiando os cotovelos na mesa. Pode ser que, na viagem de carro até aqui com Henry, eu tenha pesquisado as *posturas que demonstram mais poder.* E pode ser que ele tenha rido da minha cara. Mas, ao que parece, está funcionando. — Você literalmente me contratou para sequestrar Peter.

— Foi você... você que o sequestrou.

— Obedecendo ordens suas — retruco. — Posso ser cúmplice, mas o culpado é você.

— Até parece. Quem vai decidir isso é o advogado da minha família.

— Não, ele não vai.

Andrew pisca para mim. Sua expressão perde a firmeza por um segundo. É óbvio que ele esperava me intimidar com a cartada do advogado. Pessoas ricas conseguem ser tão previsíveis às vezes.

— Tenho o direito de processar você por difamação — insiste Andrew, apesar de parecer mais incerto do que antes. — Podemos investigar mais a fundo.

— Você até *poderia* me processar — concordo, mudando para outra das dez posturas de poder mais eficazes de todos os tempos —, mas eu não faria isso se estivesse no seu lugar.

— O que...

Com dois dedos, retiro as chaves da BMW que guardei no bolso e as exibo, deixando o metal brilhante refletir as luzes artificiais. Andrew fica pálido. O aquecedor acima de nós ruge mais alto.

— Seus homens deixaram isso cair naquela noite — anuncio com alegria. Ele abre e fecha a boca como um peixinho dourado.

— Onde você... — Andrew para de falar. Em vez disso, bate as unhas na superfície polida da mesa, desviando o olhar.

— Tanto faz. Isso não importa. Você não vai conseguir provar que o carro...

— Não vou? E se eu falar que as chaves são de um carro com a placa N150Q4? — falo por cima dele, saboreando a expressão no rosto de Andrew quando reconhece o número. Uau, isso é ainda melhor do que responder corretamente a uma pergunta na frente da turma. — Entre isso, a mensagem que você me mandou no Pequimtasma e o advogado que Henry vai me emprestar, tenho algumas boas evidências contra você.

— Calma aí, ele vai emprestar um advogado? *Henry Li? Pra você?*

Parece que Andrew só se deu conta da natureza do meu relacionamento com Henry neste exato instante, e que se odeia por isso.

Dou de ombros.

— Bom, a empresa do Henry tem doze advogados. Todos formados em Harvard, Tsinghua ou Universidade de Pequim. Ele com certeza pode me ceder um se as coisas ficarem feias para o meu lado.

Uma veia escura se sobressalta na testa de Andrew. Ele não para de suar, seja pelo calor ou pelos nervos à flor da pele. Não sei dizer. Talvez sejam as duas coisas.

De todo modo, aproveito a oportunidade para continuar falando.

— Olha, Andrew, meu tempo está acabando, então vou deixar tudo bem explicadinho pra você. Se levar esse caso para o tribunal ou me processar, se você ousar, de alguma forma, tentar se absolver desse crime, com certeza vai perder. E também vai gastar tempo, dinheiro e recursos...

— Você também — interrompe Andrew.

— Eu sei — digo, mantendo a voz calma. — Mas eu não tenho que me preocupar com uma promoção importante em empresa nenhuma. Se esse caso explodir e, por um acaso, a notícia se espalhar, se as pessoas souberem que você e seu pai contrataram alguém para sequestrar um adolescente só para garantir uma promoção... Bom, não ia ficar nada bonito pra vocês, né?

— Não. — Ele balança a cabeça. Mais suor se forma ao longo da linha de seu cabelo e escorre pela bochecha. — Não. *Não*. Isso não é...

Andrew para de falar, congelando no lugar, como se tivesse acabado de pensar em uma solução. Em seguida olha para mim.

— Você tinha outros clientes no Pequimtasma, não tinha?

— E daí?

— Eles seriam capazes de provar que você está mentindo. Pequimtasma não era um aplicativo de estudo, era um *aplicativo criminoso*. Com eles me apoiando...

— Você sabe quantos segredos dos alunos da nossa turma eu tenho em mãos? — Ergo as sobrancelhas. *Achou mesmo que eu não teria levado isso em consideração?*, penso. — Mesmo sem precisar chantagear ninguém, você acha mesmo que eles vão revelar de bom grado para a escola ou para a polícia o que me contrataram pra fazer?

As narinas de Andrew inflam; os lábios formam uma linha taciturna. Estou certa e ele sabe disso. Andrew parece tão derrotado, tão indefeso, com o corpo enorme curvado sobre a mesa baixa que por um momento quase sinto pena dele.

Quase.

— Tá bom, tá bom, tá bom. Você venceu — murmura ele, por fim. — O que quer que eu faça?

Tento não demonstrar o quanto essa nova dinâmica é estranha para mim; sou sempre *eu* a fazer o que os outros querem, desesperada para concordar com praticamente qualquer coisa.

— É só concordar com tudo o que eu disser — instruo.
Minha boca fica seca de repente, provavelmente de ansiedade
pelo que está por vir. Eu gostaria de ter lembrado de trazer uma
garrafa de água. Tinham tantas no banco de trás do carro da
empresa de Henry. — Uma representante da diretoria da escola
irá se reunir conosco daqui a pouco.

Andrew franze a testa.

— *Daqui a pouco?* Quando?

Pego o celular e mando uma mensagem breve para Henry:
feito. Ele responde na mesma hora com um joinha.

— Tipo, agora mesmo.

Bem na hora, as portas da sala de conferências se abrem e
Henry e Chanel entram como personagens de um filme. É sério. Não ficaria surpresa se eles se movessem na minha direção
em câmera lenta e uma música dramática começasse a soar
ao fundo. Como, em teoria, as aulas já acabaram a essa altura,
nenhum dos dois está de uniforme. Henry está tão lindo que
é quase uma distração, vestido com o tipo de terno preto sob
medida que o faria se encaixar perfeitamente em Wall Street,
e Chanel está com um blazer requintado, com acolchoamento
nos ombros e botões dourados.

Ao lado deles, meu suéter de supermercado, comprado com
desconto, deve parecer ainda mais barato e mais triste do que o
normal. E é exatamente esse o objetivo. Quando mandei mensagem para Chanel hoje de manhã, pedindo ajuda para esta reunião, pedi que ela usasse as roupas mais chiques que pudesse.
Fiz o mesmo com Henry.

Para que meu plano funcione, preciso engolir meu orgulho
e me fazer de estudante desesperada que só aceitou cometer
um crime para sobreviver.

Seguindo Henry e Chanel, uma mulher que só pode ser
Madame Yao, representante da diretoria da escola, entra no recinto. Ela não caminha, ela *desliza* para dentro da sala de conferências, se movendo de maneira fluida feito um tubarão na

Se você pudesse ver o sol 299

água. Tudo nela é elegante e irritantemente preciso, desde o colar de pérolas delicadas dispostas em volta do pescoço e dos cabelos grisalhos e curtos que parecem desafiar a gravidade até os ângulos duros e os vincos de seu rosto sério.

Mesmo de salto alto, ela é mais baixa do que eu, mas consegue se elevar acima de todos enquanto se senta na ponta da mesa, mal reagindo quando Henry ajuda a puxar a cadeira para ela, como o bom cavalheiro que é.

Ela passa muito tempo sem falar. Só encara cada um de nós com seus olhos escuros e frios: primeiro Andrew, depois Chanel e Henry, que agora estão ao meu lado, e por fim eu.

Apesar do ar quente que sai com força total do aquecedor, meus dentes estão batendo sem parar.

— Sun Yan, certo? — pergunta Madame Yao, enfim quebrando o silêncio. Seu sotaque é parte britânico, parte malaio e outra coisa que não consigo identificar. Tudo o que sei é que ela tem a aparência e a voz de uma pessoa que nasceu rica e que é bem provável que me odeie. — Acredito que nos correspondemos por e-mail.

— Sim. — Tento imitar com o tom formal dela. — Obrigada pela resposta tão rápida.

Ela me ignora.

— E este... — Ela se vira para Andrew, que imediatamente se endireita na cadeira. — Este é Andrew She? O estudante que entrou em contato através do aplicativo de estudos chamado Pequimtasma e ofereceu dinheiro em troca da execução do sequestro?

Lanço um rápido olhar de advertência a Andrew.

Ele faz cara feia, mas concorda.

— S-sim. Eu mesmo.

— Bem. — Madame Yao funga. — Eu gostaria que não tivéssemos que nos conhecer nestas circunstâncias infelizes. Espero que saibam que a diretoria da escola está bastante decepcionada com vocês dois. Já é bastante difícil administrar uma das melhores escolas de Pequim sem ter que lidar com a probabilidade de um grande processo judicial. Os pais do Peter ainda estão *muito* zangados, como tenho certeza de que podem imaginar, e *alguém* terá de assumir total responsabilidade. Afinal, Airington nunca toleraria um comportamento criminoso tão baixo.

Duvido que seja uma coincidência seu olhar pousar em mim. O alvo fácil. A única que não paga a mensalidade integral, que não tem condições de doar prédios escolares inteiros. Apesar da confissão de Andrew, ainda é mais conveniente para a escola se *eu* for a culpada, não ele.

Eu cerro os dentes. Para ser sincera, parte de mim esperava resolver toda essa situação de uma forma educada e sem confrontos, mas acho que isso está fora de questão. Madame Yao não consegue nem olhar para mim sem um quê de desprezo.

Hora de partir para a ofensiva.

— Alguém deveria assumir a responsabilidade — concordo com uma calma forçada. — O que me lembra: você leu o artigo que enviei?

A voz dela soa fria.

— Não consigo ver a relevância disso neste momento.

— Ah, não? — Vai contra todos os meus instintos falar assim com uma figura de autoridade, mas sigo em frente. — Porque o artigo deveria oferecer uma perspectiva muito diferente dos acontecimentos que levaram ao sequestro. É a *minha* perspectiva. Caso seja publicado, quem você acha que o público iria defender? A menina da classe trabalhadora que aceitou ajudar o colega rico a cometer um crime só para pagar a escola ou o colega que planejou tudo para ganho pessoal e ainda assim recebeu o benefício da dúvida de todos os responsáveis?

Os lábios finos de Madame Yao se pressionam até ficarem quase brancos. É, ela com certeza me odeia.

— Aposto que as pessoas também achariam interessante que eu tenha sido colocada numa posição tão difícil, para começo de conversa — acrescento. — Quer dizer, o segundo principal lema do Airington é que é um colégio acessível a todos, não? Que acolhe estudantes de diferentes origens? No entanto, vocês têm um campo de minigolfe de vinte milhões de remimbis e só oferecem uma única bolsa de estudos para todo o corpo discente. E nem ao menos é uma bolsa *integral*. Você tem noção do que são 150 mil remimbis? Quanto tempo levaria para alguém abaixo da classe média alta ganhar isso?

Quanto mais falo, mais irritada fico e mais firme minha voz parece. Penso em todas as pessoas como eu, como Lucy Goh ou Evie Wu, ou mesmo a jovem do restaurante com o pai de Chanel. Os negligenciados, os azarados, os que querem mais do que receberam. Aqueles que têm que rastejar, raspar e lutar para se erguer de baixo, que têm que manipular um sistema projetado contra eles. Sempre os primeiros a serem punidos e culpabilizados quando as coisas dão errado. Sempre os últimos a serem vistos, a serem salvos.

E eu sei que isso não vai mudar em questão de dias ou mesmo anos, mas talvez possa começar com algo assim: comigo, sentada em frente a Madame Yao, com Henry e Chanel posicionados ao meu lado, lutando contra o poder dos poderosos pouco a pouco.

— Você acredita que alguém deveria assumir a responsabilidade — diz Madame Yao rigidamente, quando paro para respirar. — Mas com base no que estou ouvindo agora e no que li, não acha que esse alguém deveria ser você, correto?

Apoio as mãos na mesa.

— Olha, não estou dizendo que sou inocente nessa história, ou que sou a vítima dessa situação toda. Fiz escolhas erradas e lamento, de todo coração, que Peter tenha se ferido. Não deveria ter chegado a esse ponto. *No entanto* — acrescento, antes que Madame Yao tente distorcer minhas palavras de novo —, estou, *sim,* dizendo que este caso deve ser tratado de forma justa e que as consequências devem ser proporcionais às nossas ações, não ao nosso lugar na sociedade.

— É claro que vamos lidar com isso de forma justa — responde Mada Yao, com tanto desdém que talvez fosse mais fácil dizer, logo de cara, que está mentindo. — Mas mesmo que não o fizéssemos, você espera mesmo que um único artigo não publicado influencie nossa opinião?

Chanel dá risada.

Madame Yao olha para ela, piscando repetidas vezes.

— Posso saber qual é a graça, srta. Cao?

Considerando tudo, acho que não deveria me surpreender que Madame Yao não tenha problemas em identificar Chanel imediatamente, mas isso ainda faz meus dedos se fecharem.

— Ah, nada, na verdade — fala Chanel com alegria. — Mas eu não subestimaria o poder de *um único artigo* se fosse você. Não sabe como as coisas viralizam com facilidade hoje em dia? Ainda mais quando são postadas em uma plataforma com vinte milhões de seguidores ativos?

Enfim, a máscara de pedra da Madame Yao começa a rachar.

— Receio que você precise ser mais específica. O que é... de que plataforma você está falando?

Henry dá um passo para a frente, o braço apoiado deliberadamente nas costas da minha cadeira: uma forma casual de fazer com que todos se lembrem de que está aqui para me defender.

— Bem, como você deve saber, Madame Yao, meu pai dirige a maior startup de tecnologia de toda a China. — Pela primeira vez, não o corrijo para dizer que é a *segunda maior*. — Temos muitos seguidores em nossos vários aplicativos, bem como em várias contas de redes sociais. Conexões com a mídia. Recursos que poderíamos acessar em um instante...

— E não que eu queira me gabar, mas nós dois somos populares em nossos círculos sociais. — Chanel entra na conversa com um sorriso doce. — Conheço cerca de quarenta colegas da minha escola na Austrália que estão pensando em voltar para Pequim para estudar. Eu estava planejando recomendar o Airington para eles e suas famílias, mas agora, vendo a maneira

Se você pudesse ver o sol 303

como você está tratando minha querida amiga Alice... não tenho tanta certeza.

— Eu também não tenho tanta certeza — acrescenta Henry, todo solene, e tenho que engolir uma risada histérica ao ver a expressão no rosto de Madame Yao. Seus lábios estão quase invisíveis. — Meu pai e eu podemos ser forçados a reconsiderar se o Airington de fato merece todos os edifícios que doamos. Na verdade, não sei se quero continuar numa escola que favorece alguns alunos em detrimento de outros.

— Também não tenho certeza — opina Andrew.

Todos se viram para encará-lo.

— O quê? — fala ele, na defensiva, deslizando mais para baixo em seu assento. — Achei que estávamos fazendo um lance.

— Sim, e você estragou tudo, Andrew. — Chanel revira os olhos. — Você não faz parte disso.

Andrew faz uma careta.

— Nunca faço parte de nada.

— Bem, talvez se você parasse de contratar pessoas para sequestrar seus colegas de turma... — murmura Chanel.

— Eu obviamente não teria que *contratar* ninguém se tivesse, tipo, uma galera — reclama Andrew. — Aposto que os membros do bts podem só ligar uns pros outros pra pedir ajuda com esse tipo de coisa.

— Andrew — diz Henry com um suspiro exasperado. — Você entendeu errado o ponto que Chanel estava tentando ressaltar.

— Assim como toda a situação — acrescenta Chanel.

Madame Yao pigarreia alto.

— Certo. *Desculpa*, Madame Yao — fala Chanel, com sarcasmo o bastante na voz para que não seja reprimida. — Voltando ao que estávamos dizendo...

Madame Yao levanta a mão pálida e bem-cuidada no ar. Um anel de esmeralda ridiculamente grande brilha em seu dedo médio, sob uma fina faixa de diamantes cintilantes.

— Você já falou o bastante, srta. Cao. Todos vocês.

— E...? — indaga Chanel, sem se deixar perturbar. — O que você tem a dizer?

Prendo a respiração, o coração retumbando.

Tenho só cerca de 78% de certeza de como Madame Yao responderá, o que, estatisticamente falando, não é a melhor das probabilidades. Mas se tem algo que aprendi durante o tempo em que administrei o Pequimtasma, é que as pessoas aqui se preocupam com a reputação acima de tudo. A reputação é moeda de troca, uma fonte de poder. Da mesma forma que o dinheiro só é valioso porque todos o consideram valioso, o Airington só é considerado *de elite* e *exclusivo* porque os pais ricos continuam querendo que os filhos estudem aqui.

Esse cenário mudaria com rapidez se cumpríssemos com nossas ameaças.

— Eu acho — começa Madame Yao, as palavras impregnadas tanto com veneno quanto com resignação — que Sun Yan provou o quanto ela é importante para o corpo discente do Airington e o quanto tem a dizer sobre o assunto. A diretoria irá analisar o envolvimento dela e de Andrew no sequestro de forma justa. Agora, se me derem licença...

A cadeira range quando ela empurra o assento para trás e se levanta, ajeitando a já imaculada blusa de seda com uma careta.

— Parece que tenho algumas ligações a fazer.

E, assim, ela sai da sala, com os saltos batendo a cada passo no caminho até a porta.

Depois que ela vai embora, a temperatura na sala parece aumentar alguns graus. Ajeito a postura e dou um suspiro longo e cansado. Não tinha percebido o quanto estava tensionando os músculos até agora.

Andrew olha para nós, cheio de esperança.

— Então, vocês querem dar um rolê ou...

— Andrew, mais uma vez, *você não faz parte disso* — interrompe Chanel, com as mãos na cintura. — E você não deveria aproveitar esse tempo para refletir sobre suas ações?

Se você pudesse ver o sol 305

— Sim, sim, eu sei — resmunga ele, fechando a expressão.

— Sequestrar é errado. Ser um criminoso é difícil. Nunca contrate pessoas inteligentes para fazer o trabalho sujo por você.

Henry aperta o próprio nariz.

— Por favor, vá embora.

Enquanto Andrew se arrasta para fora da cadeira, ainda de mau humor e reclamando baixinho o tempo todo, me viro para Henry e Chanel.

— Muito obrigada, pessoal — digo, odiando na mesma hora o quanto minha voz soa estranha. — De verdade, agradeço muito. E Chanel... me desculpa por ter mandado mensagem tão em cima da hora. E por meio que ter ignorado você nas últimas semanas. Eu juro que...

Chanel balança a cabeça para mim com uma incredulidade carinhosa.

— Meu Deus, Alice. Nós dois não fizemos nada além de nos gabarmos. Foi *você* quem teve essa ideia, quem escreveu o artigo e tudo o mais. Além disso — acrescenta ela, a voz ficando séria —, é uma merda que a escola tenha tratado você desse jeito. Se eu soubesse antes...

— Você não teria como saber. Eu não queria que soubesse.

Ela suspira.

— Bem, pelo menos agora nós sabemos. Henry e eu estávamos muito preocupados com você, sabia? — Chanel faz uma pausa e cutuca Henry, que faz questão de desviar o olhar. — *Principalmente* o Henry. Acho que ele nunca esteve tão distraído nas aulas antes. Até respondeu errado a uma questão básica de química que eu sabia a resposta.

Ergo as sobrancelhas. Um sorriso lento se abre em meu rosto.

— Ah, é?

Henry emite um ruído baixo do fundo da garganta, como se quisesse encerrar a conversa. Para se distrair, ele fica ajeitando os punhos da camisa.

Não vou mentir, esse terno fica lindo nele. Não me desagrada o fato de ele ter acabado de ameaçar uma das pessoas mais poderosas do Airington por minha causa. E quando Henry enfim retribui meu olhar, com seus cachos pretos caindo acima das sobrancelhas e mordendo o lábio inferior, algo preenche o espaço apertado entre minhas costelas. Uma dorzinha gostosa, um incômodo terno que se parece bastante com desejo. Não só isso, mas pela primeira vez desde o fim da viagem Vivenciando a China, eu me permito reconhecer o quanto senti a falta dele. *Meu Deus,* eu senti muita falta dele. De alguma forma ainda sinto, mesmo que esteja bem na minha frente.

Devo ter viajado por alguns instantes, porque, quando me dou conta, Chanel está sorrindo para mim como se pudesse ler meus pensamentos e Henry está dizendo:

— Quer ir para casa agora?

Sinto uma leve tontura. Meu corpo todo parece ter superaquecido, como um computador que ficou carregando por tempo demais. A eletricidade percorre minhas veias.

Se eu quero ir para casa agora?

— Não. Ainda não — digo, com mais ênfase do que pretendia. Henry fica tenso, parecendo confuso. Chanel dá uma piscadinha. — Só... vem comigo.

Sem dizer mais nada, agarro Henry pelo pulso e o levo para fora do prédio, atravessando o pátio vazio e entrando no pequeno pavilhão bem escondido pelos jardins da escola. Crisântemos claros florescem nas sombras feito neve fresca, quase do mesmo tom dos cinco altos pilares do pagode.

Empurro Henry contra o mais próximo, prendendo o corpo dele com o meu.

Eu não costumo agir assim.

Meu coração está batendo duas vezes mais rápido que o normal, e sei que não estou pensando com clareza, que ainda

Se você pudesse ver o sol 307

há muita adrenalina e euforia na minha corrente sanguínea por causa da reunião, mas, no momento, não me importo. *Não me importo*, de verdade, e isso é um tanto assustador.

Mas também é emocionante.

— Certo — digo, porque sei que Henry está esperando que eu fale. Que eu me explique. — Tá, então é o seguinte: não temos garantia nenhuma do que a diretoria da escola vai decidir, não é? E também não sabemos quando ou onde vamos nos ver de novo, se vou ter permissão para voltar às dependências da escola ou não, então acho... Bem, já faz um tempo que venho pensando nisso, mas acho que estava em negação, ou talvez com medo.

Faço uma pausa, me esforçando para encontrar as palavras certas. Se é que existem palavras certas para esse calor estranho dentro do meu peito.

— Tem tanta coisa fora do nosso controle, mas ainda posso controlar o que faço agora, com você, ou depois vou ficar me torturando. Entende o que quero dizer?

Estamos tão próximos que, enquanto espero pela resposta de Henry, consigo sentir seus músculos tensionarem e ouvir a mudança sutil em sua respiração. Depois do que parece ser um silêncio terrivelmente longo, ele responde:

— Eu... não faço a menor ideia do que você está falando.

Reprimo um suspiro de frustração e olho para ele. Olho *de verdade* para ele, para os raros indícios de incerteza misturados com animação em suas feições elegantes, para os lábios entreabertos, para o preto escaldante de seus olhos.

Eu me lembro vagamente de ter pensado, não muito tempo atrás, que nunca poderíamos nos beijar. Algo relacionado com ser teimosa ou ter disciplina. Eu me lembro de ter pensado, um mês atrás, no quanto o odiava, em como não suportava nem mesmo estar no mesmo lugar que ele.

Agora, não suporto os poucos centímetros de distância entre nós.

— Quer saber? Vou fazer o que tenho que fazer — declaro em voz alta.

Henry congela e me encara como se eu estivesse falando outro idioma.

— Fazer o quê?

— *Isto.*

Respiro fundo. Foco na boca dele. Então, antes que eu perca a coragem, agarro Henry Li pelo colarinho e o beijo.

Ou melhor, eu meio que bato meu rosto no dele, o que é tão sutil e romântico quanto parece. Nem tenho tempo de *registrar* a sensação quando ele joga a cabeça para trás com um grito abafado.

Eu o solto, morrendo de vergonha, e o observo levar um dos dedos ao canto da boca com uma expressão atordoada no rosto. Seus lábios e orelhas estão tingidos de vermelho.

— Alice. Você me *mordeu.*

Bom, que merda.

— Me-me desculpe — balbucio, lutando contra a vontade de fugir para o outro lado do universo. Ai, meu Deus. Por que eu fiz isso? O que estava passando pela minha cabeça? Por que continuo *viva* neste instante? — Eu juro que não estava... eu não queria...

Paro quando vejo Henry se curvando, os ombros tremendo. Por um momento horrível e de parar o coração, tenho medo de ter causado algum dano grave.

Então, percebo que ele está rindo.

Toda a minha preocupação se transforma em indignação.

— Não tem graça! — exclamo, com as bochechas quentes e uma voz tão estridente que sinto vergonha. — Esse era para ser um momento muito sério, comovente, e você deveria se apaixonar desesperadamente por mim na hora e descobrir o quanto eu sou boa em...

Se você pudesse ver o sol 309

O restante das palavras morre na ponta da minha língua quando Henry se endireita, com o riso ainda percorrendo seus olhos, segura meu rosto com uma das mãos e pressiona os lábios contra os meus.

Desta vez, registro o beijo, tudo, desde o calor da pele dele até o roçar de seus cílios quando ele fecha os olhos e…

Uau.

Não é nada parecido com o que descrevem nos filmes, com todas as estrelas se alinhando e fogos de artifício explodindo em um céu preto feito nanquim. Parece mais silencioso e grandioso do que isso, tão simples quanto voltar para casa e tão desnorteante e absoluto quanto o vento soprando ao nosso redor. Parece que milhares de momentos negados e ignorados foram nos trazendo até aqui — nós dois sozinhos, livres e fracos de desejo —, e talvez tenha sido isso mesmo.

Um som baixo e vergonhoso escapa da minha garganta.

Henry responde se aproximando e aprofundando o beijo, e o mundo fica confuso. Só consigo pensar nos lábios dele, no quão macios são contra os meus, e em suas mãos, agora firmes em volta do meu pescoço, enroscando-se profundamente nos meus cabelos.

Tem uma pequena chance de que ele seja melhor nisso do que eu. Só desta vez, vou deixá-lo ganhar.

20

Mal me lembro da viagem de carro do Airington até meu apartamento. Deixei que o motorista de Henry nos levasse, em partes porque queria ficar perto de Henry o máximo de tempo possível e em partes porque não tinha certeza de que conseguiria pegar o metrô sem me perder. Minha mente estava dormente, quente como se estivesse pegando fogo. Eu não conseguia pensar direito. Não conseguia nem *respirar* direito.

Pior ainda, não conseguia parar de olhar para a boca de Henry, mesmo quando ele me acompanhou até a porta da frente e se despediu de mim. Talvez este seja um daqueles efeitos colaterais inesperados que ninguém me avisou sobre beijar: depois que você beija alguém uma vez, as possibilidades de beijar de novo são infinitas.

Mas agora, sentada na minha sala bagunçada, beijar Henry Li é a última coisa que passa pela minha cabeça.

Tanto Xiaoyi quanto Mama saíram enquanto eu ainda estava na escola, Xiaoyi para fazer massagem nos pés e Mama para cuidar de alguma coisa no hospital, deixando só Baba e eu no apartamento.

—Acabei de receber uma ligação da sua escola — comenta Baba ao entrar na sala.

Eu o observo com atenção do sofá, avaliando sua expressão, seu tom. Não estava exagerando quando disse a Henry que Baba e eu não estamos nos falando; ele só se dirige a mim quando necessário, e sempre com um ar de mais pura decepção. Mas a ruga quase permanente entre suas sobrancelhas parece ter suavizado um pouco, e ele está falando diretamente comigo. Um bom sinal.

— Uma ligação? — pergunto, fingindo surpresa.

— É. — Quando ele se senta na extremidade oposta do sofá, as molas rangem sob seu peso. — Me falaram do aplicativo... qual o nome... Assombrachina?

Meus batimentos aceleram.

— Pequimtasma, você quer dizer?

Ele concorda e continua em mandarim:

— Por que você não contou antes nem para mim nem para os professores que fazia parte do grupo de estudos?

— Acho que... — Procuro pelas palavras certas, pela resposta mais próxima possível da verdade sem revelar tudo. — Fiquei com medo de que parecesse suspeito. Quer dizer, eu *ganhei* muito dinheiro com o aplicativo, só com as aulas particulares. Mais de cem mil remimbis. Fiquei com medo de que você ou a escola me obrigassem a devolver tudo.

Os olhos de Baba se arregalam um pouco com o choque.

— *Cem mil* remimbis?

— Sim — confirmo. — É muito, eu sei. E é por isso que fiquei com medo...

— E você ganhou tudo isso só ajudando seus colegas a estudar? Nada mais?

Sinto vontade de rir, apesar de não ter nada de engraçado na pergunta. É irônico.

— Bom, você e Mama gastam quase toda a sua renda com minhas mensalidades — aponto. — É tão estranho assim que outras pessoas também queiram investir em educação?

— Humph. — É tudo o que ele diz, mas consigo ver que acredita em mim.

— Enfim — acrescento, falando mais baixinho. Com mais sinceridade. — Lamento muito que as coisas tenham acontecido do jeito que aconteceram. Eu só... Quando Andrew me ofereceu o dinheiro, só consegui pensar em tudo que você e Mama tinham que fazer para pagar a escola, nas dificuldades que passavam por *minha* causa. Na hora, a oferta dele pareceu a solução mais rápida para tudo. Como se completar a tarefa pudesse de alguma forma me permitir retribuir tudo o que vocês fazem.

Engulo em seco e pressiono as mãos uma na outra para não me mexer. Cada palavra exige muito de mim.

— Mas eu fui irracional, gananciosa e muito, muito burra. E entendo se você não puder me perdoar, ou se planeja ficar decepcionado comigo por toda a eternidade, mas... eu queria dizer que sinto muito, Baba. Isso é tudo.

Meu pai respira fundo e eu prendo a respiração, me preparando para mais um sermão. Mas isso não acontece.

Em vez disso, ele apoia a mão na minha cabeça com gentileza, rápido, como fazia quando eu era criança, sempre que eu estava com medo, me machucava ou não conseguia dormir à noite. Quando olho para ele, surpresa, toda a raiva já desapareceu de seus olhos.

— Alice — diz ele. — Sua mãe e eu não trabalhamos duro para que você retribua. Trabalhamos duro para que você possa ter uma vida melhor. Uma vida mais fácil. E matricular você no Airington foi escolha nossa. Gastar nossa renda nas mensalidades escolares também foi escolha nossa. Você não tem que se sentir obrigada a assumir o peso de nossas decisões por nós, de forma alguma. Entendido?

Fico constrangida quando sinto um aperto na garganta. Meu coração parece transbordar, cheio de esperança. Uma esperança tão teimosa.

Consigo concordar discretamente, e Baba sorri para mim.

Talvez tudo vá ficar bem, penso.

— Falando no Airington... — Ele retira a mão e coloca-a no colo. — Já repassaram a nova informação aos pais de Peter Oh.

Se você pudesse ver o sol 313

Como, pelo que parece, você teve um papel menor no incidente do que eles achavam antes, decidiram não prestar queixas.

— Mas...? — indago, sentindo a mudança em seu tom.

— Os pais de Peter não vão prestar queixa, mas *estão* pressionando a escola para que você saia quando o semestre terminar. E a julgar pela minha ligação anterior com eles, acredito que a escola também gostaria disso.

Ah.

Mordo o interior da bochecha, esperando que a raiva e o pânico cheguem com força total. As perguntas explodem em meu cérebro como uma série de fogos de artifício: *O que farei a seguir? Quem serei sem Airington?*

E apesar de sentir tudo isso, com um pouco de tristeza, também sou dominada por uma tranquilidade inesperada. Uma espécie de resignação. No fundo, eu suspeitava de que algo assim estava por vir; não tinha como eu escapar *completamente* ilesa de um crime dessa magnitude.

— Entendo — respondo, e a firmeza da minha própria voz me surpreende. Pareço calma e confiante como Chanel ou Henry. De uma forma estranha, depois de chegar ao fundo do poço, de confrontar Andrew e enfrentar uma representante do conselho escolar, eu me sinto pronta para fazer qualquer coisa. Ou sobreviver a qualquer coisa, pelo menos. — Vamos dar um jeito nisso.

— Dar um jeito no quê?

Baba e eu nos viramos ao ouvir o barulho fraco das chaves, o clique baixo da porta da frente fechando atrás da Mama. Ela está vestindo o casaco velho que comprou em liquidação nos Estados Unidos. Seus cabelos estão presos em um coque apertado que enfatiza os ângulos agudos de seus olhos e queixo.

— Não é... nada com que se preocupar. Explico durante o jantar — digo, enquanto ela vai para a cozinha seguir a rotina de sempre após o trabalho: lavar o rosto e esfregar as mãos por vinte segundos. Depois de considerar por um momento, eu me levanto também.

314 Ann Liang

Quando Mama reaparece, já coloquei a caixinha de papel no sofá; o branco do pacote é quase ofuscante em contraste com as velhas almofadas cor de mostarda. É um presentinho bobo, talvez um item básico para a maioria das famílias, mas já que presentes são tão raros em nossa casa, estava em dúvida de quando entregá-lo para Mama. Depois das novidades de Baba, agora me parece um bom momento.

— O que é isso? — pergunta minha mãe, olhando para a caixa.

— Comprei pra você. Com meu próprio dinheiro, é claro — acrescento depressa.

Mama abre o presente com todo o cuidado, como se temesse quebrá-lo caso faça um movimento errado, e um frasco de creme para as mãos caro cai em sua palma aberta. Ela não diz nada, só olha para o lindo frasco, para a delicada estampa de flores serpenteando na lateral, o nome da tão conhecida marca impresso na parte superior.

— Eu... eu sei que suas mãos estão sempre secas por causa do trabalho — explico, mais porque o silêncio me deixa nervosa do que por qualquer outro motivo. Será que ela achou um desperdício de dinheiro? — E quando a gente estava no mercado no outro dia, pensei, por que não? Dizem que ele também ajuda a curar cicatrizes.

Torço as mãos.

— Mas se você não gostar, eu posso devolver...

Mama me abraça, me puxando para perto.

— Sha haizi — sussurra ela nos meus cabelos. *Criança boba.*

E quando me inclino contra ela, respirando seu perfume familiar, penso: *Acho que eu estava certa mais cedo.*

Talvez tudo vá mesmo ficar bem.

Depois de três longos telefonemas e inúmeras rodadas de e-mails (todas com o ameaçador título *Re: Incidente Alice*), estou do lado de fora dos portões do Airington, com uma mochila leve nas mãos.

Depois de algumas negociações, a escola, os pais de Peter e eu chegamos a um acordo: devo sair do Airington em dezembro, mas poderei passar meus últimos dias aqui, terminando o semestre e me despedindo de amigos e professores.

— Nome?

O segurança me encara através das barras de ferro e sou dominada por uma repentina e avassaladora sensação de déjà vu.

— Alice Sun — respondo, com um sorriso discreto. É estranho pensar no quanto vou sentir falta deste lugar, agora que sei que vou embora. Até mesmo desse cara que parece nunca lembrar meu nome.

E que agora está me observando com desconfiança.

— Por que esse sorriso?

— Nada, só... — Aponto para o céu azul acima de nós, sem uma única nuvem de inverno à vista. — O dia está bonito, é só isso.

Ele olha para cima, depois para mim, depois para cima de novo, confusão sombreando suas feições. Parece jovem, talvez na casa dos vinte e poucos anos. Eu me pergunto se acabou de se formar na faculdade, há quanto tempo mora em Pequim, por que escolheu trabalhar aqui. Odeio que só tenha me dado conta dessas coisas agora.

— Hã, sim, acho que está mesmo. — Ele pigarreia. — Qual é a sua série?

— Segunda.

Mas não sou eu quem responde.

— Olá, sr. Chen — cumprimento enquanto ele se aproxima dos portões, com a esperança de que não detecte o tremor nervoso em minha voz. Ele sempre foi o professor que mais respeitei e aquele que mais tinha medo de decepcionar.

A julgar pela expressão dele, pela maneira como seus olhos se voltam para minha mochila e a compreensão que surge em seu rosto, deve estar bem atualizado sobre o *Incidente Alice*. Mas não parece exatamente zangado.

— Bem, não fique aí parada como uma estranha — diz ele, acenando para que eu siga em frente. — Entre. Tem uma coisa que eu quero falar com você.

— Se eu perguntasse agora qual o principal ponto de *Macbeth*, o que você diria? — indaga o sr. Chen enquanto entramos em seu escritório.

Está tranquilo aqui. Limpo. As estantes, abarrotadas, mas arrumadas, as paredes quase escondidas sob fileiras de placas e certificados de Harvard, Universidade de Pequim, TED. Estou tão ocupada olhando que quase esqueço que ele me fez uma pergunta.

— Hã... — Eu me esforço para organizar os pensamentos. Há um duplo sentido nisso, tenho certeza. — Que... nenhuma ação é isenta de consequências? Que a ambição não deve ser desmedida?

Ele assente, satisfeito, e faz um gesto para que eu me sente.

— Bom, muito bom. Só queria acalmar minha consciência primeiro, mas contanto que você tenha aprendido sua lição...

— Eu aprendi — respondo depressa. — De verdade.

O professor assente de novo e diz:

— Ouvi dizer que você vai sair do Airington depois deste semestre. Já decidiu qual escola frequentará no próximo ano?

— Ainda não. Existem certas... limitações que preciso resolver.

O sr. Chen não parece surpreso. Depois que meus pais visitaram a escola, acho que a maioria das pessoas percebeu que não venho de uma família rica.

— Muito bem. — Ele bate palmas de repente, me tirando dos meus pensamentos. — Talvez eu tenha a solução.

Fico olhando para ele.

— Você... você tem?

— Bem, talvez tivesse sido melhor falar com você antes, mas... Uma amiga minha, a dra. Alexandra Xiao, abriu recente-

Se você pudesse ver o sol 317

mente a própria escola internacional no distrito de Chaoyang. É muito menor do que esta, é óbvio, e eles não têm alojamento estudantil, então você teria que se virar em relação às acomodações. O ambiente também não é dos melhores; tem um mercado de peixes bem próximo ao campus, mas Alex prometeu que é possível se acostumar com o cheiro depois de um tempo.

O sr. Chen ri um pouco, e tenho a sensação de que deveria estar rindo também, mas não consigo. Não consigo fazer nada além de me sentar na ponta da cadeira e rezar para que ele esteja dizendo o que acho que está dizendo.

— De qualquer forma, eles ainda têm algumas vagas abertas, e eu mencionei sua situação familiar, mostrei seu boletim e alguns de seus trabalhos recentes e disse que você é uma das minhas melhores alunas.

Arregalo os olhos.

— Você fez isso?

— Sim, porque é verdade — responde ele. — E como Alex sabe que nunca exagero, ela pode oferecer uma bolsa de estudos para você. Ainda teria que fazer a prova antes, é claro, mas tenho certeza de que vai se sair bem.

O professor faz uma pausa, me dando tempo para absorver todas as informações.

— Então. O que você acha?

Quase engulo minha própria língua na pressa de responder.

— C-claro, isso é... Quando são as provas? Tem algumas disponíveis para que eu possa praticar? Preciso preparar cartas de recomendação ou... — Então me acalmo um pouco, e me ocorre uma pergunta mais óbvia: — Por que... Por que você está me ajudando?

O sr. Chen olha pela janela do escritório e vê os alunos jogando a cabeça para trás de tanto rir, com os livros debaixo do braço, andando em grupos de uma aula para outra. Despreocupados. Felizes. A luz do sol se espalha ao redor deles, por cima deles, inundando as árvores wutong. Devagar, o sr. Chen responde:

— Sabe, fui a primeira pessoa em todo o meu vilarejo em Henan a frequentar a faculdade, e depois me mudei para os Estados Unidos com minha mãe. Meu pai nunca veio com a gente, não falava uma palavra de inglês, mas tentou financiar minha educação da melhor maneira que pôde vendendo batata-doce todas as manhãs. — Ele balança a cabeça de um lado para o outro. — Então eu entendo. Sei como é difícil. E por mais que seja importante saber se virar para chegar ao topo... É sempre bom quando outras pessoas nos ajudam a nos erguermos, não é mesmo?

Obrigada, tento dizer, mas a gratidão incha meu peito e sobe pela garganta, roubando minha voz.

Mas o sr. Chen parece me entender.

— É estranho — acrescenta ele, com o olhar vagando para os certificados na parede. — Houve uma época em que ninguém me notava de fato. Em que eu era invisível para o mundo.

O sr. Chen abre um sorriso discreto, como se estivesse contando uma piada para si mesmo. Como se recordasse alguma memória distante que só faz sentido para ele.

Meu coração parece falhar. Parar de bater. *Será que...?*

— O que mudou? — Minha voz é pouco mais que um sussurro. — Entrar para uma boa universidade? Ser reconhecido?

Ele nega com a cabeça.

— Não. Não, pelo contrário, depois que entrei para Harvard e comecei a ganhar todos esses prêmios... me senti mais invisível do que nunca. As pessoas sempre me elogiavam, me parabenizavam a torto e a direito, diziam meu nome repetidas vezes, mas nada disso importava de fato. Foi só quando comecei a dar aulas de inglês, a fazer algo com que me importasse de verdade e que fazia com que eu me sentisse mais eu mesmo, que tudo começou a melhorar. — O sr. Chen olha para mim, os olhos semicerrados.

— Sabia que Descartes estava errado quando disse que "para viver bem, deve-se viver sem ser visto"? Para viver bem, você deve aprender a se ver primeiro. Entende o que quero dizer?

E eu entendo. Eu entendo.

Se você pudesse ver o sol 319

***

Henry e eu nos encontramos perto do lago de carpas antes do amanhecer.

Eu o analiso enquanto ele se aproxima com passos rápidos e decididos. Os cabelos ainda estão um pouco úmidos do banho, caindo em ondas escuras sobre a testa dele. As bochechas estão rosadas por causa do frio da manhã. Ele está bonito. Familiar. Vulnerável, da melhor maneira possível.

Vou sentir sua falta, penso.

— Pontual como sempre — digo, diminuindo a distância entre nós.

Ele abre um de seus raros sorrisos de Henry Li: suave, lindo e de uma sinceridade tão surpreendente que fico sem fôlego.

— Bom, eu não podia deixar você perder esse momento.

Por um segundo, acho que ele leu minha mente.

— Perder o quê?

Henry ergue uma sobrancelha.

— A cerimônia de premiação do meio do ano?

— Ah. — Uma risada discreta escapa da minha boca. No que agora parece ser outra vida, a cerimônia por si só teria sido o ponto alto do meu dia. Talvez até um dos destaques da minha vida. — Acho que me esqueci.

— Compreensível — brinca ele, alargando o sorriso. — Já que vou receber todos os prêmios de qualquer manei…

Dou uma cotovelada com força em Henry, e ele ri.

— Não fique se achando — aviso. — Só porque estou indo pra uma escola diferente, não significa que não vou vencer você nas competições entre escolas internacionais.

— Veremos — diz ele apenas, o desafio nítido em seu tom. Reprimo um sorriso. *Desafio aceito*.

Começamos a caminhar ao redor do lago congelado, quebrando o silêncio tranquilo com nossos passos, respirando o ar fresco do inverno. Enterro as mãos no calor dos bolsos do blazer e olho para o pátio vazio à esquerda, me lembrando da primeira vez em que fiquei invisível ali. É engraçado, mas já faz muito tempo que não sinto o frio. Não sei dizer se vou sentir de novo.

— Então — digo, enquanto nos aproximamos de um banco de pedra e nos sentamos. O ombro de Henry bate de leve no meu.

— Você recebeu minha proposta de negócio?

— Sim. Todas as 75 páginas. — Os olhos dele brilham. — E o resumo. E o resumo do resumo. E o diagrama com anotações. E o índice...

— Me desculpe por ser *minuciosa* — resmungo. — Quero muito que esse aplicativo seja bom, sabe?

— Eu sei — responde ele, sem fazer mais gracinhas.

Henry hesita, depois entrelaça os dedos finos nos meus, e tenho que me concentrar muito para me lembrar de como se respira. Acho que nunca vou me acostumar com a proximidade dele, ou com a maneira como ele está olhando para mim, como se estivesse tão impressionado quanto eu por podermos fazer isso agora. Ficar sentados de mãos dadas sob um céu quase escuro, dizendo o que de fato queremos dizer.

— Confie em mim, vai ser bom. Com nós dois trabalhando nos bastidores, sua estratégia promocional e o modelo pronto... Vai ser perfeito.

Desta vez, não consigo conter o sorriso que se estende pelo meu rosto.

A ideia surgiu há cerca de uma semana, quando transformamos o Pequimtasma pela primeira vez em um falso aplicativo de estudo. Meu plano é fazer com que isso aconteça de verdade, que ele vire um aplicativo que ajude a conectar crianças ricas e privilegiadas de escolas privadas internacionais com alunos de baixa renda como eu. O objetivo é funcionar para todos: aulas particulares e ajuda com a lição de casa começam com uma taxa mínima de quatrocentos remimbis por sessão para aqueles de grupos demográficos mais ricos, mas são gratuitas para estudantes da classe trabalhadora. Depois, há a vantagem adicional

Se você pudesse ver o sol 321

de permitir que jovens de famílias mais pobres estabeleçam relações com a elite de Pequim.

Também decidi manter o sistema de pontos; os três usuários da classe trabalhadora com melhor desempenho receberão, no final de cada ano, uma bolsa integral para qualquer escola que desejarem, patrocinada pela empresa de Henry.

— Ah, sim. Mandei a proposta de negócio pra Chanel também — informo a Henry.

Ele não parece surpreso.

— Claro que você mandou. O que ela achou?

— Ela topou — falo, o que é um grande eufemismo. Quando apresentei a ideia para Chanel no WeChat, três noites atrás, ela gritou e começou a pensar em slogans e a fazer ligações para seus amigos fuerdai na mesma hora. — Quer dizer, as palavras exatas dela foram: *caralho, bora nessa!* Ela também acha que nós três deveríamos ter reuniões semanais para resolver as coisas, a começar com o *hot pot* de hoje. Cortesia dela.

O canto dos lábios de Henry se ergue discretamente.

— Suponho que vamos nos ver com bastante frequência, então. Mesmo depois que você for embora.

— Mesmo depois que eu for embora — repito, e a gravidade dessas palavras, dessa realidade, nos faz ficar em silêncio de novo. Não sei mais o que dizer, então me movo para aninhar a cabeça na curva do forte ombro de Henry, que permite que eu fique ali.

— O que você acha que vai fazer? — pergunta ele, alguns instantes depois. — No futuro?

— Não sei. Quero…

Eu paro, a mente zumbindo. Ainda quero tantas coisas, com tanta intensidade. Meu coração ainda anseia por todas as coisas brilhantes que estão além do meu alcance. Quero ser mais inteligente, mais rica, mais forte e só… *melhor*. Mas, para ser sincera, também quero ser feliz. Investir em algo significativo e gratificante, mesmo que seja difícil e que talvez não seja a opção mais prática do mundo. Quero passar mais tempo com Baba, Mama e Xiaoyi e, finalmente, sair com Chanel e ter um encontro de verdade com Henry. Quero rir até doer a barriga e escrever até criar algo que me encante e aprender a aproveitar minhas pequenas vitórias particulares. Quero aprender a aceitar que também vale a pena querer essas coisas.

— Pra começar, acho que quero me concentrar mais no inglês — divago, e só de dizer isso em voz alta, me parece... certo. Como se meu coração estivesse esperando que minha mente chegasse a essa conclusão o tempo todo. — Talvez me inscreva em um curso de jornalismo durante as férias. Já fiz uma lista das melhores opções, das que oferecem bolsas de estudo integrais por mérito.

— Parece ótimo — concorda Henry, com total sinceridade.

— Mesmo?

— Mesmo.

— Está combinado, então — digo, inclinando a cabeça para olhar para ele. — Você se tornará o chefe da startup de tecnologia número um em toda a China e eu serei uma jornalista ou professora de inglês renomada e premiada. Juntos, vamos...

— Ser o casal mais poderoso do país? — sugere Henry.

— Eu ia dizer *conquistar o mundo* — admito. — Mas, claro, acho que podemos começar aos poucos.

Henry ri, e o som parece mágico. Como o canto dos pássaros.

Olho para o céu, meus dedos ainda entrelaçados aos dele. Ao longe, a escuridão começou a se levantar como um véu, e a primeira luz do amanhecer se derrama sobre o horizonte de Pequim, como uma promessa de todos os dias belos, terríveis e ensolarados que ainda virão.

Se você pudesse ver o sol 323

Agradecimentos

Preciso confessar uma coisa: quando estava escrevendo este livro na penumbra do meu dormitório da faculdade, costumava, com frequência, parar e ficar sonhando acordada com o dia em que escrevia a seção de agradecimentos. Devo o fato de agora poder viver esse sonho bobo a muitas, muitas pessoas.

Agradeço à minha agente e super-heroína, Kathleen Rushall, por acreditar neste livro e em mim. Desde a nossa primeira troca de e-mails, eu sabia que seria um sonho ter você ao meu lado, e sigo admirando a maestria com que você lida com tudo. Nada disso teria sido possível sem seu entusiasmo, sabedoria e orientação. Agradeço também a toda a equipe da Agência Literária Andrea Brown pelo incrível trabalho.

Agradeço à Rebecca Kuss, por enxergar o cerne da minha história e me abrir as portas para o mundo editorial, e à Claire Stetzer, por me acolher e fazer eu me sentir em casa. Meus infinitos agradecimentos à brilhante Bess Braswell, Brittany Mitchell, Laura Gianino, Justine Sha, Linette Kim e a todos da Inkyard Press por sua dedicação e apoio. Um enorme agradecimento à Gigi Lau e à Carolina Rodríguez Fuenmayor pela capa dos meus sonhos. Ainda não consigo acreditar no quanto ela é maravilhosa e em como sou sortuda.

Agradeço à extraordinária Katrina Escudero por tudo o que ela fez.

Mais agradecimentos aos meus maravilhosos ex-professores: ao sr. Locke, que incentivou minha escrita desde quando eu era uma aluna metida a besta do sétimo ano. Ao sr. Mellen, que me ensinou a escrever uma boa redação e despertou meu interesse pelas ciências humanas. À sra. Nuttall, que me disse que eu era escritora e me ajudou a acreditar nisso também. À sra. Devlin, que me inspira todos os dias com sua paixão e conhecimento e é, literalmente, uma santa.

Todo o meu agradecimento aos autores que admiro, tanto como escritores quanto como pessoas. À Chloe Gong, por ser uma grande fonte de inspiração e serotonina; saiba que sempre serei uma de suas maiores fãs. À Grace Li, por ser uma das primeiras pessoas a ler este livro e por ser tão incrivelmente gentil e talentosa. À Gloria Chao, por ser tão acolhedora e generosa e por abrir caminhos com suas palavras. À Zoulfa Katouh, por me fazer chorar por causa de seu livro e também pelas mensagens tão doces a respeito do meu; sou grata por conhecer você. À Vanessa Len, pelo apoio desde o início e pela paciência ao explicar como funcionam os impostos. À Em Liu, por ver a essência do meu livro e compreender todas as pequenas referências. À Miranda Sun, por torcer por mim desde o início, quando assinei com minha agente, e pela encantadora companhia on-line. À Roselle Lim, por reservar um tempo para ler este livro e escrever um elogio tão adorável; eu não poderia me sentir mais honrada.

Agradeço à Sarah Brewer por ser a primeira pessoa a ler uma de minhas primeiras e constrangedoras tentativas de escrever um livro e dizer coisas tão gentis. Seu incentivo significou mais para minha adolescência do que consigo expressar em palavras.

Um enorme agradecimento a todos os adoráveis blogueiros de livros, bibliotecários e leitores beta. Para todos que comemoraram comigo no Twitter quando o anúncio do meu livro foi ao ar, que comentaram as coisas mais legais em meus vídeos tão vergonhosos do TikTok e postagens no Instagram, que gostaram do trecho que postei no grupo de leitores beta do Facebook e parceiros de crítica, que adicionaram meu livro no Goodreads quando ele nem tinha capa ou sinopse. É por causa de vocês que continuo escrevendo e que posso escrever.

Agradeço à Phoebe Bear e à Fiona Xia por serem amigas incríveis e pessoas incríveis. Phoebe, se lembra de quando, no brunch, mencionei uma ideia que tive para um novo livro e você disse: "Porra, eu leria isso com certeza"? Sou infinitamente grata por você ter dito isso. E Fi, que torceu por mim apesar de ainda não saber o que é literatura jovem adulta, sempre torcerei por você em tudo o que fizer também. Agradeço também aos Khoroviano, que são algumas das pessoas mais calorosas e talentosas que conheço.

Agradeço à Taylor Swift por existir.

Agradeço à minha irmã mais nova, Alyssa Liang, por ser minha primeira e maior fã. Obrigada por seus trocadilhos e sua paciência, por sua garantia constante de que o livro não é ruim e por seu entusiasmo, que muitas vezes supera até o meu. Embora eu estivesse preparada para continuar sendo filha única, agradeço todos os dias por não ser.

E, por fim, agradeço à Mama e ao Baba, que têm mais orgulho de mim do que mereço e são muito menos rígidos do que os pais deste livro. Só consegui chegar aonde cheguei porque sei que sempre haverá uma casa me esperando, com agasalhos, frutas fatiadas e todos os meus pratos preferidos.

Este livro, composto na fonte Fairfield,
foi impresso em papel Pólen Natural 70g/m² na gráfica COAN.
Tubarão, Brasil, março de 2024.